Uwe Drewes

Andersrum

oder

Mercedes für alle

_____

Der alternative Roman über die
deutsche Vereinigung

Ich danke meiner Frau Sabine, meiner Tochter Claudia und meinem Schwiegersohn Claus, die mich zu diesem Buch ermutigt haben.

Uwe Drewes

Horst/Holstein 2020

© 2020 Uwe Drewes
Herstellung und Verlag:
BoD – Books on Demand, Norderstedt
ISBN: 978-3-7519-5683-3

Der Roman ist eine Fiktion. Personen und Ereignisse sind reine Erfindungen. Das gilt auch dann, wenn hinter den handelnden Personen Urbilder erkennbar sein sollten.

I. Einzug in die Universität

13. August 1988. Mühsam bahnte sich der betagte Wartburg den Weg durch die von unzähligen Autos verstopfte City. Prof. Dr. Heiner Stark wurde langsam ungeduldig. Es war kurz vor 8.00 Uhr. In wenigen Minuten sollte die Vollversammlung des Fachbereiches Geschichte der Hamburger Universität beginnen. Heiner Stark hatte auf diese frühe Stunde wert gelegt, obwohl es Sonnabend und damit arbeitsfrei war. Es sollte ein Signal für seine Arbeitseinstellung sein. Von Anfang an wollte er klarstellen, dass der bürgerliche Schlendrian mit ihm nicht zu machen war. Von wegen bis 10.00 Uhr pennen und keine Termine vor 14.00 Uhr.

Aber bis 8.00 Uhr war bei dem heutigen Verkehr der Weg nicht zu schaffen. Zu dumm, dass die Mobiltelefone kontingentiert worden waren. Er gehörte nicht zu der Nomenklatura, denen eins zur Verfügung gestellt wurde. Macht nichts, dachte er, alles Gute ist eben nie beisammen. Weshalb sollte er auch den Fachbereich anrufen und seine Verspätung ankündigen. Schließlich war er der Boss. Es geht los, wenn er da ist. Wichtiger wäre da schon ein zuverlässiger Wagen. Der Wartburg war 15 Jahre alt. Sein Verfallsdatum war lange überschritten. Die Wartelisten für neue Autos waren in der DDR länger als die chinesische Mauer. Er hatte vor zwölf Jahren einen LADA bestellt. Der könnte so langsam kommen. Ob der neue Lada allerdings besser sein würde als sein alter Wartburg, war noch fraglich. Darüber musste die Geschichte entscheiden. Leider war ihm untersagt worden, einen westdeutschen Wagen zu fahren. Die Genossen erwarteten von einem Mann seiner Position, dass er mit gutem Beispiel voran ging und ein Fahrzeug sowjetischer Produktion fuhr.

Endlich erreichte er das markante Gebäude, Philosophenturm genannt. Ihm blieb keine Zeit, einen der raren Parkplätze zu suchen. Er fuhr direkt bis vor den Haupteingang und ließ seinen Wartburg einfach auf dem Fußweg stehen. Vor dem Hochhaus hatten sich zahlreiche Studenten und Mitarbeiter der hier beheimateten Fachbereiche versammelt. Nur mit Mühe konnte sich Professor Stark einen Weg durch die Massen bahnen. Den Grund für den Menschenauflauf konnte er bald sehen. Zwei Polizisten hatten die Eingangskontrolle übernommen und ließen sich von jedem den Ausweis zeigen. Als sie Professor Stark sahen, standen sie stramm und salutierten. Er nahm das mit Genugtuung zur Kenntnis. Denn er hatte sich entschieden, heute seine Uniform als Oberst der Reserve anzuziehen. Diesen Dienstgrad hatte er erhalten, als er zum ordentlichen Professor berufen worden war. Für den Ernstfall war er als Stellvertretender Kommandeur eines Reserveregimentes der Rostocker Panzerdivision vorgesehen. Er bildete sich ein, dass ihn die Uniform gut kleidete. Trotzdem fühlte sich nicht wohl in diesem Aufzug. Aber die Verantwortlichen des Ministeriums für Hoch- und Fachschulwesen hatten ihm dazu geraten, um unmissverständlich zu demonstrieren, wer hier und heute die Macht der Arbeiterklasse vertrat.

Hinter ihm lagen schicksalsschwere Monate. Seine Arbeit als Historiker im Fachgebiet neueste deutsche Geschichte wurde durch die aktuellen nationalen und internationalen Ereignisse stark beeinflusst. Die Weltwirtschaft war 1986 in eine abgrundtiefe Rezession geraten. Ökonomen sprachen von der größten Wirtschaftskrise aller Zeiten. Sie wurde in den kapitalistischen Staaten von einem rasanten Anstieg der Arbeitslosigkeit und Verelendung der Massen begleitet. Zusätzlich wurden die sozialen Deformationen durch einen bis dahin unbekannten Virus belastet, der die Gesundheitssysteme überforderte. Millionen Menschen fielen ihm zum Opfer. Die sozialistischen Staaten konnten sich auf Grund ihrer Abgeschlossenheit viel besser dagegen schützen. Im kapitalistischen Weltsystem kam es zu bis dahin unbekannten Massenprotesten. Die Regierungen waren nicht mehr Herr der Lage; das Volk wollte nicht mehr wie bisher regiert werden. Die Bundestagswahlen des Jahres 1987 in der BRD waren ein Spiegelbild dieser Krise. Eine Schwesternpartei der SED errang die absolute Mehrheit. Zum Bundeskanzler wurde Generalsekretär Honni gewählt.

Honni war von der Dimension der Verantwortung hoffnungslos überfordert. Die Krise verschärfte sich weiter. Aber innerhalb der SED gab es starke Reformkräfte. Sie inszenierten einen Putsch, in dessen Folge Honni abgesetzt wurde. Die Position des Bundeskanzlers wurde vorerst nicht wieder besetzt. Der Bundestag stellte wegen des Bestehens eines nationalen Notstandes seine Arbeit bis auf Weiteres ein. An die Spitze der Bundesrepublik trat ein Zentraler Reformationsrat mit drei Mitgliedern. Diese regierten mit Notverordnungen. Zu den Themen, denen ihre besondere Aufmerksamkeit galt, gehörte die personelle und inhaltliche Erneuerung des Hochschulwesen. Vorgesehen war, dass alle fest angestellten Mitarbeiter überprüft und die Stellen neu ausgeschrieben wurden. In der DDR scharrten schon die zweit- und drittklassigen Kader mit den Hufen, die nach einer internen Planung die Lehrstühle an den westdeutschen Hochschulen übernehmen wollten.

Professor Stark lief mit quietschenden Stiefeln die Treppe zur siebenten Etage hinauf, dynamisch immer zwei Stufen auf einmal nehmend. Ein Vorhaben, das seine Dynamik dokumentieren sollte. Was er nach dem 2. Obergeschoss jedoch bereute. Da er sich aber keine Blöße geben wollte, kam er ziemlich außer Atem im 7. Stock an.

Es war 8.12 Uhr, als eine neue Zeitrechnung für die Hamburger Historiker begann. Professor Stark wurde schon von seinem Wissenschaftlichen Sekretär und seinem ersten Oberassistenten erwartet. Beide hatten gestern den Rostocker Zug genommen, um pünktlich zu sein. Sie richteten ihm aus, dass er vom neuen Dekan der Geisteswissenschaftlichen Fakultät zu einem dringenden Gespräch erwartet wurde. Professor Stark gefiel das überhaupt nicht, denn er mochte diesen Dekan nicht. Man hatte ihm diesen Parteiphilosophen von der Akademie für Gesellschaftswissenschaften beim Zentralkomitee (ZK) der SED vor die Nase gesetzt, ohne seine Meinung, geschweige denn seine Zustimmung zu dieser Personalie einzuholen.

Der Dekan gab ihm wortlos die Hand und forderte ihn mit einer Geste auf, vor seinem Schreibtisch Platz zu nehmen. Professor Stark mochte diese Sitzposition nicht. Viel lieber wäre es ihm gewesen, wenn sich der Dekan mit ihm an den Beratungstisch gesetzt hätte. So auf einer Ebene. Das Sitzen auf dem harten Stuhl vor dem Schreibtisch bedeutete eine Subordination. So war es vom Dekan auch gemeint. Der Dekan kam ohne große Umschweife zum Kern: „Gestern Nacht hat es in Berlin große Veränderungen gegeben. Genosse Honni hat wieder die Macht übernommen. Gemeinsam mit Genossen Greif hat er unmissverständlich klar gestellt, wer der Herr Im Hause ist. Die Meuterer wurden entmachtet und vorerst unter Hausarrest gestellt."

Professor Stark hatte wortlos zugehört. Ihm lief es eiskalt den Rücken runter. Ausgerechnet Honni. Dabei hatte er sich in der Öffentlichkeit als dessen Gegner positioniert. Die Schergen werden ihm das nicht verzeihen. War es nur eine Frage der Zeit, bis die Genossen von der Stasi bei ihm aufkreuzten? Hilflos sah er den Dekan an und fragte: „Was hat das für Konsequenzen für meine Arbeit. Bleibt es bei der Festlegung des Ministeriums, dass alle wissenschaftlichen Mitarbeiter des Fachbereiches zu evaluieren sind und der Personalbestand um 50 Prozent erhöht wird?"

„Dazu kann ich in der jetzigen Situation gar nichts sagen", erwiderte der Dekan, „ich empfehle dir, bis auf weiteres alles beim Alten zu belassen, bis wir neue Weisungen von ganz oben bekommen."

„Soll ich denn die heutige Vollversammlung ausfallen lassen?"

„Nein, auf keinen Fall. Du musst mit derartigen Situationen zurechtkommen. Wir sind schließlich in einem historisch einmaligen Prozess der deutschen Geschichte. Geh in die Vollversammlung, stelle dich dort als neuer Fachbereichsleiter vor und mache den Herrschaften klar, wohin jetzt die Reise geht."

Professor Stark war völlig verunsichert, als er das Zimmer des Dekans verließ. Auf dem Korridor warteten schon seine engsten Mitarbeiter. Sie sahen ihn fragend an. Professor Stark knurrte nur: „Jetzt nicht..." und ging mit hängenden Schultern zum Hörsaal, in dem die Mitarbeiter des Fachbereiches schon auf ihn warteten. Er gab sich einen Ruck und schritt energisch schritt er durch die offene Tür. Er hatte sich wieder im Griff und blickte sich konzentriert im Raum um. Bei seinem Erscheinen in der Uniform ging ein Raunen durch den Saal. Einige kicherten, andere schimpften verhalten. Er ließ die Leute kichern und knurren. Nach wenigen Sekunden trat Ruhe ein. Man hätte hören können, wenn eine Kontaktlinse zu Boden gefallen wäre.

Professor Stark nahm sein Redekonzept aus seiner geliebten alten schwarzen Aktentasche und legte es auf das Pult. Auf Grund der neuen Situation konnte er es nicht mehr verwenden, aber allein die vielfach ausgeführte Bewegung half ihm, sich zu konzentrieren. Er begann mit belegter Stimme zu sprechen: „Sehr geehrte Kolleginnen und Kollegen. Ich bin Professor Heiner Stark. Das Ministerium hat mich als Leiter ihres Fachbereiches eingesetzt. Ich kann ihnen heute noch nicht auf alle ihre Fragen eine erschöpfende Antwort geben. Dazu sind die Voraussetzungen noch nicht gegeben. Wir werden uns in den kommenden Tagen und Wochen einarbeiten und mit jedem einzelnen Kollegen persönlich sprechen. In der Hauptsache werden sie wissen wollen, ob sie ihre bisherigen Arbeitsstellen behalten. Das, wie gesagt, kann ich heute noch nicht beantworten. Vorgesehen ist, jeden Einzelnen im Rahmen eines Evaluierungsverfahrens zu überprüfen, damit wir uns einen Eindruck verschaffen können, ob er Willens und in der Lage ist, die neuen Verhältnisse im Sinne des sozialistischen Fortschritts in Deutschland parteilich und engagiert mit zu gestalten. Lassen sie mich als Motto für unsere zukünftige Arbeit die 11. Feuerbach – These von Karl Marx zitieren ´Die Philosophen haben die Welt nur verschieden interpretiert, es kömmt drauf an, sie zu verändern`.“

Stille, keiner sagte ein Wort. Polternd fiel ein Kugelschreiber auf den Boden. Ein älterer Mitarbeiter stand auf und begann, ohne ums Wort gebeten zu haben, zu sprechen: „Verehrter Kollege Stark, ich befürchte, dass hier ein Missverständnis vorliegt. Ich bin Professor Uert, der Leiter des Fachbereiches Geschichte. Ich glaube im Namen aller Kolleginnen und Kollegen zu sprechen, wenn ich erkläre, dass wir ihre Ansprüche auf die Leitung des Fachbereiches nicht akzeptieren können. Wir…“ An dieser Stelle wurde er von Professor Stark unwirsch unterbrochen:

„Ich habe in meinen Händen einen Beschluss des Ministeriums, dass mit sofortiger Wirkung die bisherige Fachbereichsleitung abgesetzt wird und ich zum neuen Bereichsleiter ernannt werde. Die weiteren Leitungsfunktionen vergebe ich in den nächsten Tagen. Es werden Kolleginnen und Kollegen aus der DDR sein, so sieht es der Personalplan des Ministeriums vor." Damit beendete er die Diskussion und verließ den Saal, ohne sich noch einmal umzudrehen.

Zu seinem Verdruss stand ihm sein Büro noch nicht zur Verfügung. Der bisherige Leiter hatte es noch nicht frei gegeben. An der Tür befand sich noch dessen Namensschild. Professor Stark setzte sich trotzdem an den Schreibtisch und forderte seinen Wissenschaftlichen Sekretär auf, sich umgehend darum zu kümmern, dass sein Büro geräumt und mit seinem Namen versehen wurde. Nachdem der Wissenschaftliche Sekretär den Raum verlassen hatte, schloss Professor Stark die Tür und schaltete das Fernsehgerät ein, um die neuesten Nachrichten zu hören.

Der Nachrichtensender ddr 24 berichtete rund um die Uhr über die aktuelle Situation in Berlin. Im Augenblick lief ein Interview mit dem Mitglied des Politbüros der SED Wolf Erger. Er gehörte weder zu den Hardlinern noch zu den Reformern, sondern war bekannt als erfahrener Pragmatiker. Honni und Greif hatten ihn vorerst noch nicht abgesetzt, weil sie seine Sachkenntnisse als Wirtschaftsfunktionär benötigten. Auf die Frage des Fernsehmoderators, welche Veränderungen sich aus der Rückkehr von Honni und Greif an die Parteispitze für das Volk ergaben, wich Erger unkonkret aus: „Seitdem die SED in den Bundestagwahlen vor achtzehn Monaten die absolute Mehrheit erringen konnte, steht das Wohl des Volkes im Mittelpunkt der Politik der SED. Dem Volk ist durchaus bewusst, dass die Regierung aus Vertretern der Koalition von SED und DKP verhindert hat, dass die große Weltwirtschaftskrise zu einer umfassenden Verarmung des Volkes der BRD geführt hat. Wie alle wissen, kam es in den kapitalistischen Ländern zu einer wahnwitzigen Inflation, die fast das Ausmaß der Geldentwertung in Deutschland von 1923 erreichte. Das Volksvermögen der Westdeutschen wurde faktisch vernichtet. Viele konnten die Kredite nicht mehr bedienen und verloren auch noch ihre Häuser und Wohnungen. Erst mit der Übernahme von Bürgschaften durch die DDR für das Gebiet der BRD bekamen die Menschen wieder eine stabile Währung."

Der Journalist fragte nach: „Dabei spielten die Reformkräfte in der SED – Führung um Egmont Zerk eine sehr positive Rolle, weil sie den wirtschaftlichen Prozess für die Bevölkerung der DDR mit einer Liberalisierung verbanden. Jetzt haben Honni und Greif wieder die Macht übernommen. Werden damit Demokratie und Freiheit wieder auf das Niveau von 1961 zurückgedreht?"

Erger konnte sich ein Lächeln nicht verkneifen: „Meinen sie etwa, es würde eine Mauer um das gesamte Deutschland gebaut werden. Niemand hat diese Absicht, das können sie mir glauben."

Professor Stark atmete tief ein. Von wegen, keiner will eine Mauer bauen, das kennen wir schon. Trotz der Materialknappheit wurde 1961 in wenigen Stunden die Grenze zu Westberlin zugemauert. Bei der heutigen Technik und den unerschöpflichen Ressourcen der BRD Wirtschaft ist es kaum ein größeres Problem, die Mauer um ganz Deutschland zu ziehen. Wie in der Sage von der Teufelsmauer am Harz. Das wären schlappe 3 ½ Tausend Kilometer Mauer. Der Kubikmeter Beton kostet 150 Mark, wenn der laufende Meter der Mauer mit Fundament und Arbeitskosten tausend Mark kostet, ergäbe das rund 3,5 Milliarden Mark. Und Honni hätte wieder seine alte Ordnung und könnte ruhig schlafen.

II. Das Politbüro der SED

12. August 1988, abends. Unsicher blickten die Mitglieder des Politbüros von SED/DKP zu ihrem Generalsekretär. Neben ihm hatte demonstrativ der Minister für Staatssicherheit Platz genommen. An der rechten Seite, sozusagen als rechte Hand Honnis. Seit dem Putsch der Reformkräfte war es das erste Mal, dass sich dieser Personenkreis traf. Honni genoss unübersehbar diesen Augenblick. Obwohl alle gespannt auf seine Rede warteten, ließ er einige Zeit verstreichen, um seine Macht zu demonstrieren. Dann begann er zu sprechen: „Genossen, es ist an der Zeit, dass die politische Führung Deutschlands wieder von uns erfahrenen und verantwortungsbewussten Kommunisten übernommen worden ist. Nun ja, den Sozialismus in seinem Lauf, hält weder Genosse Zerk noch ein anderer Esel auf."

Genüsslich lächelnd wartete er ab, bis sich die Heiterkeit gelegt hatte und fuhr in seiner Rede fort: „Was sind nun unsere nächsten Aufgaben. An erster Stelle steht die Sicherung der Macht der Arbeiterklasse. Vor uns liegt kein einfacher Weg. Nicht alle Bürger der Gesamtdeutschen Demokratischen Republik werden damit einverstanden sein. Wir müssen verhindern, dass diese Nörgler und Pessimisten unserer Volkswirtschaft schaden. Ich plane deshalb eine Sicherung der Staatsgrenze ähnlich wie vor 27 Jahren." Spontaner Beifall brandete auf.

„Sehr gut, genauso ist es richtig", stimmte ihm Günther Morgen, der Minister für Wirtschaft und Soziales beflissen zu. Als Honni ihn ermunternd ansah, traute er sich, seine Ansichten zu erläutern: „Genossen, wir leiden doch an der Geißel der Arbeitslosigkeit. Zerk und seine Vasallen haben es nicht verstanden, dieses Problem zu lösen. Durch die große Arbeitslosigkeit entstehen dem Staat immense Kosten. In Deutschland sind derzeit 25 Millionen Menschen ohne Arbeit. Jeder Einzelne kostet den Staat im Monat 1.000 Mark. Das sind jeden Monat 25 Milliarden. Im Jahr 300 Milliarden. Schuld daran ist dieses Streben nach einer hohen Arbeitsproduktivität. Wir müssen statt dessen die Arbeitsproduktivität der westdeutschen Region an das Niveau der DDR angleichen. Damit erreichen wir in kürzester Zeit Vollbeschäftigung."

Honni nickte ihm wohlwollend zu: „Da sehen wir einmal mehr die Überlegenheit der sozialistischen Planwirtschaft. Natürlich können wir dieses humanistische Ziel nur erreichen, wenn wir auch das westdeutsche Lohnniveau dem Standard der DDR angleichen. Damit werden nicht alle einverstanden sein. Wir müssen verhindern dass die besten Fachkräfte unserer Republik der Arbeiter und Bauern den Rücken kehren. Wir brauchen deshalb, wie 1961, einen antifaschistischen Schutzwall."

„Und wo sollen dann unsere Werktätigen Urlaub machen", warf zögernd die Ministerin Bildung und Erholung Margot Dreist ein, „wenn wir die Grenzen schließen?" Honni, von dieser Unterbrechung genervt, antwortete scharf: „Nirgendwo steht geschrieben, dass unsere Werktätigen auf diesem Marakuja, oder wie es sonst heißt, ihren Urlaub verbringen müssen. Schließlich haben wir die Ost- und Westsee und neuerdings sogar die Alben. Und für unsere Helden der Arbeit stehen nach wie vor die Traumstrände Bulgariens und Kubas zur Verfügung."

Die Ministerien für Bildung und Erholung fühlte sich ermuntert, einen Vorschlag in dieser Angelegenheit zu machen: „Ich halte es für wichtig, den Reisedrang der Menschen nicht zu unterschätzen. Nach Mallorca können wir sie nicht mehr so einfach reisen lassen, die büxen uns nur aus. Statt dessen sollten wir von einem unserer Verbündeten Staaten auf dem afrikanischen Kontinent eine Insel mieten, damit unsere Werktätigen dort ihren verdienten Sonnenurlaub machen." Und schmeichelnd fügte sie hinzu: „ Wir könnten dieses Urlaubsparadies „HonniEiland" nennen."

An diese Stelle erwachte der Minister für Staatssicherheit aus seinem Nickerchen: „Jawoll, ich liebe doch alle, ich liebe doch alle Menschen! Genauso machen wir das. Und drumherum bauen wir einen Maschendrahtzaun, damit wir unsere Menschen vor den bösen Bonner Ultras schützen, ha, ha, ha."

Der Generalsekretär war von diesem Abdriften der Diskussion in periphere Bereiche der Politik nicht begeistert: „Nun, Genossen, genug mit dieser Heiland – Insel. Wir sind schließlich Atheisten. Ich denke, wir haben Wichtigeres zu tun."

Bei dem Wort ‚Wichtigeres' erwachte nun auch der Vorsitzende des gesamtdeutschen Gewerkschaftsbundes, der passionierte Jäger Harry Stuhl, aus seinem Kurzschlaf: „Wichtig ist für die Erhaltung unserer Kampfkraft vor allem, dass wir als Vertreter des Volkes unsere Jagdgebiete zurückbekommen. Wir müssen schließlich unsere Manneskraft regenerieren und dazu brauchen wir die Erholung und Stimulanz durch das Jagen."

„Sehr richtig und sehr wichtig", fand er spontane Unterstützung des Ministers für Landwirtschaft und Kleingartenidylle, „wir leisten damit auch einen wesentlichen Beitrag für die Versorgung unserer Menschen mit gesundem Fleisch."

„Apropos gesundes Fleisch", meldete sich der Minister für die Volksgesundheit zu Wort, „zu den dringendsten Problemen gehört für mich auch die Betreibung der Bordelle als Abteilungen der Kreiskulturhäuser. Das würde bedeuten, jeder Kreis hat nur einen Puff. Das ist zu wenig. Bei der damit verbundenen Belastung der dort tätigen Männer und Frauen kann ich nicht für deren Gesundheit garantieren."

Bei diesem Thema erhitzten sich die Gemüter. Der Generalsekretär bemerkte davon allerdings nichts mehr. Er war eingeduselt und wurde erst zum Ende der Sitzung gegen 24.00 Uhr von seinem Fahrer geweckt, der ihn wohlbehalten mit seinem Citroen nach Hause bringen wollte. Unterwegs wandte sich der Generalsekretär vertrauensvoll an ihn: „Sagen sie doch mal, Genosse, wissen sie, wo das Bernauer Kreiskulturhaus ist. Ich würde denen gerne einen überraschenden Besuch abstatten. Um mal zu sehen, wie sich unser Kulturleben so entwickelt hat." Der Fahrer drehte sich fragend um: „Das Kreiskulturhaus ist jetzt bestimmt schon geschlossen. Nur die volkseigene Abteilung für erotische Bedürfnisse ist noch geöffnet."

„Dann müssen wir damit zufrieden sein."

Als der schwarze Citroen des Generalsekretärs das Kreiskulturhaus erreichte, blieb sein Erscheinen nicht unbemerkt. Die Leiterin der Abteilung Erotik, eine Genossin der SED mit 30 Jahren Parteierfahrung in der Führung sozialistischer Kollektive, eilte sofort zu der Limousine und öffnete persönlich die Autotür. Sie stieß vor Begeisterung einen spitzen Schrei aus und rief: „Dass ich das noch erleben darf, sie persönlich statten meiner Einrichtung einen Besuch ab. Wenn sie erlauben, stehe ich ihnen selber zur Verfügung. Sie werden begeistert sein. Ich kenne alles aus meiner Zeit als Betreuerin der Westkunden auf der Leipziger Messe. Und wenn Ilona sagt alles, dann meint sie auch alles."

Erschrocken blieb der späte Besucher in der halb geöffneten Autotür stehen. Ein Bein auf der Straße, das andere noch im Wagen. Er wehrte die aufdringliche Dame ab: „Ich bin hier nicht zu meinem Vergnügen. Wir behandeln das Thema Kreiskulturhäuser im Politbüro gerade als zentrale Frage der weiteren Gestaltung der entwickelten sozialistischen Gesellschaft. Deshalb muss ich mir einen gründlichen Eindruck von ihrem gesamten Angebot machen. Wie heißt es doch bei uns ‚Der Jugend Vertrauen und Verantwortung'. Wie steht es denn bei ihnen mit dieser Forderung unserer Partei?"

„Ja, selbstverständlich", antwortete ihm die Leiterin, „wir haben sofort eine Jugendbrigade der FDJ gebildet, die um höchste Ergebnisse im sozialistischen Wettbewerb kämpft. Unser Motto lautet ‚Meine Hand ist mein Produkt'. Wir sind führend im Jahresvergleich aller Kreiskulturhäuser. Kommen sie doch in unsere Rote Ecke und überzeugen sie sich von unserem Leistungsvermögen."

Zufrieden betrachtete der Generalsekretär die Wandzeitung. Genauso liebte er dieses bewährte Instrument des sozialistischen Wettbewerbs. Die Ziele und Ergebnisse im Wettstreit um beste Ergebnisse am Arbeitsplatz waren in Säulendiagrammen dargestellt. Fragend wandte er sich an die Leiterin: „Es gibt im Politbüro Auffassungen, dass wir im Bereich der erotischen Grundversorgung unserer Bevölkerung unterbesetzt sind. Einige Genossen halten es für falsch, dass wir pro Kreis nur eine erotische Abteilung in den Kreiskulturhäusern betreiben. Sie meinen, wir sollten hier mehrere Anbieter zulassen."

Die Leiterin beeilte sich, ihm auf diese Frage eine kompetente Antwort zu geben: „Wie sind die Fakten, lassen wir doch mal diese sprechen. Wir sind schließlich nicht von gestern und haben eine Marktanalyse angestellt. Unser Kreis hat bekanntlich 240.000 Einwohner. Davon sind etwa 50 Prozent männlich, davon wiederum 80 Prozent im sexuellen Alter. Macht rund 96.000 potentielle Kunden. Wenn wir von der Vermutung ausgehen, dass sich davon 20 Prozent für unsere Dienstleistung interessieren, ergibt das zirka 20.000 Besucher pro Jahr. Wenn jeder zweimal kommt, wären das 100 pro Tag. Wir sind aber nur 5 Frauen und ein Mann. Damit können wir keine gründliche Dienstleistung im erotischen Bereich garantieren. Es muss alles immer rucki zucki gehen. Pro Nutzer sind das im Durchschnitt 20 Minuten."

Der Generalsekretär war nicht mehr in der Lage, diesen komplizierten Kalkulationen zu folgen. Er hielt sich gähnend die Hand vor dem Mund und fragte: „Was heißt das nun, liebe Genossin, brauchen wir mehr Anbieter oder nicht?"

„Die Frage so zu stellen, heißt, dem Klassenfeind Tür und Tor zu öffnen", gab ihm die Leiterin unverblümt zur Antwort, „wollen wir etwa unsere Werktätigen der Sex – Mafia ausliefern? Ich sage nein. In unserer Branche stecken große volkswirtschaftliche Potenzen, die wir selber erschließen können, ja ich traue mich zu sagen, erkämpfen müssen." Sie war richtig in Wallung geraten und setzte ihre Argumentation fort: „Jeder Gast bezahlt bei uns pro Behandlung im Durchschnitt 100 Mark. Das ergibt im Monat 200.000 Mark rein aus der sexuellen Dienstleistung. Hinzu kommen noch einmal 100.000 Mark Gewinn aus dem Barbeitrieb, Summa summarum erwirtschaften wir im Jahr 3 Millionen und 600.000 Mark."

Der Generalsekretär hatte während dessen in einem der bequemen Sessel Platz genommen. Auf seinem rechten Oberschenkel saß eine gut proportionierte Mitarbeiterin, die ihm als Siegerin im erotischen Wettbewerb vorgestellt worden war. Durch diesen ungewohnten Kontakt war ihm das Blut in den Kopf gestiegen und setzte Energien frei für Phantasien und neue Ideen. Er wollte sich aber keine Schwäche erlauben sondern griff den Gedanken der Leiterin auf: „Ich verstehe dich doch richtig, wenn ich schlussfolgere, dass wir in eurem Dienstleistungsbereich mehr Personal brauchen, um die Gewinne im Interesse des Volkes zu erhöhen und zu nutzen?"

Die Leiterin hatte natürlich registriert, dass der Generalsekretär in Wallung geraten war. Nun wollte sie auch den ganzen Erfolg. Sie beugte sich zu ihm herunter und flüsterte ihm ins Ohr: „Meine geschickteste Dame würde dir jetzt gerne unser Leistungsangebot vorführen, selbstverständlich ginge das aufs Haus." Und laut sagte sie: „Das ist genau meine Meinung. Ich meine, wir brauchen deutlich mehr Personal, viel mehr Platz und Komfort und natürlich eine zentrale Behörde für diesen Bereich, ich dachte dabei an ein Ministerium des Intimen. Ich wäre bereit, dessen Leitung zu übernehmen."

In diesem Augenblick klingelte das Funktelefon des Generalsekretärs. Es war seine Frau, die sich Sorgen um sein Wohlergehen machte. Ohne sich zu verabschieden sprang er in seinen Dienstwagen und wies den Fahrer an, ohne Umwege und zügig nach Hause zu fahren. Die Leiterin war enttäuscht, konnte aber als erfahrene Genossin mit Niederlagen umgehen.

III. Nacht der Entscheidung

Behutsam zog Professor Heiner Stark die Tür seines Hotelzimmers ins Schloss. Er war überarbeitet und sehnte sich nach erholsamem Schlaf. Um seinem Ärger Luft zu verschaffen, hätte er am liebsten die Tür zugeknallt. Doch die anderen Gäste sollten nicht darunter leiden, dass sein Stresssensor dunkelrot blinkte. Soweit hatte er sich noch in der Gewalt, schließlich war er nicht irgendwer. Das Personal kannte seinen Professoren-status. Sie sollten ihn nicht schwach erleben. Er ließ sich in den einzigen Sessel seines mittelklassigen Hotelzimmers fallen, goss sich ein Glas Rotwein aus der angebrochenen Flasche in das schmutzige Glas und trank den warmen Burgunder mit kräftigen Schlucken. Sein gereizter Magen nahm ihm diese Attacke übel und reagierte prompt mit einem mehrstufigen Rülpser. Er ärgerte sich über sich selbst. Anstatt den hohen Stresspegel durch körperliche Aktivität abzubauen, saß er in diesem trostlosen Hotelzimmer und rülpste vor sich hin. Aber was konnte er in dieser lauten Großstadt schon unternehmen, er sehnte sich nach einem ausgedehnten Strandspaziergang mit seiner Frau. Sollte er jetzt noch alleine um die Innenalster laufen? Seine Gedanken wurden vom Klingeln des Telefons unterbrochen. Der Dekan fühlte sich offensichtlich genauso einsam. Den Vorschlag, zusammen einen Sundowner in der Hotelbar einzunehmen, konnte Professor Stark schlecht ablehnen. Er bat um einige Minuten, duschte, zog ein frisches Hemd an und fuhr dann lustlos in die parterre gelegene Bar.

Professor Stark brauchte einige Sekunden, um in dem gut besuchten Lokal den Dekan zu entdecken. Der hatte einen der wenigen freien Tische erobert, wenn auch direkt an der Tür zu den Toiletten. Seine Frau Ursel hätte ihm das nicht verziehen, musste er schmunzelnd feststellen. Sie hasste Tische im

Klovorbereich, wie sie es auszudrücken pflegte. Sie hätte für kein Geld der Welt an diesem Ort Platz genommen. Aber Ursel war in Rostock. Er konnte dem Dekan kaum Vorwürfe machen, deshalb winkte er ihm freundlich zu und begab sich durch das muntere Treiben zu dem freien Vierertisch. Mit wenigen Blicken erfasste er, in welcher Verfassung der Dekan war. Vor ihm standen ein halbvolles Glas mit Wodka und ein halbleeres Glas mit Milch. Er war für seine skurrilen Trinkgewohnheiten bekannt. Er schwor Stein und Bein, dass ihm nichts anderes bekommen würde und trank dieses Gemisch, unbeeindruckt von den Blicken und Bemerkungen der anderen Gäste. Sein Aussehen ließ vermuten, dass vor ihm nicht das erste oder zweite halbvolle Wodkaglas stand. Sei es drum, dachte sich Professor Stark, ist jetzt auch egal, lange bleibe ich heute ohnehin nicht.

„Ganz schön was los in diesem Laden", der Dekan beugte sich zu Professor Stark, um gegen das Stimmengewirr anzukommen, „ich habe schon einige Bekannte aus dem Zentralkomitee getroffen. Das Hotel ist komplett ausgebucht. Es gibt viel zu tun für uns, um die neue Politik an der Basis zu etablieren. Ist wohl heute nicht so gut bei dir gelaufen. Kann ich total verstehen, wir wissen ja noch gar nicht, was auf uns zukommen wird, wo doch Honni und Greif wieder am Ruder sind." Stark winkte nur ab: „Wird schon nicht so schlimm kommen, die brauchen doch jeden einzelnen Fachmann mit einer DDR - Vita. Es steht ja 16 zu 62, oder anders ausgedrückt, auf jeden DDR - Fachkader kommen vier Flaschen aus dem Westen."

Ihre Unterhaltung wurde ebenda von einem Mann mittleren Alters unterbrochen, der darum bat, mit seinem Freund die freien Plätze des Tisches besetzen zu dürfen. Für einige Minuten herrschte Schweigen. Die vier Männer musterten sich unauffällig auffällig. Professor Stark nahm für sich in Anspruch, eine gute Menschenkenntnis zu besitzen und versuchte zu erraten, um wen es sich bei den potentiellen Tischnachbarn handelte. Der eine war ein drahtiger Typ in den Dreißigern, gepflegter Maßanzug, korrekte Krawatte. Unverkennbar einer, der eine strenge Dress Ordnung verinnerlicht hatte. Der andere war wohl über fünfzig, dickleibig mit offener Jacke. Der Hosenbund konnte das verschwitzte Oberhemd nicht mehr kontrollieren. Erst jetzt wurde deutlich, dass zu den neuen Gästen zwei Damen gehörten, die mit einer Distanz zum Tisch warteten. Dieses Benehmen ließ eine gute Erziehung vermuten. „Entschuldigen sie, meine Damen", Professor Stark wandte sich bedauernd an die beiden, „ich kann ihnen leider keinen Platz mehr anbieten. Vielleicht finden wir für sie ja noch an den Nachbartischen unbesetzte Stühle..." „Papperlapapp", mischte sich da der Dekan in das Gespräch, „wir können doch jeweils zwei Stuhlsessel zu einer Bank zusammen stellen, dann machen wir sechs aus vier." Er war von seiner Idee so angetan, dass er keinen Widerspruch duldete und die neue Sitzordnung so geschickt organisierte, dass zwischen ihm und Professor Stark die jüngere der beiden Frauen zu sitzen kam.

Professor Stark musste mit Erstaunen feststellen, dass ihn der unvermeidbare Körperkontakt mit der attraktiven Frau erregte. Das war ihm in seiner über zwanzigjährigen Ehe selten passiert. Er wusste nicht, wie er mit dieser Emotion umgehen sollte, wurde aber, ehe er sich dessen klar werden konnte, von dem älteren der beiden Männer angesprochen: „Erlauben sie bitte, dass wir uns vorstellen. Zu meiner Rechten sehen sie Herrn Dr. Müller, Direktor bei der Commerzbank. Neben ihm seine Prokuristin Frau Schneider. Weiterhin freue ich mich, ihnen Frau Gold vorzustellen, Büroleiterin meiner Kanzlei. Und ich bin Udo Bahrendorf, Unternehmens- und Steuerberater aus

Pinneberg." Eine Pause entstand, offensichtlich warteten die neuen Bekannten darauf, dass sich die Anderen ebenfalls vorstellten. Der Dekan dachte nicht daran und nahm stattdessen einen Schluck aus seinem Milchglas, um gleich danach das halbvolle Wodkaglas zu leeren. Heiner Stark wurde die Sache peinlich. Es widersprach seiner Auffassung von Anstand, die Vorstellung nicht zu erwidern, und so übernahm er diese Aufgabe. Er war kaum fertig, da fiel ihm der Dekan ins Wort: „Da haben sie sich ja einen sehr speziellen Beruf ausgewählt", sagte er zu dem Steuerberater, „das gesamte Steuersystem steht ja vor grundlegenden Veränderungen. Ich verstehe von diesem Thema so gut wie nichts, aber ich weiß so viel, dass ich nicht in ihrer Haut stecken möchte." Und an den Bankdirektor mit einem Blick auf dessen Zimmerschlüssel gewandt: „Und was machen sie in diesem Hotel, sie wohnen doch praktisch um die Ecke."

Dr. Müller ließ sich von dieser arroganten Anrede nicht aus der Contenance bringen. Man sah ihm auch nicht die kleinste Gemütsregung an, als er antwortete: „Wir waren heute in Hamburg zu einem Vortrag bei der Industrie- und Handelskammer. Referent war ein Staatssekretär aus dem Wirtschaftsministerium. Er sprach über die Pläne der Regierung für die Neugestaltung der Finanz- und Steuerpolitik." Die Frage nach den Gründen für seine Übernachtung im Hotel ließ er unbeantwortet. Für Professor Stark war das ohnehin kein Rätsel, wenn er sich die beiden hübschen Frauen betrachtete.

Der Steuerberater hatte unterdessen eine teure Flasche Rotwein bestellt, allen einschenken lassen und erhob nun sein Glas: „Der Staatssekretär hat uns heute aufgefordert, die sozialistische Umgestaltung der Finanz- und Steuerpolitik in Deutschland aktiv zu unterstützen. Unsere Kompetenz ist dabei

sehr gefragt. Wir wollen deshalb ein überregionales Consultingunternehmen gründen, das den zahlreichen Betrieben in Westdeutschland helfen soll, diesen schwierigen Weg zu meistern. Das schaffen wir aber nicht allein. Wir brauchen dafür erfahrene Fachleute aus der DDR. Wir könnten uns vorstellen, dass sie uns dabei unterstützen. Wir benötigen einen gut vernetzten Key Account Manager. Ich will ihnen ja nicht zu nahe treten, schließlich sind sie hochqualifizierte Wissenschaftler. Aber ich weiß von den Planungen zur Neugestaltung der Gehaltsordnung im öffentlichen Dienst. Ich kann ihnen also in Aussicht stellen, dass ein Key Account Manager in unserer Sozietät mindesten doppelt so viel verdienen wird wie ein ordentlicher Professor an der Uni."

Professor Stark glaubte, seinen Ohren nicht trauen zu können. Vor wenigen Minuten noch hatte er die Neuankömmlinge mit der Arroganz des Siegers betrachtet, jetzt zeigten sie ihm, wer die Herren der neuen Zeit waren. Der Dekan hatte nur abgewinkt und sich einen neuen Wodka bestellt. Das Glas Rotwein stand unberührt vor ihm. Professor Stark war nun doch neugierig geworden. Er fühlte sich von der Offerte irgendwie geehrt, als er erwiderte: „Ich hoffe, sie haben meinen Professorenstatus in der Vorstellung richtig verstanden. Ich bin Historiker, kein Ökonom. Da bin ich für sie wohl kaum die richtige Wahl als Key Account Manager." Der Bankdirektor reagierte erfreut auf diesen Einwand, zeugte das doch von einem möglichen Interesse: „Sie sind ein ausgewiesener Kenner der deutschen Zeitgeschichte. Damit sind sie ein profunder Allrounder mit einem großen Überblick über die Zusammenhänge zwischen Wirtschaft und Politik. Außerdem ist ihr Professorentitel für uns die halbe Miete. Der öffnet ihnen die Türen zu den Vorstandsetagen der Unternehmen wie auch zu den Büros der Politiker."

Die Frauen hatten das Gespräch aufmerksam verfolgt. Jetzt drehte sich Frau Gold zu Professor Stark, wechselte das übergeschlagene Bein, so dass sie sich besser zu ihm wenden konnte. Er hörte das knistern ihrer Strumpfhose. Offen sah sie ihn mit ihren großen braunen Augen an und sagte: „Heute ist nicht nur das Fachwissen gefragt, mindestens genauso so wichtig ist die persönliche Ausstrahlung eines Managers. Sie, lieber Professor, sind ein gut aussehender Mann in den besten Jahren. Ich habe in wenigen Sekunden gespürt, dass sie das gewisse Etwas haben, das einen erfolgreichen Mann von einem Loser unterscheidet."

Der Dekan konnte sich ein Lachen nicht verkneifen: „Und was bitte soll das sein, dieses gewisse Etwas. Habe ich das etwa nicht?"

Frau Gold ließ sich von dieser Provokation nicht beeindrucken: „Aber natürlich, haben sie das. Noch viel mehr als Professor Stark." Alle außer dem Dekan bemerkten die Ironie in ihrer Stimme. Damit waren die Würfel gefallen. Nicht dem Dekan, sondern Heiner Stark galt das Interesse. Das musste nicht mehr explizite gesagt werden.

Die Zeit war nicht stehen geblieben. Es war schon kurz vor Mitternacht. Auf der Tanzfläche folgten einige Paare dem sanften Rhythmus des Barpianisten. Wie von einer geheimen Kraft gelenkt, hatte Professor Stark Frau Gold um einen Tanz gebeten. Mit Ursel hatte er schon seit vielen Jahren nicht mehr getanzt. Die Musik bedurfte keines tänzerischen Talentes. Er hielt die Frau in den Armen und folgte wie in Trance dem Takt der improvisierten Musik. Als ob sie seine Frage erraten hatte, sagte sie zu ihm: „Sie dürfen nicht denken, dass ich eine Affäre mit meinem Chef habe. Ich arbeite schon seit zehn Jahren in seiner Kanzlei. Ich kenne seine Familie gut. Wir sind befreundet,

mehr nicht. Wir hatten heute einfach das Bedürfnis, gemeinsam einen netten Abend zu erleben und werden nachher alle brav in unsere Einzelzimmer gehen." Als Heiner Stark nicht antwortete, nahm sie das als Einladung für eine sehr direkte Frage: „Und sie, Herr Stark, haben sie auch Frau und Familie?"

„Weshalb wollen sie das wissen, gehört das zu meinem Eignungsgespräch", seine Antwort geriet patziger als er gewollt hatte. Er lenkte deshalb sofort ein: „Ich bin seit zwanzig Jahren verheiratet und habe zwei Kinder."

„Na, dann ist ja alles gut", lächelte Frau Gold. Und beide wussten, dass es nicht so war.

Es war schon nach Mitternacht, als sich Heiner Stark von seiner neuen Bekannten verabschiedete. Etwas in ihm sagte, er solle die Einladung zu einem unverbindlichen Gespräch über die Mitwirkung in dem Consultingunternehmen annehmen. Er fühlte sich innerlich zerrissen und fand lange keinen Schlaf. Wirre Träume machten ihm zu schaffen. Er war richtig froh, als ihn der Wecker um sieben Uhr erlöste.

Alles andere als frisch und ausgeruht setze er sich an das Steuer seines alten Wartburg. Der Anlasser folgte nur zögerlich dem Befehl des Zündschalters und stellte nach wenigen Umdrehungen seine Tätigkeit ein. Das musste ja so kommen, ging es Heiner Stark durch den Kopf. „Verdammte Mistkarre", fluchte er laut vor sich hin. War es ein Zufall, dass er in dem Mercedes neben seinem Wagen Frau Gold erkannte? Sie lächelte ihn freundlich an: „Moin, moin, Herr Professor Stark. Wie ich sehen muss, bereitet ihnen ihr Wagen Probleme. Darf ich ihnen anbieten, sie mitzunehmen? Wir haben doch das gleiche Ziel, wir hatten uns ja für neun in unserer Pinneberger Kanzlei verabredet."

Heiner Stark konnte dieser charmanten Einladung nicht widerstehen. Eigentlich hatte er nicht vorgehabt, nach Pinneberg zu fahren, sondern wollte sich um seinen Rostocker Schreibtisch kümmern. Jetzt aber saß er in dem Ledersitz eines echten Mercedes und beobachtete, wie der elegante Wagen von Frau Gold gelenkt wurde. „Wieviel PS hat der Wagen", fragte er neugierig. „Soviel ich weiß 194", gab sie aufgeschlossen zur Antwort. „Wie ich sehe, gefällt ihnen das Auto. Ja, er hat sechs Zylinder, eine Fünfgangautomatik, Klimaanlage und vieles mehr, was das Autofahren verschönt." Und da sie keine Reaktion ihres Beifahrers spürte, fügte sie mit einem Seitenblick hinzu: „Ihnen würde als Key Account Manager so ein Auto als Geschäftswagen gehören, oder auch ein BMW oder Audi, wie sie wollen."

Indessen hatten sie Pinneberg erreicht. Über die A 23 war das keine große Sache. Für Heiner Stark hätte die Fahrt noch Stunden andauern können. Obwohl er sich innerlich noch sträubte, sagte ihm eine Stimme, er solle das Angebot nicht per se ausschlagen. Und das betraf nicht nur den neuen Job. Er war Fünfzig und ihn nagten schon seit längerem Zweifel, ob er, wie bisher, weitermachen sollte, oder ob es Zeit wurde, sein Leben neu zu ordnen. Welchen Platz würde Frau Gold darin einnehmen? Er versuchte ihre Augen zu sehen als er fragte: „Ich hatte ihnen gestern offen gesagt, dass ich verheiratet bin und Kinder habe. Darf ich sie ebenso fragen, ob sie in einer festen Beziehung leben?" Marie Gold reagiert auf diese direkt Frage sehr ruhig und souverän: „Feste Beziehung ja, wenn sie meine Arbeit meinen. Feste Beziehung nein, wenn sie einen Mann meinen." Und da sie ihren Wagen in diesem Moment auf dem

Hof der Jugendstilvilla parkte, fügte sie noch hinzu: „Alles weitere später bei einem Glas Wein. Heute Abend, wenn es ihnen recht ist."

Udo Bahrendorf und Dr. Müller warteten schon auf ihren Gast. Der Besprechungsraum war gediegen eingerichtet. Es dominierten hellgraue Farben. Der große Konferenztisch, die bequemen Stuhlsessel und die Regalwände zeugten von der Hand eines tüchtigen Innenarchitekten. Blickfang war ein großes, abstraktes Ölgemälde, das einen nächtlichen Sternehimmel darzustellen schien. Das dezente Ambiente vermittelte einen seriösen Eindruck. Mit Grauen musste Heiner Stark an sein Arbeitszimmer an der Rostocker Universität denken, wo sich ein wirrer Haufen abgenutzter Möbel ein Stelldichein gaben. Das hier war eine andere Liga, und er gehörte genau hierhin. Er hatte die primitiven Arbeits- und Lebensbedingungen satt.

Er wurde von Marie Gold aus seinen Gedanken gerissen. Sie stellte ein Tablett mit Kaffee, Wasser und Gebäck auf den Tisch und fragte ihn freundlich nach seinen Wünschen. Gerne ließ er sich frischen Kaffee eingießen. Seine Gastgeber gaben ihm Zeit, die Situation in Ruhe zu erfassen. Erst dann fragte ihn Udo Bahrendorf, ob er sich vorstellen könnte, Mitglied seines Teams zu werden. Heiner Stark kam sofort auf seine Zweifel zu sprechen: „Ich wundere mich, dass sie mir dieses Angebot machen. Für mich steht doch fest, die westdeutsche Wirtschaft steht vor grundlegenden Veränderungen. Ich meine die Überführung in die sozialistische Wirtschaftsform. Ich kann nicht sehen, welchen Platz dabei Steuerberater einnehmen werden. Nach meinen Informationen wird sich deren Anzahl drastisch reduzieren." Und an Dr. Müller gewandt: „Und das wird auch ihre Bankenwelt betreffen. Die Privatbanken sollen in gesellschaftliches Eigentum überführt werden. Wie schon im Hochschulwesen werden dabei auch die alten Kader durch Fachleute aus der DDR ersetzt."

Dr. Müller konnte sich ein Schmunzeln nicht verkneifen: „Ihre sogenannten Fachleute aus der DDR werden unsere umfassende Ausbildung und globale Erfahrung in der Finanzwelt nicht ersetzen. Da können sie ganz unbesorgt sein. Wir haben zuverlässige Informationen aus dem Finanzministerium, dass es zwar zu einer Zentralisation der deutschen Bankenlandschaft kommt, dabei wird allerdings unsere Rolle als Westmanager nicht geringer, sondern eher viel größer werden."

„Da kann ich Dr. Müller nur beipflichten", sagte Udo Bahrendorf, „ähnlich verhält es sich mit dem Märchen vom Niedergang der Branche der Steuerberater. Unsere Rolle wird wachsen, nicht schrumpfen. Die Steuerpolitik wird nach unseren zuverlässigen Quellen aus dem Finanzministerium folgende Charakteristika haben. Erstens sinken im Prozess der weltweiten Rezession die Steuereinnahmen des deutschen Staates dramatisch. Gleichzeitig wachsen durch die hohe Arbeitslosigkeit die Ausgaben für Soziales erheblich an. Der Staat braucht mehr Geld, und er will es sich aus der Wirtschaft holen. Die Unternehmer benötigen deshalb unsere Hilfe mehr denn je. Zweitens Der Staat will stärker als zuvor in die Freiheit der Unternehmen eingreifen. Er will vorschreiben, welche Gehälter freien Unternehmern zustehen und welche Privilegien sie nutzen dürfen. Als Beispiel weise ich nur auf die Legende zur Geschäftswagenordnung hin. Der Inhaber eines Betriebes darf in Zukunft nicht mehr frei entscheiden, ob er Mercedes oder Golf fährt, das entscheidet die Finanzverwaltung in Abhängigkeit von den Bilanzwerten. Grundsatz soll sein,

Steuern zuerst, dann der Luxus. Die Fachleute für das Planen von Bilanzwerten sind aber wir Steuerberater. Sie merken schon, auch hier werden wir gebraucht. Drittens will der Staat auf die Vermögenswerte der Besserverdiener zurückgreifen. Bis dahin wird aber eine Zeitspanne von etwa zwei Jahren vergehen. Hier müssen die potentiell Betroffenen unverzüglich reagieren, um ihre Vermögen nach den heute geltenden Gesetzen in Sicherheit zu bringen. Hier existiert ein riesiges Betätigungsfeld für Dr. Müller als Banker und uns als Steuerberater."

„Und Viertens", hier übernahm Dr. Müller die Gesprächsführung, „viertens wird es in naher Zukunft keine Enteignung der westdeutschen Wirtschaft geben. Die SED – Führung wäre mit dieser Aufgabe völig überfordert. Darin sind wir uns mit der Gruppe um Herrn Zerk einig. Das würde zu einem katastrophalen Einbruch des Nationaleinkommens und, damit verbunden, zu einer Verelendung der deutschen Bevölkerung führen. Ganz im Gegenteil, die DDR- Wirtschaft wird sich der westdeutschen Produktionsweise angleichen. Das Management im Osten braucht dafür unsere Sachkompetenz. Ein riesiger Markt für unser Beratungsunternehmen."

„Und genau hier werden wir sie brauchen", Marie Gold richtete sich mit ihrer warmen Stimme an Professor Stark, „in der westdeutschen Wirtschaft sind wir sehr gut vernetzt. Aber uns fehlt der Zugriff auf die DDR – Unternehmen. Sie haben deren Stallgeruch, sie sprechen deren Sprache. Ihnen als Professor wird man vertrauen. Das ist keine kurzfristige Aufgabe, sondern wir können ihnen eine lange, sehr lange Perspektive bieten."

Udo Bahrendorf ließ sich eine frische Tasse Kaffee eingießen und sah Heiner Stark offen in die Augen: „Reden wir über ihre Vergütung. Als Professor und Fachbereichsleiter werden sie nicht mehr als dreitausend Mark verdienen. Wir bieten ihnen das Doppelte, zuzüglich eines kostenlosen Dienstwagens der gehobenen Mittelklasse, auch zur privaten Nutzung. Eine Beteiligung am Unternehmensgewinn von fünf Prozent p.a., eine Lebensversicherung über 500.000 Mark und eine großzügige Spesenordnung. Sie müssen sich nicht gleich entscheiden. Wir geben ihnen Zeit bis übermorgen. Wie ich erfuhr, ist ihr Wagen defekt. Frau Gold wird ihnen einen Mercedes zur Verfügung stellen. Das soll dann auch ihr Dienstwagen werden. Probieren sie den Wagen in Ruhe aus. Viel Spaß damit."

Er stand auf und reichte Heiner Stark die Hand: „Bis übermorgen. Bis dahin alles Gute für Sie." Und zu Marie Gold gewandt: „Bitte gib Professor Stark die Autoschlüssel und Papiere. Damit er sicher nach Rostock kommt."

„Bitte kommen sie mit mir", Marie Gold hakte Heiner Stark freundlich lächelnd unter, „die Autosachen sind in meinem Büro." Dort angekommen bat sie ihn noch um eine Minute seiner Zeit, um ihm noch weitere Erklärungen zu seiner Stellung als Key Account Manager zu geben: „Sie werden in dieser Position unser Verbindungsmann zu unseren wichtigsten Kunden sein. Dazu gehört auch die Akquisition von großen Neukunden. Den Schwerpunkt legen wir dabei auf die Unternehmen und Einrichtungen in der DDR. Sie werden eine Schlüsselstellung in unserer Sozietät einnehmen. Dafür erhalten sie auch ein sehr hohes Gehalt." Mit einem fragenden Blick sah sie Heiner Stark an: „Können sie sich vorstellen, wieviel Mark ihre Gewinnbeteiligung betragen wird?" Als er den Kopf schüttelte, fuhr sie mit leuchtenden Augen fort. „Wir erwarten für das laufende Jahr einen Gewinn von 2 Millionen Mark. Bei ihrer Beteiligung von 5 Prozent reden wir hier über

100.000 Mark. Zusammen mit ihrem Gehalt, den Beiträgen zur Lebensversicherung und dem Geschäftswagen wird ihr Jahresbruttoeinkommen rund 200.000 Mark betragen."

Heiner Stark war von der Situation überwältigt. Die hohen Summen fraßen sich in sein Gehirn, der schwere Duft des teuren Parfüms benebelte seine Sinne. Warum sollte er sich den Ärger mit den Westkollegen im Fachbereich antun? Ihm wurde ein Zeichen gesandt, durfte er das ignorieren? Spontan nahm er Marie Gold in die Arme und gab ihr einen flüchtigen Kuss auf die linke Wange. Von diesem intimen Akt selber überrascht, verließ er daraufhin fluchtartig das Büro und kam erst wieder zu sich, als er hinter dem Lenkrad seines Mercedes Platz genommen hatte.

Aufgeregt steckte er den Autoschlüssel in das Zündschloss und setzte mit einer kurzen Drehung den Motor in Gang. Der kultivierte Sechszylinder lief nahezu lautlos. Nur am Drehzahlmessers war zu erkennen, dass der Wagen startklar war. Er wollte den Hebel des Automatikgetriebes auf D stellen, was aber nicht gelang. Daraufhin setzte er etwas mehr Kraft ein, wieder ohne Erfolg. Von ihm unbemerkt näherte sich Marie Gold dem Wagen. Sie hatte geahnt, dass der neue Fahrer, den es an Erfahrungen mit Automatikgetrieben mangelte, Unterstützung brauchen könnte. Unaufgefordert nahm sie auf dem Beifahrersitz Platz und sagte: „Sie müssen erst das Bremspedal treten, dann können sie den Automatikhebel betätigen." Getan wie gesagt, der Drive – Modus war aktiviert. Die Reise begann. Nicht nur für das Auto.

Heiner Stark entschied sich, die überlasteten Landstraßen zu meiden. Vor allem die verstopften Ortsdurchfahrten kosteten viel Zeit und Geduld. Er entschied sich für die längere Route auf der Autobahn, was per Saldo aber einen Zeitgewinn bedeutete.

Immerhin war er spät dran. In zwei Stunden war sein Rapport beim Rektor. Als er endlich den Hamburger Verkehr hinter sich gelassen hatte, gab er seinem Wagen die Sporen. Im Nu pendelte die Tachonadel bei 200 Km/h. Der Mercedes lag satt auf der Straße. Die von ihm bisher nicht gefahrene hohe Geschwindigkeit bereitete Heiner Stark keine Problem. Ganz im Gegenteil, er genoss die schnelle Fahrt in dem bequemen Wagen. Er erreichte sein Ziel pünktlich, fuhr aber nicht direkt zum Hauptgebäude der Universität, sondern stellte den Wagen in der Nähe seiner Wohnung in der Langen Straße ab. Es blieb noch Zeit, nach Hause zu gehen, um sich ein frisches Hemd anzuziehen.

Zum Glück war Ursel nicht da, so konnte er die Aussprache mit ihr noch aufschieben.

IV. Stunde der Wahrheit

Professor Heiner Stark wurde von der Sekretärin des Rektors freundlich begrüßt. Sie bat ihn um etwas Geduld, weil der SED - Parteisekretär der Universität noch bei seiner Magnifizenz war. Er kannte die Frau seit vielen Jahren, und so blieb es nicht beim förmlichen ‚Guten Tag'. Er ging auf sie zu, beide umarmten sich. Sie war groß und von knöcherner Statur, keine attraktive Frau, hatte aber eine warmherzige Ausstrahlung. „Wie war die Fahrt von Hamburg", fragte sie. Doch ehe er antworten konnte, öffnete sich die Tür. Der Rektor kam auf ihn zu, legte ihm eine Hand auf die Schuler und dirigierte ihn so in sein Büro.

Das Rektor Zimmer war gediegen eingerichtet. Die schweren Eichenmöbel hatten schon viele Magnifizenzen kommen und gehen sehen. Sie gaben dem Raum eine zeitlose Eleganz. Am Beratungstisch hatte der Parteisekretär Platz genommen. Er blieb sitzen, als er Professor Stark die Hand zur Begrüßung reichte. Keine zufällige Geste, wie Heiner Stark sensibel registrierte. Der will mir gleich zeigen, wer hier der Chef ist. Beide waren Historiker. Der Parteisekretär hatte sich aber, im Unterschied zu Professor Stark, durch seine wissenschaftliche Leistungen noch nicht ausgewiesen. Er war ein typischer Funktionär, seit vielen Jahren hauptberuflich tätig. Zuerst als FDJ – Sekretär und nunmehr seit 10 Jahren als Sekretär der SED – Organisation der Universität. Formal gesehen hatte er keine Weisungskompetenz gegenüber Heiner Stark. Aber da Professor Stark Mitglied der SED war, unterstand er im Selbstverständnis dieser Partei dem Sekretär auch in seiner Tätigkeit als Wissenschaftler und staatlicher Leiter. Oder, wie es Heiner Stark einmal humorvoll formulierte, beide waren Parteisoldaten, er der Soldat und sein Sekretär der Feldwebel.

Die Sekretärin des Rektors stellte Kaffee und Gebäck auf den Tisch und schloss dann diskret die Tür. Die Männer waren nun ungestört. „Hast dir wohl einen neuen Wagen zugelegt?", fragte der Parteisekretär hinterlistig.

„Nein, der gehört mir nicht. Mein Wartburg hat das Zeitliche gesegnet. Den Mercedes haben mir Bekannte geliehen", gab ihm Heiner Stark zur Antwort, „außerdem steht mir nach der Nomenklatur kein Westwagen zu."

Dem Rektor war seine Zeit zu schade, um diesem banalen Schlagabtausch weiter zu folgen. Er versuchte, die Gesprächsführung zu übernehmen: „Ich, nein, ich meine wir, würden gerne hören, wie deine Arbeit als neuer Fachbereichsleiter an der Hamburger Universität begonnen hat? Wie wurdest du vom Kollegium empfangen."

Heiner Stark schaute den Rektor ungläubig an. War das dessen Ernst? Wollten ihn die Beiden verarschen, oder hatten sie wirklich keine Ahnung? Der Dekan hatte doch bestimmt brühwarm davon berichtet, welches lukrative Stellenangebot er vor wenigen Stunden erhalten hatte. Oder nicht…? Er entschloss sich, den Beiden auf den Zahn zu fühlen und antwortete nach einer recht langen Pause: „Ich weiß ja nicht, was euch der Dekan schon berichtet hat. Der hat ja alles unmittelbar erlebt."

„Der Dekan wurde von den Berliner Genossen zurückbeordert", der Parteisekretär konnte seine Schadenfreude nur schwer verbergen, „inoffiziell haben wir erfahren, dass er sich in unmoralischer Weise im Hamburger Rotlichtmilieu bewegt hat. Genaueres weiß man nicht, nur so viel, dass er als akademisches Vorbild untauglich geworden ist."

„Ja, ja", der Rektor seufzte leise, „das ist gar nicht so einfach, den Verlockungen der spätkapitalistischen Gesellschaft zu widerstehen."

Heiner Stark spürte, wie seine Anspannung nachließ. Also vom Dekan drohte ihm kein Ungemach. Er fühlte sich noch nicht in der Lage, jetzt schon eine Entscheidung über seine Zukunft zu treffen. Da war ja auch noch Ursel. Die wusste noch nichts von seinen neuen Plänen. Wie sollte er ihr seine Absichten vermitteln? Jetzt, wo er in diesem Büro saß, war für ihn alles wieder offen. Vielleicht sollte doch alles bleiben wie es war? Die Genossen würden ihm gehörig den Marsch blasen, wenn er ihnen berichtete, welches Stellenangebot ihm gemacht worden war. Mehr hatte er wohl nicht zu befürchten.

„Apropos Verlockungen", der Parteisekretär hielt es nun doch die Zeit für gekommen, um im langen Karrierekampf mit Heiner

Stark seine neueste, vermutlich spielentscheidende Trumpfkarte auszuspielen, „die Genossen der Sicherheit haben dich beobachtet, wie du heute Morgen zu einer bildhübschen Frau in einen Mercedes gestiegen bist. Wie verhält es sich mit deinem Aufenthalt in einer Steuerkanzlei in Pinneberg? Ich brauche dir nicht zu sagen, dass unsere Partei höchste moralische Anforderungen an jene Genossen stellt, die Führungspositionen bei der Eingliederung der westdeutschen Bildungs- und Forschungseinrichtungen in das sozialistische Hochschulwesen ausüben. Nicht nur der Dekan, auch du bist nicht unersetzbar."

Heiner Stark spürte, wie die kalte Wut in ihm hochkroch. Was zu viel war, war zu viel. „Was redest du hier von höchsten moralischen Anforderungen", erwidert er schroff, „bist du da etwa mein Vorbild? Reden wir doch mal über deine ständigen Weibergeschichten, oder über den dicken Volvo, den deine Frau fährt. Mich schickt ihr mit dem klapprigen Wartburg in die Kälte, und ihr sitzt mit eueren fetten Ärschen im Warmen. Von mir aus, gerne, du kannst meine Stellung in Hamburg haben, ich pfeife drauf."

„Nun, hört schon auf damit", der Rektor bemühte sich darum, den aufkommenden Streit zu schlichten, „wir haben wirklich Besseres zu tun als uns hier gegenseitig zu zerfleischen. Wir stehen vor einer Zerreißprobe, seitdem im Politbüro die alte Garde die Macht wieder übernommen hat. Lasst uns lieber darüber reden, welche Konsequenzen sich daraus für uns ergeben."

„Ach, da lass dir mal keine grauen Haare wachsen", der Parteisekretär sah grinsend auf die Glatze des Rektors, „die senilen Greise sind doch isoliert. Es gibt innerhalb der Arbeiterschaft bereits Warnstreiks gegen deren Politik von gestern." Und, indem er sich selbstzufrieden über seinen imposanten Bauch streichelte, eine Geste, die er ziemlich oft und unbewusst machte, fuhr er mit gesenkter Stimme fort: „Ich war gestern in Berlin. Da hatte ich Kontakt zum engsten Kreis um Genossen Zerk. Die alte Garde wird bald in die Wüste geschickt, der Putsch der Reformer steht unmittelbar bevor."

„Na also", der Rektor atmete hörbar aus, „dann kannst du ja bald deine Arbeiten in Hamburg fortführen, lieber Heiner."

Doch der Parteisekretär ließ nicht locker: „Das wohl nicht. Wie ich aus gut informierten Kreisen erfahren habe, hast du die Absicht, deine Professur an den Nagel zu hängen und einen hoch dotierten Job im Bereich der Unternehmensberatung anzunehmen. Das kannst du gleich vergessen. Du bist Mitglied der SED. Die Partei wird deine Pläne nicht dulden. Ich bin bereit, der Zentrale keinen Bericht zu geben und die Sache in diesen vier Wänden zu behalten, wenn du wieder zur Vernunft kommst."

Noch ehe Heiner Stark antworten konnte, öffnete die Sekretärin die Tür und flüsterte dem Rektor eine offensichtlich sehr wichtige Information ins Ohr, denn der Angesprochene stand ruckartig auf und schaltete das Fernsehgerät ein. Die Männer glaubten, ihren Augen und Ohren nicht trauen zu können. Zu unvorstellbar war das, was auf dem Bildschirm des alten schwarz – weißen Apparates zu sehen war. Tumultartige Szenen auf den Berliner Marx – Engels – Platz. Den Schilderungen des Reporters war zu entnehmen, dass die SED – Führung aus Anlass des 27. Jahrestages der Sicherung der Staatsgrenze zu Westberlin am 13. August, eine machtvolle Parade der Kampfgruppen der Arbeiterklasse, der Truppen der in der DDR stationierten sowjetischen Streitkräfte und der Nationalen Volksarmee der DDR inszeniert hatte.

Auf der Ehrentribüne winkten die Mitglieder des Politbüros huldvoll den vorbeidefilierenden Truppen zu. Alles war so schön wie früher, bis eine aufgebrachte Menge von Finanzbeamten den Feiertagsfrieden störte. Ihre Empörung resultierte daraus, dass in Westdeutschland die Anzahl der Beschäftigten in den Finanzbehörden um 75 Prozent reduziert worden war. Immerhin arbeiteten in den Finanzverwaltungen weit über 100.000 Beamte und Angestellte. Eine nicht zu unterschätzende revolutionäre Kraft. Von heute auf morgen wurden Tausende entlassen, die jetzt lautstark ihren Protest in die Sommernacht schrien. Ohne Rücksicht auf Verluste drangen sie mutig in die Formationen der Truppen ein. Der Fernsehmoderator sprach davon, dass es sich nach Schätzungen der Staatssicherheit um mehr als 50.000 gewaltbereite Demonstranten handelte. Wie wild schlugen die Frauen und Männer mit bloßen Händen auf die Soldaten ein. Gewehre und Stahlhelme flogen durch die Luft. Es herrschte ein unvorstellbares Chaos.

Der Parteisekretär stand auf: „Ich bitte um Verständnis, wenn ich euch jetzt alleine lasse. Ich muss sofort in die Bezirksleitung. Der Putsch hat begonnen, von unter her. Wenn es auch überrascht, dass ausgerechnet die Finanzbeamten zur revolutionären Führungskraft werden. Ja, ja , die Geschichte ist schon eine wunderliche Dame. Kapriziös und ständig zu neuen Überraschungen imstande."

Als er den Raum verlassen hatte, blieben der Rektor und Professor Stark noch eine Weile sitzen. Lächelnd sagte der Rektor: „Na, mein lieber Heiner, du bist auch immer für eine Überraschung gut. Du willst also in den Sack hauen und dir bei dieser Gelegenheit auch noch eine süße Affäre gönnen?"

„Ach was, das stimmt doch alles nicht", wehrte Heiner Stark ab. Und nach einer kurzen Pause: „Jedenfalls nicht ganz so, wie es eben von unserem Parteimenschen gesagt worden ist."

„Dann sag mir, wie es richtig ist."

„Das weiß ich doch selber noch nicht. Auch bitte ich dich um dein Einverständnis, wenn ich unsere Unterhaltung an dieser Stelle abbreche. Ich muss nach Hause, mich darüber informieren, was da in Berlin passiert. Ich erwarte davon doch einige Konsequenzen für mich und meine Familie. Meine Frau Ursel weilt zur Zeit mit einer Delegation des Außenhandelsministeriums in Moskau. Ich muss in Erfahrung bringen, ob es ihr gut geht."

Vom Hauptgebäude der Rostocker Universität waren es nur wenige Minuten bis zur Langen Straße, wo Professor Stark eine der begehrtesten Rostocker Wohnungen bewohnen durfte. Eine geräumige Maisonette Wohnung, die einen herrlichem Blick auf die Warnow bot. Ihm gefiel die Architektur dieser, in den 1950 Jahren errichteten Häuser nicht. Folgte sie doch dem Vorbild der Berliner Stalinallee. Aber die Lange Straße war nun mal die beste Adresse und es schmeichelte ihm, dass die Universitätsleitung ihm vor ein paar Jahren diese schöne Wohnung vermittelt hatte.

Schon im Treppenhaus hörte er schrilles Lachen, das zu seiner Verwunderung aus seiner Wohnung kam. Er konnte das überdrehte Kreischen seiner Frau und das glucksende Lachen mehrerer Männer unterscheiden. Ihm kam ein furchtbarer Verdacht. Ohne sich bemerkbar zu machen, schloss er die Tür auf und ging zu seinem Wohnzimmer. Mit einem Blick erfasste er die Situation. Er war wie vom Donner gerührt. Auf dem Tisch türmten sich Flaschen und Gläser. Auf der Couch saßen drei junge Männer mit heruntergelassenen Hosen. Seine Frau kniete vor ihnen. Sie trug nur ein kurzes Oberteil. Ihr praller Hintern ruhte auf dem Teppich. Sie hatte das erigierte Glied des mittleren Mannes im Mund und stimulierte die anderen beiden mit den Händen. Als sie Heiner Stark bemerkte, lallte sie mit schwerer Zunge: „Tut mir leid, mein Lieber, aber ich habe gerade keine Hand frei."

Heiner Stark war von der Situation völlig überfordert. Er spürte eine ohnmächtige Wut in sich aufsteigen. Am liebsten hätte er die geile Bagage aus dem Fenster im fünften Stockwerk geworfen, entschied sich dann aber doch, den Ort der hemmungslosen Orgie schleunigst zu verlassen. Er kam erst wieder halbwegs zu sich, als er hinter dem Steuer seines Mercedes saß. Er startete den Motor, rückte den Wahlhebel des Automatikgetriebes auf Drive und fuhr los. Ohne zu wissen wohin und warum. Erst als er auf der Autobahn war, entschied er sich, nach Hamburg zu fahren. Er hatte für den Abend noch die Einladung von Marie Gold. Dann eben doch, knurrte er in seinen imaginären Bart. Dann soll es so sein. Hamburg, ich komme. An der nächsten Raststätte hielt er an, um Marie Gold anzurufen. Obwohl es schon früher Abend war, spürte er deren Freude über seinen Anruf. Sie lud ihn zu sich ein, zu einem Glas Wein und einem leichten Abendessen.

V. Die Machtfrage

15. August 1988, 7.00 Uhr morgens. Nervös betrachtete der Generalsekretär die im Beratungsraum des Zentralkomitees der SED versammelten Mitglieder der Parteiführung. Mit Genugtuung stellte er fest, dass wenige jünger als 70 Jahre alt waren. Alles im Klassenkampf gestählte Genossen, sagte er

beruhigend zu sich selbst. Mit diesen Genossen werden wir es schaffen, die Macht der Arbeiterklasse in Deutschland zu sichern. Er stand auf, die Gespräche verstummten. Alle Augen waren auf ihn gerichtet. „Liebe Genossinnen und Genossinnen, liebe Kampfgefährten", die Stimme des Generalsekretärs zitterte mehr als sonst, „es ist an der Zeit, die Machtfrage in Deutschland ein für alle Mal zu klären. Die letzten Reste des kapitalistischen Machtapparates müssen ohne Verzug vernichtet werden."

„Jawohl, sehr richtig", der Chef der Staatssicherheit stimmte spontan zu. Der Generalsekretär nickte ihm gnädig zu und fuhr fort: „Ich weise deshalb an. Ab sofort tritt der Ausnahmezustand in Kraft. Es ist bis auf weiteres untersagt, die Häuser nach 18.00 Uhr zu verlassen, ich erteile ein generelles Demonstrationsverbot. Die Bundeswehr wird aufgelöst. Alle Soldaten und Offiziere geben unverzüglich ihre Waffen ab. Die Staatsgrenzen werden geschlossen. Keiner verlässt das Land ohne meine persönliche Zustimmung. Das Gleiche gilt für Einreisende aus dem nichtsozialistischen Wirtschaftssystem." Und in einer emotionalen Geste hob er die rechte Faust: „Rot Front, Genossen. Es lebe die Weltrevolution."

Mit einem Ruck erhob die Garde alter Rot – Front – Kämpfer sich von ihren Stühlen. Einer begann zu singen: „Wacht auf Verdammte dieser Erde …." Und mit Stolz erhobenen Köpfen stimmten alle ein in den großen Gesang der Internationale, der Hymne der Arbeiterbewegung. Vom Bewusstsein erfüllt, dass ihnen mal wieder die letzte, entscheidende Schlacht bevorstand, schmetterten sie die letzten Zeilen des Textes in die Morgenluft: „Völker, hört die Signale, auf zum letzten Gefecht, die Internationale, erkämpft das Menschenrecht."

Als die letzten Töne verklungen waren, fragte der Generalsekretär, ob es noch Fragen oder gar Widerspruch zu seiner Politik in diesen schicksalsschweren Stunden gab. Da dieses offensichtlich nie der Fall war, wollte er umgehend die Sitzung beenden, als sich doch der Vorsitzende des Gesamtdeutschen Gewerkschaftsbundes zu Wort meldete: „Ich spreche hier auch im Namen unserer Millionen von Mitgliedern, wenn ich sage, dass ich den Genossen Generalsekretär voll und ganz unterstütze. Jawoll. Allerdings sollten wir heute diese Beratung nicht eher beenden, bis wir die Probleme in der Zuweisung der Jagdgebiete geklärt haben. Für mich besteht hier ein untrennbarer Zusammenhang mit der Klärung der Machtfrage. Ich mache nur darauf aufmerksam, dass in den westdeutschen Jagdrevieren noch immer illegale Pächter am Werke sind, die außerdem im Besitz von Waffen sind, vornehmlich Gewehren."

Der Generalsekretär nickte zustimmend: „Sehr richtig, dieser Vorschlag. Er beweist einmal mehr, wie wichtig die Kollektivität unserer Parteiführung ist. Diesen Hinweis unbedingt in mein Konzept einarbeiten. Also, ich meine, durch die Organe des Ministeriums für Staatssicherheit sind alle im privaten Besitz befindlichen Waffen einzuziehen."

„Ich hätte da auch noch einen Antrag", schüchtern meldete sich der Minister für Wirtschaft mit erhobener Hand, wie in der Schule.

„Ja, worum geht's", der Generalsekretär wurde langsam ungeduldig.

„Ich bitte darum, die Regelung mit der Ausgangssperre ab 18.00 Uhr noch einmal zu überdenken. Ich darf dich daran erinnern, dass du uns angewiesen hast, einen Fünfjahresplan für ein

Ministerium des Intimen aufzustellen. Wir haben diese Aufgabe sofort erledigt, noch in dieser Nacht. Unsere Berechnungen ergeben einen Jahresgewinn von 1,2 Milliarden Mark. Minimum! Das kann aber nicht funktionieren, wenn die Männer abends zu Hause bleiben müssen."

Der Generalsekretär sah ihn misstrauisch an: „Das Geld müssen wir haben. Allerdings kommt mir die von dir errechnete Summe zu gering vor. Ich erwarte von den werktätigen Frauen größere Anstrengungen im sozialistischen Wettbewerb. Nehmt euch ein Beispiel an den Kolleginnen des Bernauer Kreiskulturhauses. Unser Maßstab müssen die Besten sein." Und an alle gewandt rief er aus: „Hat jemand von euch einen Vorschlag, wie wir dieses Problem konstruktiv angehen können."

„Ja, ich hätte da eine Idee", das jüngste Mitglied des Politbüros sprang impulsiv von seinem Stuhl auf, „ich schlage vor, zu dieser zentralen Thematik eine Arbeitsgruppe aus verdienten und erfahrenen Genossen unseres Organs zu bilden. Wir benötigen unbedingt konkrete Erkenntnisse von der Produktionsbasis. Die besten Ergebnisse verspreche ich mir, wenn der Genosse Generalsekretär dieses Kollektiv persönlich leitet."

Der Generalsekretär hatte ihm nickend zugehört: „Da bin ich ganz bei dir. Das müssen wir schon auf uns nehmen. Wir alten Kämpfer sind es gewohnt, unseren Mann zu stehen. In Anbetracht der Bedeutung dieser Problematik korrigiere ich das Ausgehverbot. Es beginnt erst um 23.00 Uhr und endet morgens um 5.00 Uhr. Ich bitte nun um eure Vorschläge, wer in dieser Arbeitsgruppe mitarbeiten soll."

Es setzte ein großes Durcheinander ein. Jeder wollte seine Teilnahme durchsetzen. Mit Ausnahme des Vorsitzenden des Gewerkschaftsbundes, der am Tisch eingeschlafen war.

Plötzlich schreckte er hoch, weil die Tür mit einem kräftigen Ruck geöffnet worden war. Der diensthabende Offizier des Wachregimentes betrat den Beratungsraum. Die Hände in der Hüfte stützend, stellte er sich mit gespreizten Beinen vor den Tisch und befahl mit knarrender Stimme: „So, genug jetzt, euere Stunde ist rum. Draußen warten euere Volvos mit laufenden Motoren. Ihr habt genug gespielt. Jetzt fahrt ihr brav wieder nach Hause und überlegt euch, was ihr morgen spielen wollt."

„Oh schade", die Ministerin für Volksbildung zog eine Schnute. „Ich konnte noch gar nicht mein Projekt für die Urlauberinsel HonnieEiland auf Kuba vorstellen."

Aber der Wachhabende ließ sich nicht erweichen, obwohl sie ihm vielversprechende Blicke zuwarf.

VI. Der neue Weg

Es war schon 9.00 Uhr abends, als Professor Stark in Hamburg ankam. Er wusste noch, dass er Pinneberg am besten über die A 23 erreichen konnte. Da er den genauen Weg nicht mehr erinnerte, kaufte er vorsichtshalber an einer Tankstelle in der Kieler Straße einen Stadtplan. Er entschied sich für den Stadtplan mit Ringbindung, weil der besser zu handhaben war als der riesige Falk - Faltplan. Obwohl der Weg zu Marie Gold im Autoatlas leicht zu finden war, erwies sich die Realität in der wenig beleuchteten Stadt alles andere als einfach. Schließlich konnte er seinen Mercedes dann doch in der Einfahrt zu einem villenartigen Gebäude am Rande der Stadt abstellen. Erfreut stellte er fest, dass die Außenbeleuchtung anging. Er wurde also noch erwartet. Was er nicht wusste, war, dass das Außenlicht von einer Lichtschranke gesteuert wurde. Marie Gold musste deshalb erst mit dem Türgong von seiner Ankunft informiert werden. Es dauerte, bis sie ihm die massive Eichentür öffnete. Umso erleichterter war er über das freundliche „Hallo und herzlich Willkommen."

Marie Gold hatte im Kaminzimmer ein Abendessen vorbereitet. Etwas irritiert über dessen aufgewühlten Zustand, sah sie Heiner Stark an, verkniff sich aber eine direkte Frage, sondern ließ ihm erst einmal Gelegenheit, mit der neuen Umgebung vertraut zu werden. „Sie haben aber ein sehr schönes Zuhause", entschied sich Heiner Stark für eine unverfängliche Äußerung, um seine Sprachlosigkeit zu beenden.

„Ja", Marie Gold schlug die Beine übereinander, wobei der lange Rock den Blick auf ihre schlanken Beine freigab, „dieses schöne Haus ist schon seit Generationen im Besitz meiner Familie. Leider sind meine Eltern vor zwei Jahren bei einem tragischen Autounfall ums Leben gekommen. Seitdem wohne ich allein in diesem großzügigen Gebäude."

Heiner Stark wurde wieder von der Ausstrahlung dieser Frau gefangen. Was mache ich jetzt, er wusste nicht, wie er zu dieser Frau körperlichen Kontakt herstellen konnte. Alter Knabe, du bist ganz schön aus der Übung, stellte er schmunzelnd fest. Marie Gold schien seine Gedanken zu erraten und nahm ihm seine Entscheidung ab als sie sagte: „Aber ich habe sie heute nicht zu mir gebeten, um mit ihnen über die Geschichte dieser Villa zu reden. Vielleicht bei anderer Gelegenheit mehr dazu. Vielmehr möchte ich ihnen helfen, sich für eine Tätigkeit in unserem Unternehmen zu entscheiden. Welche Fragen beschäftigen sie noch. Ich kenne unsere Kanzlei recht gut. Immerhin bin ich dort seit zehn Jahren tätig. Nur raus damit, wo drückt der Schuh."

Heiner Stark war mit dieser Entwicklung sehr zufrieden. Die Frau war unverkennbar auf Distanz bedacht. Auch gut. Ihm war auch nicht nach einer flüchtigen Affäre zumute. Nicht an diesem Tag. Er griff zu seinem Glas, hielt es schräg gegen das Licht der Stehlampe und kontrollierte die Färbung des guten Rotweines. Ja, sagte er sich, ich will das, ich mache das jetzt. Die Rostocker Erfahrungen des vergangenen Tages waren die entscheidenden Tropfen, die das Fass zum Überlaufen gebracht hatten. Ob Marie Gold zur neuen Frau in seinem neuen Leben wurde, war dabei für ihn nicht ausschlaggebend.

„Meine erste Frage wäre, wie ich den Kontakt zu unseren potentiellen Kunden herstelle ", Heiner Stark konzentrierte sich auf das Thema des Gespräches, „ich kann ja schlecht beim Pförtner anklopfen und sagen, ‚Hallo, ich bin Professor Stark und ich möchte ihren Direktor sprechen'."

„Nein, so läuft das in unserer Branche nicht. Wir haben schon eine Liste mit uns interessierenden Firmen erstellt. Im Grunde ist alles für sie vorbereitet. An diese Firmen schicken wir unseren Leistungskatalog. Nach etwa zwei Wochen ruft eine Dame unseres Hauses in diesen Firmen an und bittet für sie um einen Termin bei der Geschäftsführung. Wir rechnen damit, dass wir diesen Termin bei jeder dritten Firma bekommen."

Heiner Stark hatte interessiert zugehört: „Aber ich weiß doch gar nicht, worüber ich mit diesen Herren sprechen soll. Ich bin kein Ökonom. Wenn die steuerrechtliche Fragen haben, bin ich doch blamiert. Und nicht nur ich, sondern unsere ganze Firma."

„Sie fahren ja auch nicht als Steuerberater dorthin, sondern als Repräsentant unseres Beratungsunternehmens. Sie sollen durch ihren Titel und durch ihr Charisma die Tür für unsere langweiligen Fachleute öffnen. Reden sie mit unseren zukünftigen Kunden über allgemeine Fragen der gesellschaftlichen Entwicklung in Deutschland. Das ist doch ihr Spezialgebiet. Sie sollen einen seriösen und kultivierten Eindruck ausüben. Der prägt dann das Image unseres Unternehmens. Key Account heißt: Sie sind der Türöffner. Ich kenne keinen, dem ich das mehr zutrauen würde als ihnen."

„Das klingt aber recht banal."

„Ganz und gar nicht", Marie Gold musste husten. Sie hatte sich an einer Scheibe frischem Seelachs verschluckt. Heiner Stark sprang auf, um ihr auf den Rücke zu klopfen. Doch sie hatte sich schon wieder beruhigt und winkte dankend ab. Für ihn eine peinliche Situation. Er sollte später noch erfahren, dass man als galanter Mann solche Vorfälle ignorierte, es sei denn, es bestand echte Gefahr für Leib und Leben. „Bei einem ersten Kontakt mit unseren Kunden ist die Chemie wichtiger als das Fachwissen. Sie erhalten dazu von einem erfahrenen Trainer noch eine spezifische Ausbildung. Innerhalb weniger Sekunden wird ihr Gesprächspartner entscheiden, ob er mit ihnen was zu tun haben möchte oder nicht. Dabei gibt es Schlüsselimpulse, die sie aussenden müssen. Und das können sie. Ich habe das sofort gemerkt, als wir sie zum ersten Mal trafen. Meinen Kollegen erging das nicht anders. Sie haben eine seltene Gabe. Damit können sie ein erfolgreicher und wohlhabender Mann werden."

„Vereinfacht gesagt, soll ich ein Gaukler sein, oder besser ein Magier."

„Nein, das auf keinen Fall. Bleiben sie sie selbst. Dann werden sie, dann werden wir Erfolg haben."

„Und wenn ich ihre Erwartungen nicht erfülle, was dann."

Marie Golds Augen wurden eine Spur härter, als sie antwortete: „No risk no fun. Eine Vollkasko – Versicherung gibt es im Leben nicht. Denken sie nicht zuerst an das Risiko, sondern sehen sie die Chancen. Lassen sie uns darauf anstoßen. Und dann sollten wir für heute Abend zum Ende kommen. Sie hatten einen anstrengenden Tag. Wenn sie möchten, können sie eines meiner Gästezimmer nutzen. Es wäre nicht gut, wenn sie nach dem schweren Rotwein noch ins Auto steigen."

Diese klare Ansage irritierte Heiner Stark nun doch. Beim besten Willen, er wurde aus dieser Frau nicht schlau. Er wollte durchaus was von ihr, sie aber wohl nichts von ihm. Oder doch. Verdammt noch mal, er fühlte sich in ihrer Gesellschaft wie ein Teenager, der sich zum ersten Mal verliebt und nicht weiß, wie er seine Angebetete ansprechen sollte. Am wenigsten konnte er sich blamieren, wenn er jetzt den müden Ritter herauskehrte. Er lächelte etwas gequält, als er sein Glas austrank und sich mit einem kurzen: „Danke, ich nehme ihren Vorschlag gerne an", entfernte. Allerding wurde ihm erst im Korridor klar, dass er gar nicht wusste, wo sich sein Gästezimmer befand. Aber da stand Marie Gold schon hinter ihm und sagte mit weicher Stimme: „Immer mir nach, Herr Professor, ich zeige ihnen den richtigen Weg."

Heiner Stark wurde von lautem Klappern geweckt. Er brauchte einige Sekunden, um zu erfassen, wo er war. Die dunklen, schweren Vorhänge ließen nur wenig von dem Licht des jungen Tages in das fremde Zimmer. Abends war er zu müde gewesen, um sich den Raum näher anzuschauen. Zum Glück hatte er gut geschlafen. Er konnte jetzt auch erkennen, was das für ein Klappern war. Unverkennbar die Jungs von der Müllabfuhr, schmunzelte er, immer früh am Werk. Ein Blick zur Uhr verriet ihm, was die Stunde geschlagen hatte. Es war halb sieben. Er stand auf und zog die Vorhänge zurück. Ein heller Sommertag kündigte sich an. Hell und warm. Ein guter Tag für gute Entscheidungen. Neugierig schaute er sich im Gästezimmer um. Es war mit einer modernen Leichtigkeit möbliert. Hellgraue Farben dominierten. Zum Glück setzet sich der Kitsch der alten Jugendstilfassade im Inneren nicht fort. Seine Finger glitten an den Buchrücken des Bücherbordes entlang, unvermittelt blieben sie bei einer alten Ausgabe von Rilke Gedichten hängen. Er nahm das antike Buch in die Hand, schlug es planlos auf und las: Wege will ich erkiesen,

Die selten wer betritt

In blassen Abendwiesen –

Und keinen Traum als diesen:

Du gehst mit.

Mein Gott, war das schön. Als ob Rilke dieses Werk für ihn geschaffen hätte. Präziser als dieser Poet konnte man seine Gefühle nicht beschreiben. Er schrieb die Zeilen auf ein weißes Blatt und ging damit aus dem Zimmer. Aus dem Bad kündete die Dusche davon, dass Marie bereits aufgestanden war. In der geräumigen Küche war schon der Frühstückstisch gedeckt. Einer spontanen Stimmung folgend, legte er das Blatt mit dem Gedicht auf den Platz seiner Gastgeberin. Danach gönnte er sich im Gästebad eine ausgiebige Dusche.

Als er die Zeit für angemessen hielt, ging er in die Küche, um mit Marie Gold das Frühstück einzunehmen. Er hatte nicht angeklopft, so überraschte er die Frau, die mit Tränen in den Augen am Tisch saß und das Blatt mit dem Rilke Gedicht in den Händen hielt. Als sie ihn bemerkte lachte sie verlegen und sagte: „Mein Gott Heiner, ist das schön. So schön wurde ich morgens noch nie begrüßt." Er nahm ihre Hand und sagte: „Sie sind ja auch meine Goldmarie, meine Glücksfee, wenn ich hoffen darf?" Und mit einem Augenzwinkern fuhr er fort: „Sie können den Herren sagen, dass ich das Angebot annehme. Vollgas oder nichts, so wollen wir es halten. Ich folge da ganz und gar ihren Ratschlägen."

Marie Gold lehnte sich zurück, sah ihm in die Augen und sagte: „Das freut mich sehr, ehrlich. Doch was ihr Morgengedicht angeht, muss ich ihnen leider sagen, dass ich sie zwar sehr attraktiv und sympathisch finde, mehr aber wird nicht geschehen, denn sie sind schließlich verheiratet. Damit kann ich sie auf ihrem Weg durch die blassen Abendwiesen nicht begleiten. Sehr gerne aber als Kollegin in unserer Kanzlei."

„Dazu könnte ich viel sagen, will ihnen aber nicht den schönen Sommermorgen verderben. Ich muss erst noch Wichtiges in meiner Ehe klären. Ich hoffe, ihnen bald bei einer guten Flasche Rotwein davon berichten zu können. Jetzt bitte ich sie, mich zu entschuldigen. Ich will schnell nach Berlin, ins Ministerium, um meine Kündigung zu besprechen. Vorher muss ich noch ins Hotel, um mir ein frisches Hemd zu holen. Darf ich den Mercedes weiter nutzen, mein alter Wartburg macht es nicht mehr."

„Warum wollen sie heute schon kündigen", sagte Marie Gold, „warten sie doch bitte erst das Gespräch mit der Geschäftsleitung unseres Hauses ab. Ich an ihrer Stelle würde den zweiten Schritt nicht vor dem ersten tun. Bitte lesen sie erst den Arbeitsvertrag mit unserer Gesellschaft. Nicht selten sitzt der Teufel im Detail. Mir kommt es so vor, mit Verlaub gesagt, als ob sie vor etwas flüchten. Hat das mit ihrer überstürzten Rückkehr aus Rostock zu tun?"

„Wenn sie mich schon so direkt fragen, will ich ihnen auch in Kurzfassung antworten. Ja, es hat was mit meiner Ehe zu tun. Ich habe meine Frau in einer kompromittierenden Situation angetroffen, die ich hier nicht beschreiben möchte. Jedenfalls war es so schlimm, dass ich mit dieser Frau nicht mehr in derselben Wohnung leben kann. Der Kinder willen möchte ich das Feld räumen, denn die Kinder werden bestimmt bei meiner Frau bleiben wollen. Hier in Hamburg kann ich sie auch gar nicht betreuen."

„Das kann ich gut verstehen. Macht es aber nicht Sinn, wenn sie sich vor der Kündigung noch einmal mit ihrem Freund, dem Rektor ihrer Universität, beraten. Vielleicht hilft er ihnen, einen goldenen Weg zu finden, den sie in ihrer Stresssituation nicht sehen können. Rufen sie ihn an. Bitten sie ihn um einen Termin in zwei Tagen. Bis dahin nehmen sie eine Auszeit. Fahren sie an die Nordsee, zum Beispiel nach Büsum, reden sie mit dem Meer. Die Tide wird sie zur Ruhe bringen. Der Wind wird ihnen den Kopf freipusten, damit sie wieder klare Gedanken fassen können."

„Einverstanden, vorher fahren wir aber in ihre Kanzlei. Ich möchte gerne meinen neuen Arbeitsvertrag kennenlernen."

Da nahm ihn Marie Gold lachend in die Arme. Es tat ihm so gut, den Duft ihres Haares zu atmen. Gemeinsam fuhren sie ins Büro, wo sie Udo Bahrendorf trafen, der Heiner Stark sofort in sein neues Arbeitszimmer führte, um dort mit ihm die Konditionen des Arbeitsvertrages zu besprechen. „Schauen sie sich in Ruhe um, lieber Professor Stark", sagte er freundlich, „das ist ihr neues Reich. Allerdings werden sie die wenigste Zeit hier verbringen. Schließlich werden sie unser Stoßtrupp sein, immer in der vordersten Frontlinie."

Dankbar über diese so überaus freundliche Behandlung, hob Heiner Stark beide Hände, so, als ob er seinen neuen Chef von sich stoßen würde: „Zuviel der Güte, lieber Herr Bahrendorf. Ich bitte sie vorerst darum, mir den Vertrag zu geben. Ich möchte ihn in Ruhe lesen und mich dann in zwei bis drei Tagen mit ihnen darüber verständigen."

Marie Gold, die dem Gespräch zugehört hatte, sagte : „Ich habe Professor Stark empfohlen, eine kleine Auszeit zu nehmen, um über alles gründlich nachdenken zu können. Mein Vorschlag war, das in Büsum zu tun. Ich denke, wir können ihm dafür den Mercedes geben."

„Sehr, sehr gut", Udo Bahrendorf nickte seiner Büroleiterin freundlich zu, „ich besitze da eine kleine Ferienwohnung im Möwenweg. Dritte Etage, unverbauter Blick auf die Nordsee. Die müsste zur Zeit unbelegt sein. Ich frage gleich meine Frau."

Er stand auf: „Also dann, bis übermorgen, lieber Professor. Frau Gold wird ihnen den Vertragsentwurf geben. Ist aber nichts Besonderes drin. Sie werden sehen. Ansonsten können wir über alles reden."

VII. Am Meer

Der Motor tourte ruhig und leise mit 2.500 U/Min. Der Mercedes erreichte bei dieser Drehzahl eine Geschwindigkeit von 130 Kilometern in der Stunde. Heiner Stark genoss die Reise an die Nordsee. Er redete sich ein, weder seinen alten Wartburg noch seine Frau zu vermissen. Am Nord-Ostsee-Kanal nahm er mit einem Auge die grandiose Aussicht von der Autobahn-hochbrücke wahr. Zu mehr war er nicht in der Lage, weil er sich auf die Fahrbahn konzentrieren musste. Wenig später erreichte er die Ausfahrt der Autobahn 23 bei Heide. Der Weg nach Büsum war bestens ausgeschildert. Er konnte den Badeort gar nicht verpassen. Um sich einen Ortsplan zu kaufen, parkte er seinen Wagen am Beginn der Fußgängerzone.

Vor einem Fischrestaurant nahm er an einem freien Tisch Platz. Er wartete eine Weile, bis ihm bewusst wurde, dass es Selbstbedienung war. Neugierig betrat er den Gastraum. Das opulente Büffet imponierte ihm. Die Preise empfand er als recht moderat. Er entschied sich für eine Nordseescholle mit Krabben und Spiegelei. Dazu herzhafte Bratkartoffeln. Das fing gut an.

Im Ortsplan sah er, dass der Möwenweg nur wenige Gehminuten entfernt war. Er entschloss sich, das Auto stehen zu lassen und zu seinem Quartier zu laufen. Er ging die Fußgängerzone hinunter bis zur Nordsee und erklomm die wenigen Meter zur Deichkrone. Da sah er zum ersten Mal die Nordsee. Er atmete die Weite des Meeres ein. Sein Blick streifte über die großzügigen Strandanlagen mit schafgepflegten Wiesen, massiven Uferbefestigungen und bunten Strandkörben. Mein Gott, ist das schön hier. Ganz anders als an der Ostsee, wo man am Strand im Sommer keinen freien Platz fand. Hier verliefen sich die Urlauber in der Weite des Strandes. Zufrieden nickte er, ja, das war eine gute Idee, hier erst einmal zur Ruhe zu kommen und alles gründlich zu überlegen. Er musste jetzt erst einmal zum Meer, die Füße ins Wasser, den Salzgehalt schmecken.

Die Ferienwohnung war in der dritten Etage. Vom geräumigen Balkon konnte man das Meer sehen. Alles pikobello, wie Heiner Stark fand. Er legte sich ein paar Minuten auf die Liege im Wohnzimmer und war kurz darauf eingenickt. Das gute Essen, das Flensburger Bier und der Fußweg forderten ihren Tribut. Es war eine gute Stunde vergangen, bis er hochschreckte. Mein Gott, der Mercedes, er hatte nur für ein halbe Stunde Parkzeit bezahlt. Inzwischen waren drei Stunden vergangen. Hastig sprang er auf und eilte zum Auto. Zu spät, ein freundlicher Gruß der Stadtverwaltung klemmte unter dem Scheibenwischer. Heiner Stark fluchte leise, war ärgerlich über sich selbst. Immer wieder die gleichen Fehler. Hätte er nicht gleich für länger bezahlen können. Wie blöd von ihm. Wie so oft, hatte er am falschen Ende gespart, was teuer kam.

Gleich hinter dem Parkplatz stand eine Telefonzelle. Heiner Stark steckte eine Mark in den Automaten und wählte die Nummer des Rostocker Rektorates. Magnifizenz hatte wohl schon auf seinen Anruf gewartet und war sofort bereit, ihm einen Termin am frühen Abend zu geben. Als er hörte, dass Heiner Stark in Büsum war, bot er ihm spontan an, ihn dort am Wochenende zu besuchen. Der Anlass war wichtig genug. Am Telefon konnten sie derart intime Fragen nicht besprechen, wohl wissend, dass die Mitarbeiter der Staatsicherheit gerne mithörten.

Am Morgen des nächsten Tages nahm Heiner Stark sich die Zeit, um das Kommen und Gehen des Meeres zu erleben. Er mietete einen der zahlreichen bunten Strandkörbe, drehte ihn zum Meer und rekelte sich wohlig der Sommersonne entgegen. Die Tide war kurz nach Hochwasser. Die Wellen spielten mit dem Granit der Uferbefestigung. Wissend, dass ihr Element, obwohl viel weicher als das harte Gestein, letztendlich doch den Sieg davontragen und die Steine rundschleifen würde. Wir kennen viel, sehen aber wenig, sinnierte Heiner Stark. Als Kind der Ostsee hatte er schon oft von dem Naturschauspiel der Gezeiten der Nordsee gehört. Es jetzt in natura betrachten zu können, bereitete ihm eine warme Freude. Die Zeit war ihm nicht zu schade, die Stunden auszuharren, die das Meer bis zum niedrigsten Niveau bei Ebbe benötigte. Wer bin ich, ging es ihm durch den Sinn. Bin ich das Wasser, der harte Stein oder gar der Wind, der alles bewirkt. Oder gar die Möwe, die aus der Höhe den Kampf der Gewalten beobachtet. Bin ich Akteur oder Flaneur, Gestalter oder Betrachter?

Ja, genau das war es, er hatte sich zum Kern seines Daseins durchgeträumt. Als Mann der Wissenschaft war er bisher Betrachter, nicht frei von Eitelkeiten, wenn es darum ging, Historisches zu beschreiben und zu bewerten. Wie die Möwe hoch in der Luft, wenn es ihr in den Sinn kam, sogar auf das da unten scheißend. Jetzt stand er vor der Entscheidung, zum Subjekt der Geschichte zu werden. Ganz anders als bisher. Was konnte ihn dabei reizen. Natürlich, er konnte mit gestalten. Direkt im täglichen Dasein sein Spuren ziehen. Er hatte die Welt lange genug interpretiert, jetzt kam es darauf an, sie zu gestalten. Ganz im Sinne der Feuerbachthesen von Karl Marx.

Diesen Gedanken wollte er festhalten. Nicht nur aufschreiben, sondern ihn vergegenständlichen. Sein Blick fiel auf einen Kieselstein, rund geschliffen vom Spiel der Wellen. Das sollte sein Erinnerungsstein werden. Der sollte bei ihm bleiben und an diesen besonderen Tag und Platz erinnern. Der Rektor konnte kommen. Er wusste, was er wollte.

Der Rektor hatte sich von seiner Assistentin ein Zimmer im Hotel Nordstrand reservieren lassen. Als Heiner Stark gegen 10.00 Uhr das Hotel betrat, schlürfte er im Foyer dieses renommierten Hauses einen Espresso. Heiner Stark musste lächeln. Magnifizenz konnte auf die Marotte nicht verzichten. So lange er ihn kannte, und das mussten schon bald zwanzig Jahre sein, hatte er seinen Kaffee geschlürft.

Der Rektor hatte für diese Reise auf seinen Fahrer verzichtet und seinen schwarzen Tatra 613 selber chauffiert. Heiner Stark war in diesen besonderen Wagen geradezu vernarrt. Er bat den Rektor, einen Ausflug mit diesem sozialistischen Luxusauto zu machen. In der Tiefgarage des Hotels wirkte der Wagen noch größer. Immerhin erreichte er eine Länge von fünf Meter. Innen bot er reichlich Platz. Heiner Stark war begeistert, als ihm Magnifizenz anbot, den Wagen zu fahren. Er ließ den Motor an, der kräftige Achtzylinder nahm leise fauchend seine Arbeit auf. Natürlich, erinnerte sich Heiner Stark, der Wagen hatte ja Luftkühlung, wie Porsche. Ein Meisterstück tschechischer Ingenieurkunst.

„Höchstgeschwindigkeit 190 km/h", holte ihn der Rektor in die Wirklichkeit zurück, als Heiner Stark mit 120 km/h auf der schmalen Landstraße in Richtung Sankt Peter Ording fuhr, „ich hoffe, du willst die Kraft der 165 Pferdchen nicht hier und heute testen. Wo fahren wir eigentlich hin?"

„Das wirst du schon noch sehen, lass dich überraschen", erwiderte Heiner Stark launig, „aber wir können doch schon mal so langsam über unser Thema reden. Ich kann mich durchaus beim Fahren unterhalten. Ich gehe aber lieber vom Gas, 80 Sachen reichen auf diesen welligen Straßen allemal." Sie hatten inzwischen die Eider – Halbinsel erreicht und fuhren weiter in Richtung Nordsee. Doch dem Rektor war noch nicht nach einem ernsthaften Gespräch zumute. Er sah sich lieber durch die großen Fensterscheiben die raue norddeutsche Landschaft an. Endlich fuhr der Wagen auf einen bekiesten Parkplatz, der schon gut besucht war. „Westerhever Sand" stand auf der großen Orientierungstafel. „Ist es das, wo du mit mir hinwolltest", fragte er.

„Ja, ich war gestern schon hier und bin begeistert vom Charme dieses Flecken Landes. Hier spürst du den Reiz der Nordsee am unmittelbarsten. Die Weite, den Wind, die Salzwiesen…."

Der Rektor sah ihn nachdenklich an: „Und hier willst du deine Wurzeln schlagen, besser gesagt in Hamburg?"

„Woher weißt du das?"

„Geh einfach davon aus, dass es Informanten gibt, die auf dich und die anderen Genossen achtgeben, die im Westen eingesetzt worden sind."

„Ja, ich kann das heute bestätigen. Ich will meine Stellung an der Uni aufgeben, und mich in der freien Wirtschaft als Key Account Manager in einem Beratungsunternehmen engagieren. Dir gegenüber kann, ja muss ich aufrichtig sein. Diese Entscheidung ist auch durch den Ehebruch meiner Frau beschleunigt worden."

„Ich weiß", der Rektor konnte sich ein Lächeln nicht verkneifen, „Ursel war bei mir und hat mich um Rat gebeten."

„Im Ernst, hat sie dir auch erzählt, was sie gemacht hat?"

„Das wusste sie selber nicht mehr so genau. Du wirst es noch gar nicht wissen. Aber sie hat bei ihren dienstlichen Reisen in die Sowjetunion junge Wirtschaftsbosse aus der neuen Elite kennengelernt. Die wollen sie als Geschäftsführerin einer sowjetischen Investment - Gesellschaft in Deutschland einsetzen. Sie bieten ihr ein Wahnsinnsgehalt. Dieses Geschäft wurde in eurer Rostocker Wohnung gefeiert. Dabei war wohl zu viel Alkohol geflossen, so dass alle Beteiligten die Selbstkontrolle verloren hatten. Ihre russischen Partner konnten sich nur soweit erinnern, dass sie wohl mit ihnen Sex hatte, als du aufgetaucht bist. Ursel sagte mir, dass sie das alles sehr bereut. Ich soll dir das ausrichten. Sie bittet dich, mit ihr zu reden."

Heiner Stark atmete tief ein, ehe er antworten konnte: „Sei mir nicht böse, aber ich möchte meine Eheprobleme gerne aus unserem Gespräch rauslassen. Soviel möchte ich dazu aber doch gerne sagen. Früher war die Familie die Keimzelle der Gesellschaft. Heute haben die Egoisten diese Rolle eingenommen. Doch genug von meinen Ehesorgen. Ich möchte dich um deinen Rat bitten, wie ich meine Kündigung regulieren könnte. Meinst du, ich sollte direkt ins Ministerium fahren, oder soll ich noch warten und es bei einer Kündigung an der Uni belassen. Schließlich habe ich den Arbeitsvertrag ja mit dir abgeschlossen. Du bist mein Dienstherr, also bitte ich dich um Entlassung?"

„Und was wird aus deiner ordentlichen Professur, willst du auf deinen Professorentitel verzichten?"

„Nein, das nun nicht. Den Professor brauche ich für meine Arbeit als Berater. Meine Auftraggeber legen darauf großen Wert."

„Na, siehst du, habe ich mir schon gedacht. Ich kann dir einen Vorschlag zur Güte machen. Du erhältst von mir eine Freistellung für die Dauer von zwei Jahren. Wir bezahlen dein Gehalt weiter, was du dazu verdienst, ist deine Sache. Nach zwei Jahren kannst du dich entscheiden, ob du als Hochschullehrer ausscheidest oder nicht. Falls du gehen möchtest, würden wir dich als Honorarprofessor weiter führen. Dann bliebe dir dein Titel erhalten."

Heiner Stark glaubte, seinen Ohren nicht trauen zu können: „Das hört sich richtig gut an, mit diesem Vorschlag habe ich nicht gerechnet. Meinst du, dass du diesen Karriereplan im Ministerium durchsetzen kannst."

Der Rektor winkte nur ab: „Alles schon geklärt. Der Minister macht mit. Die Sache hat aber einen kleinen Haken."

„Dachte ich es mir doch. Sag schon, was erwarten die noch von mir."

„Du musst den Genossen der Sicherheit regelmäßig über deine Arbeit berichten. Sie haben großes Interesse an Informationen aus der westdeutschen Wirtschaft. Da besteht für uns alle ein großes Sicherheitsdefizit. Dort ist das Kapital, dort und in den Medien liegt die eigentliche Macht."

Heiner Stark war nicht wirklich überrascht: „Das kann ich mir gut vorstellen. Natürlich werde ich Mitglied der Partei bleiben und fühle mich als solcher verpflichtet, der Partei in jeder Hinsicht zu dienen. Ich übernehme diesen Auftrag, allerdings werde ich keine schriftlichen Berichte geben und auch keine Dokumente kopieren oder stehlen. Als Spion möchte ich nicht agieren. Das macht mich angreifbar. Wer weiß, wem das alles in die Hände fallen würde. Ich erstatte nur mündlich Rapport. Zu einem Genossen der Sicherheit. Und nicht in Hamburg, sondern an wechselnden Orten im Norden des Bezirkes Schwerin."

„Da bin ich aber erleichtert", der Rektor atmete hörbar aus, „ich werde eine Ergänzung für deinen Dienstvertrag erarbeiten lassen. Unabhängig davon kannst du schon deine Vereinbarungen mit deinem westdeutschen Arbeitgeber klären, von mir aus auch schon unterschreiben." Und nach einem Blick in die Runde: „Und nun kläre mich doch mal auf, was hat es mit diesem Westerhever Sand auf sich. Ich sehe da einen großen Leuchtturm und zwei gleiche Häuschen. Das ist schon niedlich anzuschauen."

Erfreut über das Angebot des Rektors und dessen Interesse an der norddeutschen Kulturlandschaft, kramte Heiner Stark sein Notizbuch aus der Tasche seines Blousons und erklärte im Stil eines Wattführers: „Du hast hier ein markantes Beispiel dafür, wie die Menschen dieser Region dem Meer fruchtbares Land abgewonnen haben. Indem sie Faschinen, so nennt man die Reisigbündel, im Boden verankerten. Bei Flut wurden diese überspült, es blieben Schwebestoffe des Wasser in ihnen hängen und so wuchsen im Laufe vieler Jahre diese Salzwiesen. Später wurde dieses Neuland mit Deichen geschützt und konnte so als Acker- oder Weideland genutzt werden."

Und nun zu dem Leuchtturm: „Er wurde 1906 tausend Meter vor dem Deich errichtet. Das Fundament wurde mit 127 Eichenpfählen im weichen Untergrund gegründet. Der Turm hat eine Höhe von 41 Meter und sein Leuchtfeuer eine Reichweite von 21 Seemeilen. Besonders interessant dürfte für dich als Techniker sein, dass der Turm aus über 600 gusseisernen Platten erbaut wurde, also nicht in traditioneller Bauweise als Mauerwerk. Diese Platten wiegen 130 Tonnen. Man kann den Turm auch besichtigen, muss dafür aber neun Etagen Treppe steigen."

Inzwischen hatten sie das Wahrzeichen der Eider – Halbinsel erreicht. Der Rektor legte den Hals in den Nacken, um die Spitze des Turmes sehen zu können: „Da müssen wir jetzt aber nicht hoch. Lass uns lieber zurückfahren und in der Hotelbar einen Sundowner trinken."

Auf dem Parkplatz hatte sich eine Gruppe Neugieriger um den Tatra versammelt. Jovial wandte sich Heiner Stark an die Leute, ob sie wüssten, welches Auto da vor ihnen stand. Als sie die Köpfe verneinend schüttelten, entriegelte er die Motorhaube. Alle sahen interessiert in den Motorraum. Heiner Stark erklärte, dass es sich um einen luftgekühlten Achtzylinder mit 3,5 Liter Hubraum handelte. Die Männer nickten anerkennend. Einer fragte, in welchem Land der Wagen gebaut worden ist. Als Heiner Stark erklärte, dass es sich um eine tschechische Produktion handelte, lachte einer laut auf: „Die kennen wir von Skoda. Die rosten doch schneller als die fahren."

„Dieser Wagen aber nicht", mischte sich der Rektor, dem die Überheblichkeit der Westmänner missfiel, in die Unterhaltung, „dieser Wagen hat das Zeug, es mit den besten Autos der Welt aufzunehmen. Derzeit werden Verhandlungen mit einem westdeutschen Autokonzern geführt, wenn ich mich nicht irre, ist das Mercedes, um eine Joint Venture zur Errichtung neuer Werke für dieses Spitzenmodell zu bilden. Auf jeden Fall ist der Tatra zukünftig als Dienstwagen für deutsche Politiker und Spitzenbeamte vorgesehen."

Nachdem sie abgefahren waren, sah Heiner Stark den Rektor fragend an: „Das mit dem Tatra als Joint Venture war mir neu, auch von seiner Präferenz als Dienstwagen habe ich noch nichts gehört."

„Ich auch nicht", erwiderte der Rektor lachend, „wäre aber eigentlich ganz nett, oder?"

VIII. Das Triumvirat

September 1988. Der Berliner Gebäudekomplex am Werderschen Markt besitz eine wechselvolle Geschichte. Von 1934 bis 1940 als Erweiterungsbau für die Reichbank errichtet, wurde ihm die zweifelhafte Ehre einer Grundsteinlegung durch Adolf Hitler zuteil. Was die Führung der SED aber nicht davon abhielt, hier ab 1959 das Zentralkomitee und das Politbüro der SED als wichtigste Machtorgane dieser Partei zu etablieren.

Professor Heiner Stark betrat das Gebäude mit gemischten Gefühlen. Er war vom Leiter der Abteilung Wissenschaften einbestellt worden, ohne dass ihm dafür ein Grund genannt worden war. Obwohl er sich einredete, ganz souverän zu sein, konnte er seine Aufregung kaum unterdrücken. Von früheren Besuchen her kannte Heiner Stark noch die penible Personenkontrolle. Daran hatte sich nichts geändert. Eher blickten die bewaffneten Kontrolleure noch finsterer als vordem. Zum Glück war sein Besuch angemeldet worden, so dass er nach Vorzeigen seines Personalausweises ungehindert eintreten konnte. Er stieg in den rumpelnden Paternoster und entsprang ihn mit einem kräftigen Satz im dritten Stockwerk. Ihm war jedes Mal mulmig zumute, wenn er dieses technische Denkmal benutzte. Was, wenn er mit den Füssen im Spalt zwischen der Kabine und er Wand hängen blieb. Nicht auszumalen, was dann passierte. Oder wenn man es verpasste, im obersten Stockwerk auszusteigen. Zwar wurde behauptet, dass es zu keinem Unfall kommen würde, weil die Kabinen sich oben nicht drehen, wodurch der säumige Nutzer nicht kopfüber, sondern in stehender Haltung wieder ans Tageslicht käme. Er kannte aber keinen, der das erlebt hätte. Nächstes Mal gehe ich lieber wieder die Treppe, sagte sich Heiner Stark und öffnete, ohne anzuklopfen, die Tür zum Büro des Spitzenfunktionärs der SED.

Die Sekretärin begrüßte in freundlich, und da er etwas früh war, musste er einige Minuten warten, bis ihm Eintritt gewährt wurde. Er kannte den Abteilungsleiter seit vielen Jahren, noch aus dessen Zeit als Sekretär der FDJ – Bezirksleitung Rostock. Obwohl er nie eine wissenschaftliche Qualifikation erworben hatte, war ihm der Titel eines Professors verliehen worden. Das war so Usus für den Leiter der Abteilung Wissenschaften. Die Partei meinte es wohl gut, damit sollte er ein Partner auf Augenhöhe für die Wissenschaftler sein. Leider bewirkte der unverdiente Professorentitel aber das Gegenteil. Viele amüsierten sich hinter vorgehaltener Hand über diesen Parteiprofessor.

Heiner Stark war aber doch erstaunt, als sein Gastgeber ihn zur Begrüßung umarmte und mit einem „Herzlich Willkommen altes Haus, wie geht's, wie stets", auf die Schulter klopfte. Heiner Stark hatte sich entschlossen, ohne lange Floskeln zur Sache zu kommen. Er antwortete deshalb: „Mir ginge es schon besser, wenn du mir in deiner Einladung gesagt hättest, worum es sich handelt. Ich hoffe doch, du hast keine schlechten Nachrichten für mich." Sein Gegenüber fixierte ihn mit kalten Augen. Lauernd fragte er: „Warum schlechte Nachrichten, hast du etwas zu verbergen?"

„Wer da frei ist von Schuld, der werfe den ersten Stein", zitierte Heiner Stark frei die Bibel.

„Schuld oder Unschuld, wer will das entscheiden. Wir sind alle keine Engel und werden trotzdem in den Himmel kommen. Und weißt du auch warum, nein…, na weil wir mit der führenden Raumfahrtnation befreundet sind", entgegnet ihm der

Abteilungsleiter mit einem höhnischen Lachen. Da er aber merkte, dass sein Witz keine Resonanz fand, kam er endlich zum Anlass des Gespräches: „Ich habe einige sehr vertrauliche Infos für dich. Das musst du für dich behalten. Ist alles noch Top Secret. In diesen Minuten trifft sich in diesem Haus das neue Triumvirat Deutschlands. Das sind erstens Genosse Zerk als designierter Kanzler, zweitens der Genosse Erger als zukünftiger Minister des Inneren und Verteidigungsminister in einer Person und drittens der Bürgermeister von Leipzig, Genosse Talkhofer als Minister für Wirtschaft und Finanzen. Du siehst, alles Genossen jünger als Fünfzig. Sie werden unser vereintes Deutschland in die helle Zukunft führen."

„Das hört sich ja nicht schlecht an", Heiner Stark beuget sich angespannt nach vorn. Eine Haltung, die Menschen oft einnehmen, wenn sie sich in einem Gespräch besonders konzentrierten: „Da möchte ich gerne in der zweiten Etage Mäuschen spielen. Würde mich schon interessieren, was da beschlossen wird."

Der Abteilungsleiter sah in aufmerksam an: „Das wirst du früher als du glaubst erfahren. Womit wir beim Thema unserer Beratung wären. Der Genosse Talkhofer hat mich beauftragt, eine Mannschaft von erfahrenen Wissenschaftlern zusammen zu stellen, die ihn bei der Konzipierung der neuen Wirtschafts- und Finanzpolitik berät. Ich möchte, dass du dazu gehörst."

Heiner Stark reagierte erstaunt: „Dir ist aber schon klar, dass ich kein Ökonom bin, sondern Historiker. Ich könnte jetzt spontan wirklich nicht sagen, welchen Beitrag ich zur Beratung der Wirtschafts- und Finanzexperten leisten soll."

„Ganz falsch, wir benötigen ein interdisziplinäres Gremium mit Spitzenkräften verschiedener Fachgebiete. Du wirst der einzige

Historiker sein. Wir dürfen nämlich nicht nur in ökonomischen Kategorien denken, sondern wir müssen die Wechselwirkungen innerhalb der Gesellschaft beachten. Als Historiker hast du einen guten Überblick, kannst auch mal quer denken. Ich bestehe deshalb auf deine Mitarbeit."

Heiner Stark konnte jetzt nicht mehr anders, er musste seinem Gegenüber reinen Wein einschenken: „Ich muss dir aber sagen, dass ich mit dem Rektor vereinbart habe, zwei Jahre frei gestellt zu werden, um in einem westdeutschen Beraterbüro als Key Account Manager zu arbeiten."

„Aber das weiß ich doch, umso besser, damit bekommst du beste Einsichten in die Praxis. Komm, lass uns einen guten alten Wodka trinken, wie früher, als wir noch in Rostock unser Unwesen trieben."

„Einverstanden, wenn es ein echter Stolitschnaja ist."

„Na aber, was denn sonst. Anderes kommt nicht über meine Zunge."

Die beiden Männer bekamen bei diesen Erinnerungen feuchte Augen. Sie standen auf, nahmen die übervollen Gläser in die Hände und riefen wie mit einer Stimme: „Na sdorowje!"

Heiner Stark hatte nicht bedacht, welche Wirkung hundert Gramm russischer Wodka bei ihm hinterlassen würde. Und dann noch ex getrunken, mit leerem Magen. In diesem Zustand konnte er nicht fahren. Er ging deshalb in das nächstbeste Café und bestellte sich zwei Wiener Würstchen und einen großen Milchkaffe. Das war seinem Zustand aber nicht dienlich, denn ihm wurde jetzt auch noch schlecht. Sein Puls raste. Der Magen rebellierte gegen die fetten Würstchen. Ihm war schwindlig. Er entschloss sich deshalb, nicht sofort nach Rostock zurück zu fahren, sondern einen alten Bekannten zu besuchen, der ganz in der Nähe, in der Leipziger Straße wohnte. Dessen Telefonnummer hatte er nicht zur Hand. Er ging deshalb auf gut Glück die Leipziger Straße hinunter, bis er das vierzehn-geschossige Gebäude erreichte, in dem sein Freund eine der begehrten Wohnungen besaß. Zum Glück funktionierte der Fahrstuhl, den Heiner Stark nutzte, obwohl die Wohnung sich in der dritten Etage befand.

Erschrocken fuhr er hoch, als ihn zwei kräftige Hände an der Schulter schüttelten. Vor ihm standen zwei Polzisten, die ihn misstrauisch musterten. Langsam wurde ihm die Situation klar. Er war wohl auf dem Treppenabsatz eingeschlafen. Nachdem er vergeblich an der Tür seines Freundes geklingelt und sich zu einer kleinen Pause hingesetzt hatte, war er sofort eingeduselt. Zum Glück kam just in diesem Moment sein Freund die Treppe herauf, der konnte die Polizeibeamten beruhigen und davon abhalten, Heiner Stark zur Ausnüchterung mit aufs Revier zu nehmen.

Der Freund arbeitete als Historiker am Zentralinstitut für Geschichte der Akademie der Wissenschaften. Sie hatten sich lange nicht gesehen und so blieb es für Heiner Stark nicht bei einem kurzen Erholungsaufenthalt. Der Freund verabreichte ihm zuerst einen guten Kamillentee mit Honig, der sich als vorzügliches Mittel zur Befriedung von Magen und Kreislauf erwies. Als sich der Freund anschickte, den Tisch für ein Männer Abendessen mit Brotstullen und Bier zu decken, klingelte es an der Wohnungstür. Der Freund entschuldigte sich: „Tut mir leid, ich vergaß, ich habe heute Abend eigentlich eine Verabredung mit einer jungen Physikerin unserer Akademie, die unbedingt Mitglied der SED werden will. Eine Pfarrerstochter aus Templin. Die Genossen ihrer Parteiorganisation wollen das nicht erlauben, weil sie sich früher nicht systemkonform verhalten hat. Jetzt soll ich als Mitglied der zentralen Parteileitung der Akademie dafür sorgen, dass sie ihren Willen kriegt."

„Ich möchte deine Pläne nicht stören", Heiner Stark konnte sich ein Lächeln nicht verkneifen, „wenn du mit ihr alleine sein möchtest, räume ich gerne das Feld."

„Nein, Schreck lass nach, das nun gerade nicht. Sie hat schon bei ihrem Parteisekretär vergeblich versucht, sich in die Partei zu vögeln, der hat aber dankend abgelehnt. Sie hat nun so gar keine Reize, abgesehen von ihrer enormen Schlauheit."

Jetzt klingelte es zum zweiten Mal, energischer als zuvor.

„Ja, nun lass deine Dame des Abends endlich rein, oder soll ich ihr Einlass gewähren", Heiner Stark ging zur Tür und öffnete sie. Vor ihm stand eine pummlige Frau mit einer strähnigen Ponyfrisur. Sie trug eine graue Hose und eine lila Jacke. Die Jacke war ihr viel zu eng, so dass man ihre Fettpölsterchen nicht übersehen konnte. Unbewusst musste er schmunzeln. Es war offensichtlich, dass die sich nicht nach oben vögeln konnte. Was um Gottes Willen wollte sie von seinem Freund. Jetzt begann die Ponyfrisur in einem Berliner Randdialekt zu sprechen. Aha, Heiner Stark war überrascht. Selbstsicher war die allemal, wie sie den Zugang zur Wohnung forderte. Als der Freund versuchte, sie wegen seines unerwarteten Gastes abzuwimmeln, biss er bei ihr auf Granit. Sie bildete mit beiden Händen vor dem Bauch eine Raute und begann zu sprechen: „Ich habe nun seit einer Woche auf dieses Gespräch gewartet. Mein Anliegen duldet keinen weiteren Aufschub. In Deutschland werden jetzt die Weichen in Richtung Sozialismus gestellt und ich möchte daran aktiv mitwirken."

„Aber das können sie doch auch, wer sollte dagegen was haben", erwiderte der Freund misslaunig.

Die Ponyfrisur schritt demonstrativ an ihm vorbei und nahm im Wohnzimmer Platz: „So, das wissen sie nicht. Ich kann es ihnen verraten. Das sind die Genossen meines Institutes. Sie haben was gegen Frauen im allgemeinen."

„Und warum wollen sie unbedingt Mitglied in unserer Partei werden. Sie können sich doch auch als Parteilose einbringen."

„Das genügt mir aber nicht", sagte sie und schlug die Beine übereinander. Dabei rückte das Hosenbein nach oben und gab den Blick auf graue Herrensocken frei. Sie beugte sich nach vorn und sagte ohne den leisesten Anflug von Verlegenheit: „Ich denke, ich werde ihre Bereitschaft, mich zu unterstützen, fördern wenn ich sie daran erinnere, dass sie Analverkehr mit einem minderjährigen Jungen hatten. Der Bub gehört zur Kirchengemeine meines Vaters und hat sich ihm anvertraut. Ich fordere von ihnen, dass ich umgehend in die SED aufgenommen werde und einen Platz in der Volkskammer erhalte. Wie sie das machen, ist mir egal."

„Und wer garantiert mir, dass sie danach Diskretion wahren werden?"

Sie antwortete mit einem misslungenem Augenaufschlag: „Die Eltern des Jungen sind bereit, sich für einen Betrag von 100.000 Mark zum Stillschweigen zu verpflichten."

Heiner Stark war der Unterhaltung schweigend und mit wachsendem Unwohlsein gefolgt, mischte sich nun doch direkt ein: „Elne solche Erklärung ist doch völlig wertlos. Im Gegenteil, sie würde für den Richter ein Schuldanerkenntnis darstellen.

Haben sie denn überhaupt Beweise für diese ungeheuerliche Beschuldigung."

Daraufhin sprang die Ponyfrisur mit rotzornigem Kopf auf, schlug mit Wucht die Zimmertür zu und verschwand laut schimpfend im Treppenhaus: „Ihr werdet schon merken, mit wem ihr es zu tun habt. Ich werde meinen Weg gehen, dann eben ohne euch rotes Gesindel."

Der Freund war blass geworden. Reglos in sein Wodkaglas stierend, saß er auf seinem Stuhl. Heiner Stark ergriff zuerst wieder das Wort: „Ich gehe mal davon aus, dass die Dame nicht gesponnen hat. Deine homosexuellen Neigungen sind mir ja nicht unbekannt. Ich möchte dir gerne helfen, dazu musst du aber ehrlich zu mir sein. Hat es diesen Verkehr mit dem Jungen gegeben. Wenn ja, wie alt war der und gab es dafür irgendwelche Zeugen?"

„Der Junge war 17 und der Verkehr geschah einvernehmlich. Es war in unserem Institut passiert, Zeugen hat es nicht gegeben."

„Dann gilt für dich die Unschuld Vermutung. Jetzt bloß keine Aktivitäten, die bei einem juristischen Verfahren gegen dich verwendet werden könnten. Wir sollten uns mit einem Anwalt beraten, aber soviel ich weiß, ist Sex mit Siebzehnjährigen erlaubt, wenn er einvernehmlich erfolgt. Der Junge war doch nicht etwa abhängig von dir?"

„Nein, das nicht. Eher andersrum. Der Junge hat in unserem Institut ein Praktikum als Bibliothekar gemacht. Dabei sind wir am späten Abend im Lesesaal alleine gewesen. Er hat mich verführt und im gewissen Sinne abhängig gemacht."

„Dann lass es darauf ankommen, juristisch kann dir nichts passieren. Wie du das mit deiner Frau regelst, musst du selber wissen."

„Wir haben uns getrennt", der Freund machte mit der linken Hand ein hilflose Geste. „Komm, wir wollen uns besaufen, so ein Scheißtag aber auch."

Doch danach war Heiner Stark nicht zumute. Er brauchte einen klaren Kopf, morgen standen wichtige Entscheidungen an. Er nahm wieder den Fahrstuhl. Nach der Erholungpause fühlte er sich fit. Er nahm am Steuer seines Mercedes Platz und trieb den Wagen mit hohem Tempo nach Hamburg.

Nach einer kurzen, von wirren Träumen belasteten Nacht nahm er im Hotelrestaurant sein Frühstück ein, als die Empfangsdame ihm einen Notizzettel überreichte. Von seiner Frau. „Bitte rufe mich an, es ist dringend", las er halblaut den kurzen Text. Das hätte ihm jetzt gerade noch gefehlt. Er glaubte zu wissen, auch ohne das zu erwartende nervende Telefonat, was sie von ihm wollte. Er sollte verstehen und verzeihen. Aber genau das wollte er nicht mehr. Ihn zog es zu Marie Gold und seiner neuen Aufgabe. Mein lieber Freund, sagte er zu sich selbst. Dich hat es ja ganz schön erwischt. Und das in deinem Alter. Ihm schien es, dass Marie die Frau war, auf die er immer gewartet hatte, was ihm erst jetzt bewusst geworden war. Alles Notwendige, so schien es ihm, war durchdacht und geregelt. Die Zeit war reif. Er ließ den Wagen an und fuhr los in eine ungewisse Zukunft.

IX. Katharsis

September 1988. Egmont Zerk thronte betont lässig in seinem Sessel. Die Beine übereinander geschlagen, auch wenn er wusste, dass diese verkrampfte Haltung für seine lädierte Wirbelsäule Gift war. Aber er duldete die Schmerzen nicht, er ließ sie nicht zu. Sein Körper war voller Adrenalin, das ihn in eine Hochstimmung versetzte und schier unerschöpfliche Kraftreserven mobilisierte. Sein Frau hatte ihn am Morgen mit Kennedy verglichen, der auch unter chronischen Rücken-schmerzen litt und trotzdem Historisches geleistet hatte. Ein Vergleich, der ihm gefiel. Ja, das traf es genau. Er war der deutsche Kennedy. Er fühlte sich in einer Reihe mit Bismarck und Adenauer. Seit dem überraschenden Wahlausgang der Bundestagswahlen war er kaum zum Schlafen gekommen, geschweige denn zum Ausruhen oder Erholen. Alles war jetzt neu und wichtig. Aber er konnte nicht alle Aufgaben mit der gleichen Intensität bewältigen, sondern musste Prioritäten setzen. Darüber wollte er heute mit dem engsten Führungskreis der SED sprechen, seinem Triumvirat.

„Also, ich grüße euch meine lieben Freunde", begann er im freundschaftlichen Tonfall die Besprechung, „ich meine, wir sollten uns in den nächsten Tagen auf Folgendes konzen-trieren. Erstens, die Beendigung der Säuberungsaktion unserer Partei von den alten Stalinisten. Ich habe dem Minister für nationale Sicherheit eine Namensliste mit rund 1.000 Genossen übergeben, die in den kommenden 24 Stunden zu verhaften und in Internierung zu verbringen sind. Es handelt sich vorwiegend um Funktionäre der Kreis- und Bezirksleitungen und des Zentralkomitees. Zweitens müssen wir bald eine neue Regierung für Westdeutschland bilden. Wir haben die absolute Mehrheit und stellen damit alle Minister und Staatssekretäre." Er legte eine Pause ein und nahm mit zitternder Hand einen großen Schluck aus der Kaffeetasse. Wolf Erger, der designierte Minister für nationale Sicherheit, nutzte die Pause um zu fragen: „Welches Regierungsmodell wollen wir für Deutschland favorisieren, das der sozialistischen Demokratie der DDR mit Volkskammer und Bezirken oder das der bürgerlichen Demokratie der BRD mit Bundestag und Länderregierungen…"

Egmont Zerk unterbrach in ungeduldig: „Weder noch. Das ist doch unser zentrales Problem, die Sicherung der Macht. Wir können uns keine Demokratiespiele leisten, dann sind wir bei der nächsten Wahl weg vom Fenster. Ich bin für eine kleine schlagkräftige Regierungsmannschaft mit maximal sechs Ministern. Die eigentliche Macht liegt bei uns Dreien. Wir sind der zentrale Reformationsrat. Die westdeutschen Länderregierungen bleiben vorerst bestehen. Wir stellen sie aber kalt, indem wir den Ausnahmezustand verhängen. Von den Länderregierungen sind nur noch Sachprozesse zu führen und keine politischen Entscheidungen zu fällen. Wir setzen die Ministerpräsidenten faktisch matt, indem wir für jedes Land einen Hohen Kommissar einsetzen, der mit Notverordnungen regiert. Wir benötigen Zeit, um eine neue Verfassung für Deutschland zu erarbeiten. Ich denke, wir werden dafür ein Jahr brauchen."

Zufrieden bemerkte er, dass seine Partner zustimmend nickten. So gefiel es ihm, er fühlte sich nicht als Primus inter Pares. Er war der Boss, nach ihm kam erst einmal nichts und niemand. In Zeiten des Umbruchs wie diese, das hatte die Geschichte immer wieder bestätigt, waren starke Männer gefragt. Das konnte den Ausschlag über Erfolg oder Misserfolg geben. Er lächelte huldvoll und sagte: „Lasst uns in medias res gehen. Wir brauchen ein Aktionsprogramm für die nächsten zwei Jahre. Ich habe Richtlinien dafür erarbeitet, die ich euch jetzt zur Kenntnis geben werde. Bitte nicht sofort zu jeder Einzelheit eure Meinung sagen. Hört euch erst einmal das Konzept als Ganzes an. Mein persönlicher Referent hat euch eine Fotokopie auf den

Tisch gelegt. Ihr braucht euch also keine Notizen zu machen. Überflüssig zu betonen, dass dieses Papier höchste Geheimhaltung hat."

Egmont Zerk trank einen weiteren Schluck Kaffee und begann, seine Konzeption für die nächsten Jahre deutscher Geschichte vorzutragen: „Punkt 1. Die Vereinigung der beiden deutschen Staaten steht derzeit nicht auf der Tagesordnung. Wir gründen eine Konföderation mit zwei selbständigen deutschen Staaten. Dadurch sichern wir den Erhalt der sozialistischen Verhältnisse in der DDR und können die sozialistische Revolution in der BRD planvoll durchführen.

Punkt 2. Wir gewährleisten das weitere Funktionieren der kapitalistischen Wirtschaft in Westdeutschland. Die aktuelle Wirtschaftskrise muss schnell überwunden werden. Das ist das A und O für die Akzeptanz unserer Regierung durch das westdeutsche Volk. Das können wir nicht erreichen, wenn wir das Großkapital enteignen und unverzüglich sozialistische Eigentumsverhältnisse herstellen. Das kann nur über einen mehrere Jahrzehnte andauernden Prozess realisiert werden."

„Und was wird aus der Westmark", Wolfgang Talkhofer konnte sich den Zwischenruf nicht verkneifen.

„Das mit der Währung müssen wir noch entscheiden", antwortete Egmont Zerk, verärgert über die Störung seiner Rede, „ich denke, die Westmark bleibt für die BRD gültiges Zahlungsmittel. Unsere DDR - Mark kann zu einem noch festzulegenden Satz offiziell getauscht werden. Punkt 3. Das Sozialsystem der DDR bildet das Vorbild für die BRD. Wir wollen unsere soziale Kompetenz auf den Westen übertragen. Das ist für die Menschen lukrativ und wird unsere Verankerung in der Bevölkerung spürbar verbessern. Ich denke nur an unsere

Kinderbetreuung, an unser Gesundheitssystem oder an die Gleichstellung von Mann und Frau. Natürlich muss das bezahlbar sein. Das geht nicht, ohne das Steuersystem grundsätzlich zu reformieren. Die Reichen müssen mehr abgeben, damit es allen besser geht."

Egmont Zerk blickte seinen Genossen fest in die Augen: „Das wars, das sind für mich die dringendsten Aufgaben für die nächsten zwei Jahre."

Wolf Erger konnte sich eine Frage nicht verkneifen: „Den internationalen Aspekt können wir aber nicht außen vor lassen. Welche Haltung nehmen wir zur NATO und zur Europäischen Union ein?"

Egmont Zerk stand auf. Er reckte sich, dass seine Gelenke knackten. Auf diese Frage hatte er nur gewartet. Jetzt konnte er seine Größe als historische Figur der deutschen und europäischen Geschichte demonstrieren: „Ich sprach von den nächsten 24 Monaten. Da werden wir NATO und EU nicht abschaffen. Für mich steht indessen die sozialistische Zukunft Europas fest. Ganz im Sinne Lenins, werden wir in den kommenden Jahrzehnten die Vereinigten Staaten von Europa erleben. Schaut nur nach Frankreich, Italien und Spanien. In diesen Ländern haben die Kommunisten die Wahlen gewonnen. Die Saat für das sozialistische Europa wurde gelegt. Wir dürfen nur nicht hektisch agieren. Die internationalen Veränderungen brauchen Zeit zum Reifen. Jetzt gilt: Deutschland zuerst. Danach kommt das andere."

Er hatte diese Sätze in einem Ton vorgetragen, der keine Diskussion einforderte. Es handelte sich um eine Befehlsausgabe, keinen Meinungsaustausch. Das war allen klar. Nach einem weiteren Schluck des nun erkalteten Kaffees setzte er seine Anweisungen fort: „Ich erwarte in zwei Wochen von jedem Ressort eine Konzeption zur Durchführung meines zwei Jahresplans. Bildet dafür unverzüglich Kompetenzgruppen, die sich aus Praktikern, Theoretikern und Politikern zusammensetzen. Habt ihr dazu Fragen oder Bemerkungen?"

Wolfgang Talkhofer nickte zustimmend und fragte: „Zu den Problemen, die ohne Zeitverzug angepackt werden müssen, gehört die Gestaltung des Grenzregimes der DDR zu Westdeutschland."

„Meinst du, ob wir die Grenzen für die DDR – Bevölkerung öffnen?", Egmont Zerk konnte sich ein Lächeln nicht verkneifen, „der Minister für Nationale Sicherheit wird noch heute ein Gesetz über die Regelung der Reisetätigkeit für Bürger der DDR veröffentlichen. Darin ist vorgesehen, dass Reisen zu persönlichen und touristischen Zwecken möglich sind. Allerding nur, wenn der Antragsteller einen DDR – Bürger als Bürgen nachweisen kann. Für den Fall, dass der Antragsteller von seiner Reise in das nichtsozialistische Ausland nicht zurückkommt, drohen dem Bürgen Gefängnisstrafen nicht unter einem Jahr."

„Wer hat sich denn diesen Quatsch ausgedacht", Wolfgang Talkhofer verlor die Beherrschung, „wir können doch nicht eine Konföderation bilden und dann den Bürgern der DDR das Reisen derart reglementieren."

„Du hast da was nicht verstanden", Egmont Zerk reagierte gelassen, „es geht schließlich nicht nur um das Reisen in die BRD, sondern auch in andere kapitalistische Saaten, wie die USA oder England. Wir müssen unterbinden, dass unsere teuer ausgebildeten Techniker, Facharbeiter oder Ärzte aus der DDR verschwinden. Übrigens wird es ein ähnliches Reisegesetz auch für Westdeutschland geben. Die Zeiten sind vorbei, wo der Staat hunderttausende Mark in die Ausbildung eines Arztes investiert, und der liebe Herr Doktor verschwindet dann nach Schweden oder Norwegen und genießt dort das höhere Gehalt. Vergesst bitte nicht, dass wir das Lohnniveau in Westdeutschland dem der DDR angleichen müssen, wenn wir unser Sozialprogramm verwirklichen wollen."

„Und was wird aus der alten Parteiführung", Wolf Erger konnte sich diese Frage nicht verkneifen, obwohl die Beratung beendet worden war. Egmont Zerk gefiel das nicht. Er war gegenüber Honni in seiner Souveränität eingeschränkt. Wo war nur dieser verdammte rote Koffer. Seine Zuträger hatten ihn darüber informiert, dass Honni einen roten Lederkoffer mit geheimen Dokumenten versteckte, die Egmont Zerk schwer belasteten. Außer Honni wusste nur der ehemalige Minister für Staatssicherheit, dass Egmont Zerk während seiner Dienstzeit in den Grenztruppen der DDR auf einen amerikanischen Colonel geschossen hatte, als dieser im Oberharz die Grenze von BRD – Seite inspizierte. Der Tod dieses ehemaligen Bomberpiloten hatte in den Medien eine riesige Protestwelle ausgelöst. Unvorstellbar, wenn das ans Tageslicht kam. Er wollte diesen Koffer haben, koste es was es wolle. Bis dahin musste er Honni ruhigstellen.

Er winkte deshalb auf die Frage Wolf Egers nur ab und antwortetet lakonisch: „Das weißt du doch, lieber Wolf. Wir lassen um die Wohnsiedlung der alten Genossen in Wandlitz einen hohen Zaun bauen. Jeder behält sein Haus und bekommt eine angemessene Rente. Ich werde noch heute zu ihnen fahren und das besprechen. Das kann schwierig werden. Denn sie haben einen ausgeprägten Altersstarrsinn. Besonders Genosse Greif. Aber ich werde sie vor die Wahl stellen.

Entweder sie akzeptieren unser Angebot für einen kommoden Ruhestand oder…" Den Rest verschwieg er vielsagend.

„Was heißt oder", Wolfgang Talkhofer gab keine Ruhe.

„Oder heißt, das weiß ich selber noch nicht genau. Wahrscheinlich Gerichtsverfahren wegen noch zu findender Verbrechen und Unterbringung in einem Neubaublock in Eisenhüttenstadt."

„Na dann, viel Spaß", Talkhofer konnte sich ein hämisches Grinsen nicht verkneifen, „Honni und Greif werden wohl kaum klein beigeben. Soviel mir bekannt ist. Das muss jetzt nicht stimmen, aber sie arbeiten wohl schon wieder an Putschplänen."

„Ach, das ist nur Gerede", Zerk ging darauf ein, „die haben doch keinerlei Basis mehr in der Volksarmee und schon gar nicht in den Sicherheitsorganen. Seitdem wir das Gehalt der Offiziere verdoppelt haben und es in Westmark auszahlen, steht die Truppe geschlossen hinter mir, äh ich meine uns!" Und mit einer energischen Geste machte er klar, dass für ihn damit das Thema erledigt war. Er winkte seinen Fahrer heran, worauf die beiden Männer in den komfortablen Citroen Honnis stiegen und in Richtung Wandlitz fuhren.

Dort wurden sie schon erwartet. Das gesamte alte Politbüro der SED war versammelt. Bei dem schönen Wetter hatten sie als Location eine gepflegte Rasenfläche gewählt. Ein Wildschwein wurde am Spieß gegrillt. Bestimmt war es Harry Stuhl vor die Flinte gelaufen, oder besser getrieben worden. Er war dafür bekannt, dass ihm seine Jagdhelfer das Wild bis vor seine Datsche treiben mussten, so dass er es vom Balkon im Morgenmantel abknallen konnte.

Die alten Männer trugen dunkle Anzüge und hatten ihre Orden angelegt. Ein lächerlicher Versuch, Egmont Zerk zu beeindrucken. Denn der wusste aus eigenem Erleben, wie sich die Führungsspitze der SED gegenseitig mit Orden überhäuft hatte. Er selber war davon auch nicht verschont geblieben. In seinem Schrank lagen neben anderen unverdienten Auszeichnungen der Vaterländische Verdienstorden in Gold und der Karl – Marx – Orden. Unter den Wartenden herrschte eine prächtige Stimmung. Offensichtlich hatte sie schon reichlich Radeberger Bier und Schierker Feuerstein konsumiert. Als sie Egmont Zerk ankommen sahen, erhoben sie die rechte Faust zum Gruß des Roten Frontkämpferbundes und sangen mit schweren Zungen das Thälmann -Lied.

Egmont Zerk konnte nicht verhindern, dass es ihm kalt den Rücken runterlief. Das war schon nicht leicht, diesen alten Kämpfern klar zu machen, dass ihre Zeit vorbei war. Irgendwie mochte er diese trotteligen alten Männer. Er fühlte auf einmal so etwas wie Erleichterung in sich aufsteigen. Es war wie eine Katharsis in einer antiken Tragödie. Er hatte Jammer und Schrecken durchlebt. Jetzt löste sich seine innere Anspannung. Er nahm eine Flasche Bier und trank 100 Gramm Wodka auf einen Zug. Unterdessen war der Chor bei der letzten Strophe angekommen. Nicht alle hatten bis dahin durchgehalten. Egmont Zerk stimmte deshalb mit ein und sang mit seinem kräftigem Bariton das Lied vom großen Vorsitzenden der KPD, der von den Nazis im Zuchthaus heimtückisch ermordet worden war:

„Deutsch unsre Fluren und Auen,

bald strömt der Rhein wieder frei.

Brechen den Feinden die Klauen.

Thälmann ist immer dabei."

Nachdem die letzten Töne verklungen waren, ergriff Honni das Wort: „Lieber Genosse Egmont. In dieser feierlichen Stunde haben wir uns versammelt, um dir zu sagen. Den Sozialismus in seinem Lauf, hält auch eine Esel wie du nicht auf. Trotzdem wollen wir dir nicht im Wege stehen. Wir erklären hiermit unseren Rücktritt und geben dir den Weg frei für die Errichtung des Sozialismus in Gesamtdeutschland."

Er erhob sein Glas und rief: „Vorwärts immer, Rückwärts nimmer. Das Büfett ist eröffnet."

X. Der Vertrag

Oktober 1988. Mit schrillem Klingeln riss das Telefons Heiner Stark aus dem Schlaf. Verdammt schon 9.OO Uhr. Gestern war es wieder spät geworden. Er war erst im Morgengrauen in einen flachen Schlaf gefallen. Ausgeruht ist was anderes, dachte er und griff zum Hörer. Seine Frau war am Apparat. Er konnte jetzt schlecht auflegen, sondern stellte sich dem längst überfälligen Gespräch. Zu seiner Überraschung schlug seine Frau keinen weinerlichen Ton an, sondern forderte ihn selbstbewusst auf, sich mit ihr zu verabreden, weil sie Wichtiges zu besprechen hätten. Heiner Stark konnte seinen Ärger nicht unterdrücken: „Ich wüsste nicht, was wir zwei zu besprechen hätten. Die Sache ist für mich entschieden. Ich werde die Scheidung einreichen, da kannst du dich entschuldigen so viel du willst."

Zu seiner Überraschung begann Ursel zu lachen: „Was weißt du schon, was ich von dir will. Ganz bestimmt will ich mich nicht entschuldigen. Wofür sollte ich? Weil ich in einer

Ausnahmesituation die Kontrolle verloren habe? Und was soll ich dir sagen, ich bereue das nicht einmal. Endlich habe ich mich mal wieder als sexuelles Wesen empfunden und das Leben gespürt. Nein, ich will unsere Ehe nicht durch die Übernahme der alleinigen Schuld für unser Scheitern retten. Vielmehr will ich dich in einer geschäftlichen Angelegenheit sprechen. Trotz unserer persönlichen Probleme bin ich davon überzeugt, dass ich dir vertrauen kann. Ich brauche ein seriöses Beratungsunternehmen. Wie ich erfahren habe, bist du in einer renommierten Kanzlei als Key Account Manager beschäftigt. Ich möchte dir die Chance bieten, uns als neuen Mandanten zu gewinnen."

Heiner Stark wusste, dass er mit einer starken Frau verheiratet war. Sie waren in ihrer Ehe keinen einfachen Weg gegangen. Beide hatten sie nach dem Studium eine ehrgeizige Karriere gemacht. Seine Frau hatte dabei nicht nur die doppelte Belastung durch Arbeit und Haushalt gemeistert, sondern ihm darüber hinaus in seiner akademischen Laufbahn nicht nur mit Rat zur Seite gestanden. Sie hatte direkt an seinen Dissertation- und Habilitationsarbeiten mitgewirkt. Über das zulässige Maß hinaus. Wie er auch.

Deins und Meins gab es für sie nicht. Sie trugen gemeinsam die Lasten und erlebten zusammen die Erfolge. Doch irgendwann unterwegs hatten sie bei diesem Wir – Gefühl die Liebe zueinander verloren. Sie funktionierten als Ehepaar, hatten aber kaum noch sexuelle Erlebnisse. Nicht dass er Affären gehabt hätte, auch von Ursel war ihm das nicht bekannt. Er hatte einfach keinen Nerv mehr dafür, mit Ursel intim zu sein. Sein Job forderte ihn voll und ganz. Romantik hatte daneben keinen Platz.

„Hallo, Heiner, bist du noch am Telefon", er wurde durch Ursels Frage in die Wirklichkeit zurückgeholt. Ihre ruhige Stimme trieb ihm die Tränen in die Augen: „Ja natürlich", stotterte er, nach Fassung ringend. Sie hatte Recht, so durfte ihre Liebe nicht enden. Das waren sie sich schuldig. In einer spontanen Anwandlung sang er eine Passage ihres Lieblingsliedes. Damals, als sie sich beim Jugendtanz in der Mensa trafen, hatten sie danach getanzt. Und seitdem waren sie zusammen. So viele Jahre. Ein Titel von den Puhdys. Lebenszeit: „Sind nicht zu trennen, bleiben vereint, ob Nacht heranzieht, Morgen erscheint. Sie finden zueinander – auf Lebenszeit."

Wieder hörte er das bekannte Lachen: „Du alter Schwerenöter, was willst du damit sagen. Nein, nein. Unser gemeinsamer Weg ist am Ende. Jeder geht jetzt alleine, oder mit wem er will. Aber Feinde sind wir deswegen nicht. Nicht nur um der Kinder Willen, sondern ganz und gar für uns und unsere schönen Jahrzehnte."

Das war eindeutig. Heiner Stark hatte davon gehört, dass sich Frauen und Männer in der Art unterscheiden, wie sie Beziehungen beenden. Frauen verarbeiten die Trennung in der Beziehung. Wenn sie dann gehen, ist das in der Regel endgültig. Männer hingegen trennen sich erst und leiden danach wie Hunde. Wenn das zutraf, wann hatte bei Ursel der Prozess begonnen, sich von ihm zu trennen. Aber das war jetzt auch egal. Er beendete das emotionale Telefonat und verabredete sich mit seiner Frau für das nächste Wochenende in Rostock.

Nun aber Butter bei den Fischen. Heiner Stark, war von dem Telefonat mit seiner Frau nicht nur angerührt, er fühlte sich auch erleichtert, dass er der notwendigen Aussprache nicht mehr auswich. Jetzt aber musste er unbedingt Marie Gold anrufen. Wie immer meldete sie sich nach dem dritten Rufton mit ihrer angenehmen Stimme. Offensichtlich war sein Anruf schon erwartet worden, denn sie verband ihn unverzüglich mit Udo Bahrendorf, ihrem Chef. Der polterte sofort los: „Mein lieber Professor, ich freue mich sehr, endlich von ihnen zu hören. Nun sagen sie schon, wie ist ihnen die Nordseeluft bekommen. Haben sie eine Entscheidung getroffen. Wir brauchen sie hier sehr, sehr dringend."

Heiner Stark bemühte sich, auf diese Worttirade sachlich zu reagieren: „Ich konnte mit meinem Rektor einen respektablen Modus Vivendi finden, wie ich mit ihnen zusammenarbeiten kann. Also kurz und knapp – Ja ich nehme ihr Angebot an. Wir können den Vertrag unterschreiben. Ich habe keinerlei Änderungswünsche."

„Na dann kommen sie bitte noch heute in mein Büro, sagen wir so gegen 14.00 Uhr. Oder - Kommando zurück, Kommando zurück - um 13.00 Uhr bei meinem Stammitaliener. Den besten in Schleswig - Holstein. Das muss gefeiert werden. Frau Gold wird sie gegen 12.30 im Hotel abholen."

Frau Gold kam mit knapper Pünktlichkeit, und so blieb ihnen nicht einmal Zeit für einen Drink in der Hotelbar. Sie steuerte ihren Mercedes SL nicht nach Pinneberg, sondern nahm auf der A 23 die Abfahrt Elmshorn. Zielsicher lenkte sie den Wagen auf den Parkplatz am Buttermarkt. „Ja, mein lieber Professor, den besten Italiener finden wir hier in der Markt Straße. Außerdem bietet sich Elmshorn an, weil unser Partner Dr. Müller hier der Commerzbank vorsteht. Und er möchte gerne an diesen Termin mit ihnen teilnehmen."

Inzwischen war es schon viertel nach Eins. Udo Bahrendorf erwartete sie schon ungeduldig: „War wohl wieder viel Verkehr in Hamburg", fragte er und fuhr fort, ohne eine Antwort abzuwarten, „doch nun kommen sie erst einmal mit in unser Nebenzimmer. Da können wir ungestört palavern."

Die Möblierung des kleinen Nebenraumes stand im krassen Gegensatz zur Einrichtung des Restaurants. Herrschte dort eine sachliche Atmosphäre im Bistrostil, kam man sich im Nebenraum wie in einem Luxusabteil des Orientexpresses vor. Oder wie in einem orientalischen Freudenhaus, wie Heiner Stark schmunzelnd für sich feststellte. Die wuchtigen Plüschsessel schienen den Raum schier zu erdrücken. Der große ovale Eichentisch fand daneben kaum Platz. Allerdings ergab diese verkitschte Ausstattung dem Raum etwas sehr Intimes, man kann schon sagen Konspiratives. Wie der Tagungsort eines Geheimbundes. Unwillkürlich senkte Udo Bahrendorf auch die Stimme, als alle sich gesetzt hatten. Er bat den Ober, mit der Bestellung der Speisen noch zu warten und ihnen vorher eine Flasche Champagner zu servieren.

Als die Kelche gefüllt waren, legte er die Vertragsdokumente auf den Tisch und unterschrieb sie als Erster, um sie dann Heiner Stark zu reichen. Dieser zögerte jedoch und wandte sich nach einer kleinen Pause an die Anwesenden: „Bitte erlauben sie mir, ihnen vor meiner Unterschrift einige erklärende Worte. Ich wurde von der neuen deutschen Regierung als Mitarbeiter in ein Kompetenzteam für die Ausarbeitung der neuen Wirtschafts- und Sozialpolitik berufen. Das konnte ich nicht ablehnen, wird aber einen nicht unbeträchtlichen Teil meiner Arbeitszeit erfordern. Die dann nicht für meine Tätigkeit bei ihnen zur Verfügung steht. Ich kann das noch nicht quantifizieren, gehe aber von einem Umfang von etwa 50 Prozent meiner Arbeitszeit aus. Ich halte es für fair, ihnen das zu berichten und möchte sie bitten, solange meine Tätigkeit im deutschen Kompetenzteam andauert, meine Vergütung bei ihnen um 50 Prozent zu reduzieren."

„Ach was sie nicht sagen", Dr. Müller konnte seine Neugierde nicht verstecken, „aber das ist doch wunderbar. Da können wir sozusagen aus erster Hand erfahren, welche Weichen im Hintergrund gestellt werden. Für ihr Renommee ist das unbezahlbar. Nein, nein, wir sollten ihre Bezüge nicht halbieren, sondern verdoppeln."

Udo Bahrendorf hob beschwichtigend die Hände: „Verdoppeln nun nicht gerade, aber auch nicht halbieren. Ihre Bezahlung bleibt wie besprochen und gedruckt." Und mit unverstellter Freude verfolgte er, wie der neue Key Account Manager seiner Kanzlei den Arbeitsvertrag unterschrieb. Er hob das Glas und stieß mit den anderen in bester Laune an, um sich dann mit dem Kellner ein sehr spezielles Menü zu basteln. Heiner Stark, der noch keine Erfahrungen mit italienischen Restaurants besaß, ließ sich deshalb das Gleiche wie sein neuer Chef bringen. Was seine Sympathiewerte weiter steigerte.

Das Mittagessen dauerte bis in den frühen Abend. Den stilvollen Abschluss bildeten ein Grappa und ein starker Espresso. „Und, mein lieber Professor", wandte sich Marie Gold an Heiner Stark, „wie ist ihr Geschäftswagenwunsch. Möchten sie einen Mercedes, einen BMW oder einen Audi fahren?"

„Am liebsten möchte ich den Mercedes behalten, den sie mir bisher geliehen hatten. Einen besseren Wagen kann ich mir nicht vorstellen." Woraufhin zwischen Udo Bahrendorf und Dr. Müller, der eine fuhr einen Porsche, der andere einen Volvo, eine lebhafte Debatte über die Vorzüge ihrer Autos entbrannte. Aber dafür hatte Heiner Stark jetzt keinen Nerv. Er verabschiedete sich und bat Marie Gold, ihn ins Hotel zu fahren, denn er benötigte dringendst eine Erholungspause. Er hatte nicht einmal Augen für die schlanken Beine seiner Fahrerin, sondern fiel nach dem üppigen Essen und dem Alkohol in einen Sekundenschlaf. Erst durch eine Frage Marie Golds wurde er geweckt. „Entschuldigen sie bitte", stammelte er verlegen, „ich war gerade in Gedanken. Was haben sie bitte gesagt?" „Ich hatte sie nach ihren Plänen für eine Wohnung in Hamburg gefragt."

„In dieser Hinsicht habe ich noch nichts unternommen. Ich wollte erst abwarten, bis wir uns vertraglich gebunden haben."

„ Das wird auch nicht so einfach werden und wohl kaum schnell gehen. Der Wohnungsmarkt in Hamburg und Umgebung ist, gelinde gesagt, sehr schlecht." Und mit einem Seitenblick auf Heiner Stark fuhr sie fort: „Aber ich habe eine Eigentumswohnung in Wedel. Traumhafte Lage, direkt an der Elbe. Dritter Stock mit großem Balkon. Drei Zimmer, ich könnte ihnen das Apartment für 1.900 Mark kalt vermieten. Es ist gerade verfügbar."

„Oh ja, ganz wunderbar. Können wir da nicht gleich hinfahren. Ich möchte mich kurzfristig entscheiden. In meiner Rostocker Wohnung kann ich nicht mehr leben, und das Hotel ist auch keine Dauerlösung. Allerdings", hier stockte er verlegen, „ haben sie sich bei der Höhe der Miete nicht geirrt? 1.900 Westmark ist schon eine Größe. Für meine Wohnung in Rostock mit 90 m² bezahle ich nur 150 Ostmark!"

Marie Gold klang nun doch etwas pikiert: „Das sind hier die normalen Preise. Billiger kriegen sie nur eine Sozialwohnung im Hochhaus von Steilshop. Aber da werden sie nicht leben wollen. Außerdem können sie sich meine Miete bei ihrem Einkommen gut leisten. Denken sie daran, die Wohnung ist die Grundlage unserer Lebensqualität. Wer hier spart, spart am falschen Ende. Aber es bleibt ihnen natürlich freigestellt, mein Angebot abzulehnen."

„Nein, auf keinen Fall, ich wollte doch nur gefragt haben. Bitte entschuldigen sie. Nun geben sie schon Gas. Wieviel PS hat denn ihr bildschöner Wagen?"

„Wen ich mich nicht irre 218. Weitere technische Fragen kann ich ihnen aber nicht beantworten, ich kenne mich darin nicht so aus. Für mich sind Autos ästhetische Wesen und keine technischen Apparate."

„Da müssten sie mal mit meinem alten Wartburg fahren. Der ist alles andere, nur kein ästhetisches Wesen."

Unterdessen hatten sie die Wohnanlage in Wedel erreicht. Zur Überraschung des Professors hatte das Mehrfamilienhaus einen Fahrstuhl, obwohl es nur drei Etagen gab. Marie Gold bemerkte sein Erstaunen und sagte: „Das ist Luxus, den man sich hier gerne gönnt. In diesem Haus gibt es 12 Wohnungen. Mit Ausnahme meiner Wohnung leben hier nur Eigentümer. Gerade für ältere Menschen ist selbst der Fahrstuhl bis zur ersten Etage wichtig."

Die Wohnung gefiel Heiner Stark auf Anhieb. Er nahm deshalb das Angebot an und schuf sich dadurch einen freien Rücken, um sich auf seine umfangreichen beruflichen und familiären Probleme konzentrieren zu können.

So langsam gewöhnte er sich an den neuen Lebensstil mit Mercedes, Luxuswohnung und hochdotiertem Job. Dabei sollte er eigentlich mit dafür sorgen, dass der sozialistische Lebensstandard des Ostens in den Westen Deutschlands transferiert wurde. Alle sollten in etwa dasselbe Lebensniveau bekommen, egal ob Maurer oder Lehrer, Unternehmer oder Arzt. Seine Partei plante die Einführung eines Grundeinkommens, von dem aus es nur geringfügige Ausschläge nach oben geben sollte. Und er war zum Mitglied der Expertenkommission berufen worden, die dafür die Grundlagen schaffen sollte. Na prost Mahlzeit, sagte er sich, wie das wohl mit seinem Luxusleben zu vereinbaren sein wird. Aber kommt Zeit, kommt Rat – wie es so schön hieß. Nur nicht so viel grübeln. Einfach passieren lassen und genießen.

XI. Die Kommission

Oktober 1988. Die Reifen knirschten im Kies, als Heiner Stark vor dem Eingangsportal der großen Villa anhielt. Hoffentlich motzt mich keiner wegen des Mercedes an, dachte er und stieg aus. Von jetzt auf gleich war er zu dieser ersten Beratung der Experten - Kommission eingeladen worden. Zu seiner Über - raschung nicht ins ZK – Gebäude nach Berlin, sondern in dieses schöne Anwesen im Grünen. Hier gefiel es ihm auf Anhieb. Bevor er sich das Gelände näher ansehen konnte, kam ein Mann mittleren Alters auf ihn zu und stellte sich als Leiter dieser Liegenschaft vor. Gerne gab er einen kurzen Einblick in deren Historie. 1920 von einem Fabrikanten erbaut, war sie von 1954 bis 1959 im Besitz des ersten und einzigen DDR-Präsidenten Wilhelm Pieck. Später wurde sie dem Jugendverband der DDR (FDJ) zugeteilt, der sie als Luxus – Erholungsobjekt für seine Spitzenfunktionäre nutzte. 18 Hektar Grundstück. Direkt am Streganzer See gelegen. Bescheidenheit sah anders aus.

Der Leiter der Einrichtung bat ihn, seinen Wagen auf dem Parkplatz abzustellen, wo Heiner Stark erleichtert feststellte, dass er nicht der einzige Besitzer eines westdeutschen Luxusautos war. Ihm wurde ein komfortables Zimmer in einem der Nebengebäude zugeteilt. Um 18.00 Uhr sollte er sich zum Abendessen im Haupthaus einfinden. Noch drei Stunden Zeit. Heiner Stark nutzte die Gelegenheit für ein Bad im See. Mit kräftigen Zügen schwamm er bis zur Mitte. Dabei bemühte er sich, nach jedem Zug kurz unterzutauchen, ruhig im Wasser zu gleiten und dann zum Atemholen mit kräftigem Armzug wieder aufzutauchen. Es hatte lange gedauert, bis er ein sicherer Schwimmer geworden war. Erst als er begriffen hatte, dass das Wasser nicht sein Feind war, mit dem er kämpfen musste. Sondern sein bester Freund, der ihn sicher trug, wenn er die Gesetze des Schwimmens, besser des Schwebens im Wasser beachtete.

Kurz vor 18.00 Uhr betrat er den Speiseraum. Etwa 20 Personen hatten an den dunklen Eichentischen Platz genommen. Zum Glück kein Riesenauditorium, wie Heiner Stark erleichtert feststellte. Er kannte nur wenige. Kein Wunder, waren es doch offensichtlich Experten diverser Wissenschaftsgebiete. Er war vermutlich der einzige Historiker.

Als Letzter betrat Wolfgang Talkhofer mit dem Abteilungsleiter des ZK der SED für Wissenschaften den Raum. Einige begannen zu applaudieren, aber Talkhofer hob nur die Hände: „Bitte keinen Applaus, ehe wir nicht unsere Arbeit erfolgreich erledigt haben. Ich bitte um Verständnis für die kurzfristige Einladung. Aber wir haben alles, nur keine Zeit. Wir stehen vor keiner geringeren Aufgabe, als innerhalb von zwei Wochen die konzeptionellen Grundlagen für die neue Wirtschafts- und Sozialpolitik in Westdeutschland auszuarbeiten. Wir bilden dafür zwei Arbeitsgruppen, eine für die Wirtschaftspolitik und eine zweite für die Sozialpolitik. In der ersten Woche arbeiten

die Gruppen getrennt, danach wird die Einheit beider Politik-
bereiche hergestellt. Wir treten ab sofort in Klausur. Das heißt,
keiner verlässt das Gelände, es sei denn aus dringenden
gesundheitlichen Gründen. Und nun guten Appetit. Ich muss
nach Berlin, komme aber wieder, sobald ich kann."

Die beiden Arbeitsgruppen konstituierten sich noch am Abend,
unverzüglich nach dem Essen. Zu seiner Überraschung wurde
Heiner Stark nicht der AG Sozialpolitik sondern der AG
Wirtschaftspolitik zugeteilt. Das geht ja gut los, dachte er sich.
Wenn überhaupt, dann hätte er sich zugetraut, zur Entwicklung
des Sozialsystems was Vernünftiges sagen zu können. Mit ihm
versammelten sich etwa zehn Männer und Frauen. Noch mehr
ärgerte er sich, als der Leiter seiner AG vorgestellt wurde. Ein
älterer Professor von der Parteihochschule. Wenn der nicht
leeres Stroh dreschen würde, wäre Heiner Stark schon fast
enttäuscht gewesen. Der AG – Leiter war offensichtlich nicht in
der Lage, noch am späten Abend mit der Arbeit zu beginnen. Er
stellte sich nur kurz vor und forderte alle auf, sich Gedanken zu
machen, welche Grundlinien der wirtschaftlichen Entwicklung
für Westdeutschland vorgegeben werden müssen. Dazu
sollten zuerst Thesen aufgestellt werden. Jeder Teilnehmer
sollte am nächsten Morgen eine These vorlegen. Nicht mehr als
eine halbe Seite lang. Beginn der Beratung neun Uhr. Weg-
treten zur Nachtruhe und keinen Alkohol. Das galt für die
gesamte Dauer der Klausur.

„Das ist ja wie auf einer Klassenfahrt", machte Heiner Stark
seinen Unmut bei seinem Nachbarn laut. Der aber winkte nur
ab: „Wie sollen wir ohne ein Dämmerschlückchen in den
schöpferischen Schlaf kommen. Ich bin sicher, jeder hat seine
eiserne Ration im Gepäck. Ich tausche ein Glas Cognac gegen
ein Glas Bier." Na also, geht doch. Heiner Stark schmunzelte, als

er an die Packung Bierbüchsen dachte, die er vorsorglich im Kofferraum verstaut hatte.

Am Morgen des ersten Klausurtages wurde Heiner Stark von lauter Marschmusik geweckt. Sechs Uhr, wer macht sich da einen Spaß mit ihnen. Leider nein, der Tag begann mit Frühsport. Tausend Meter Waldlauf mit anschließender Gymnastik. Als sich der erste Groll gelegt hatte, musste er dem Initiator dieser sportlichen Maßnahme recht geben. Wer denken will muss wach sein. Wach war er, das Frühstück fiel sehr reichhaltig aus. Er fühlte sich gut und bemerkte eine gewisse Freude, an diesem epochalem Projekt beteiligt zu sein.

Der AG - Leiter betrat Punkt neun Uhr das Kaminzimmer. Er forderte von jedem einen Formulierungsvorschlag für eine These. Er warf einen kurzen Blick auf die zehn Seiten und begann dann, die Thesen vorzulesen. Die erste These widmete sich den Eigentumsverhältnissen. Bei der zweiten These stockte der Leiter, denn auch deren Verfasser widmete sich den Eigentumsverhältnissen. Und nach ihm auch die anderen. Es wurde dem leitenden Professor bewusst, dass er einen Fehler gemacht hatte. Er gab das aber nicht zu, sondern drehte den Spieß einfach um als er sagte: „Ich habe ihnen mit voller Absicht die Freiheit gewährt, zu entscheiden, welches Thema am wichtigsten ist. Alle denken dabei an die Eigentumsverhältnisse. Das ist auch meine Auffassung." Und nach einer kurzen Pause: „Ich werde deshalb diese These selber verfassen. Ansonsten verfahren wir jetzt wie folgt: Wir erarbeiten gemeinsam eine Liste, zu welchen Themen Thesen zu formulieren sind. Jedes Mitglied der AG erhält dann den Auftrag zur Formulierung einer These. Da wir zehn Genossinnen und Genossen sind, können wir 10 Thesen verfassen. Damit steht der Titel unseres programmatischen Papiers fest. Er lautet: 10 Thesen die Deutschland verändern."

Heiner Stark war von diesen Vorschlag angetan. Er war deshalb gerne bereit, die Leitung der Diskussionsrunde zu übernehmen, als ihn der Professor darum bat. Das Wetter lud zur Arbeit im Freien ein, und so suchte er für sein Team ein schattiges Plätzchen unter einer alten Ulme. Zuerst bat er darum, dass sich die Teilnehmer vorstellten. Außer ihm waren zwei Ökonomen, zwei Kombinatsdirektoren, ein Philosoph, ein Gewerkschafts-funktionär, ein General der Staatssicherheit und der Vorsitzende der Bauernpartei versammelt, um über die Zukunft Westdeutschlands zu beraten. Eine Sekretärin vervollständigte die Runde. Nun bat Heiner Stark um Vorschläge für die Thesenliste. Es entstand eine lange Pause.

Der erste Vorschlag kam vom Stasigeneral. Er forderte, in jedem größeren Betrieb zur Sicherung der Macht der SED einen Kontrollposten der Stasi zu installieren. Die Sekretärin blickte Heiner fragend an. Der nickte nur: „Aufschreiben". Den nächsten Vorschlag machte der Gewerkschaftsfunktionär. Er wollte in jedem größeren Betrieb einen Gewerkschaftssekretär einsetzen. Heiner Stark nickte wieder: „Aufschreiben." Das löste bei einem der Wirtschaftswissenschaftler lautes Lachen aus: „Genossen, so kommen wir nicht weiter. Fehlt nur noch, dass unser Bauer fordert, in jedem größeren Betrieb einen Schweinestall einzurichten, um die Reste des Betriebsessens zu verarbeiten." Und das Schmunzeln in den Mundwinkeln der anderen Wissenschaftler als Zustimmung wertend, fuhr er fort: „Ich beantrage, die Thesen der Genossen von der Sicherheit und der Gewerkschaft zu streichen und statt dessen als erste These zu formulieren: Im Zentrum der Wirtschaftspolitik steht das Wohl der Menschen."

Heiner Stark nickte: „Das wäre Nummer zwei, an erster Stelle steht die These zu den Produktionsverhältnissen. Die wird unser Kommissionsleiter entwerfen. Ich bitte deshalb um Vorschläge für These 3."

Mit hochrotem Kopf stand ein älterer Mann auf. Ohne auf die Erteilung des Wortes zu warten, polterte er los: „Ich bin Lehrstuhlleiter für Politische Ökonomie des Sozialismus an der Akademie für Gesellschaftswissenschaften beim ZK der SED. Leider muss ich feststellen, dass sie nicht in der Lage sind, die Diskussion zu leiten. Das ist ja wie Kraut und Rüben. Ich stelle deshalb den Antrag, einen kompetenten Leiter zu wählen und melde mich selbst als Kandidat für dieses Amt. Um Ihnen meine fachlichen Fähigkeiten zu demonstrieren, möchte ich hier meine kompletten Vorschläge für unser Thesenpapier unterbreiten. Sie lauten wie folgt:

These 3. Die Vergesellschaftung der Produktion bewirkt eine Vergesellschaftung des privaten Besitzes."

„Und was soll das bedeuten", wurde er von dem Gewerkschaftsvertreter gefragt. „Das weiß ich selber nicht", antwortete der Ökonom, „aber es hört sich gut an. Ich folge damit schöpferisch der ökonomischen Lehre von Karl Marx. Ich muss das noch im Kapital nachlesen. Oder hast du etwa was gegen die heilige Lehre von Karl Marx ?"

Heiner Stark war genervt. Das musste er sich doch nicht antun. Das bringt doch weniger als nix, nämlich gar nix. Er bot der Versammlung an, die Leitung der Diskussion abzutreten, wer immer das machen wollte, sollte das tun. Der Ökonom schlug nun doch das Amt aus. Als sie erfuhren, dass es dafür keine gesonderte Vergütung in Westmark geben sollte, die anderen Teilnehmer auch. Von der lautstarken Diskussion wurde der

Stasi – General wach. Erschrocken stand er auf und hielt seine Pistole in die Höhe. Ein Schuss knallte. Als er wach genug war, um zu bemerken, was er angerichtet hatte, murmelte er etwas von schlecht geträumt. Er dächte, die Amis kommen. Der Vorsitzende der Bauernpartei unterbreitete nun den Vorschlag, alles beim alten zu lassen und die Thesen heimlich aus den Richtlinien des großen Parteiprogramms der SED von 1976 kopieren. Daran könne sich kein Schwein erinnern. Man soll sich das Leben doch nicht schwerer als nötig machen. Dieser Vorschlag fand allgemeine Zustimmung. Das Pferd müsse schließlich nicht klüger als der Reiter sein. Und so flutschten die 10 Thesen wie von selbst in den Protokollblock der Sekretärin.

These 3: Die Steigerung der Arbeitsproduktivität ist die wichtigste Quelle des wirtschaftlichen Wachstums

These 4: Das Leistungsprinzip ist das Grundprinzip für die Verteilung, es wird konsequent durchgesetzt

These 5: Wachstum, Struktur und Leistung der Volkswirtschaft sind entscheidend von der Wissenschaft abhängig. Die Intensivierung der gesellschaftlichen Produktion ist der Hauptweg zur wirtschaftlichen Entwicklung in Deutschland

These 6: Die Erfolge in der Wirtschaft bedingen einen Ausbau der führenden Rolle der Arbeiterklasse und ihrer Partei. Die Arbeiter sind zu befähigen, ihre Führung auszuüben

These 7: Das Bündnis der Arbeiter mit den anderen Klassen und Schichten ist unter Führung der Arbeiter auszugestalten

These 8: Die internationale wirtschaftliche Zusammenarbeit ist auf die Integration Deutschlands in das sozialistische Weltsystem unter Führung der Sowjetunion zu orientieren

These 9: In der Landwirtschaft sind die Produktion und deren Effektivität systematisch zu erhöhen. Die Unterschiede zwischen Stadt und Land sollen allmählich verschwinden

These 10: In Gesamtdeutschland ist die sozialistische Planung und Leitung der Wirtschaft durchzusetzen. Im Zentrum steht dabei der Volkswirtschaftsplan.

Professor Stark musste schmunzeln. Da konnte er noch was von dem Gewerkschafter lernen. Von wegen, du bist etwas langsam, du gehörst in die Gewerkschaft. Langsamkeit im Denken kann auch nützlich sein, wenn damit ein effektiver Pragmatismus einhergeht.

Da sie durch diesen cleveren Schachzug recht früh mit ihrem Tagesauftrag fertig waren, konnte sich jeder seinen eigenen Interessen widmen. Heiner Stark ging zur Rezeption, um sich in Pinneberg bei Marie Gold zu melden. „Gott sei Dank, dass sie sich endlich melden", Marie Gold klang genervt, „unser Chef will sie schon seit Tagen sprechen, ich verbinde!"

Udo Bahrendorf klang wie gewohnt freundlich: „Moin, mein lieber Professor. Na, wie stehen die Aktien. Wie ich mich erinnere, arbeiten sie an den programmatischen Grundlagen für die neue Wirtschafts- und Sozialpolitik in Westdeutschland. Haben sie Insiderinformationen für mich, wie es weitergehen wird?"

„Allerdings noch nichts Definitives. Meine Arbeitsgruppe hat soeben 10 Thesen zu diesem Thema entworfen. Alles sehr vage und unverbindlich. Ich denke, alles bleibt vorerst wie es war. Bekommt nur einen sozialistischen Anstrich. Von wegen Planwirtschaft und Wohl des Volkes."

„Und was ist mit der Finanzpolitik, namentlich mit den Steuern. Was habt ihr da vor."

„Das hat bisher keine explizite Rolle gespielt."

„Was seid ihr nur für Traumtänzer", Udo Bahrendorf musste lachen, „das ist doch das Wichtigste. Bitte kümmern sie sich darum, dass ihr Strategiepapier steuerliche Regelungen im Interesse der Wirtschaft enthält. Also, geringe Steuersätze bei der Gewerbe- und Körperschaftsteuer! Subventionen für die Wirtschaft, um aus der Krise rauszukommen!"

„Entschuldigung", Heiner Stark kaute verlegen an seinen Fingernägeln, „ich bin eben doch kein Ökonom. Ich werde das umgehend veranlassen."

Zum Glück waren die Mitglieder seiner Arbeitsgruppe noch im Beratungsraum versammelt. Heiner Stark bat um Aufmerksamkeit, um seine Anliegen vorzutragen: „Wir haben einen wichtigen Bereich der Wirtschaftspolitik unbeachtet gelassen. Ich meine die Finanz- und Steuerpolitik. Hierzu möchte ich für These sieben einen neuen Text vorschlagen. Er lautet: Die Finanz- und Steuerpolitik muss zur Stärkung der Wirtschaftsunternehmen beitragen, um die gegenwärtige Krise zu überwinden. In diesem Sinne sind auch die Subventionen stärker auf die Stabilisierung der Unternehmen zu richten."

„Sehr gut, ganz ausgezeichnet", der Stasigeneral zollte ihm unerwarteten Beifall. Wie sich später herausstellen sollte, gab es für diese Unterstützung gute Gründe. Denn der General gehörte zu einer Gruppe von Stasileuten, die mit Mitteln des Devisenfonds in Westdeutschland diverse Unternehmen gründeten.

Den anderen Mitgliedern der Arbeitsgruppe war das auch recht, und so kam der Vorschlag aufs Papier.

Am späten Nachmittag berief der Arbeitsgruppenleiter seine Mitarbeiter zur Lagebesprechung ein. Er begann damit, dass er seinen Vorschlag für die These 1 vortrug. Er las vor: „Die Eigentumsverhältnisse an den Produktionsmitteln tragen Übergangscharakter. Neben einem volkseigenen Sektor wird es noch für längere Zeit einen genossenschaftlichen und einen privatkapitalistischen Sektor geben. Das ist unumgänglich, um die Leistungskraft der Wirtschaft zu erhalten und zu verbessern. Perspektivisch werden einheitliche sozialistische Produktionsverhältnisse angestrebt."

Das war genau das, was Heiner Stark von Udo Bahrendorf als Auftrag bekommen hatte. Privilegierung und damit Stärkung des Privatsektors. Er beeilte sich deshalb, als Erster das Wort zu bekommen. Nur mit Mühe konnte er seine Freude unter-drücken, als er diesen Vorschlag unterstützte. Danach beeilte er sich, ein Telefon zu finden, um seinen Chef in Pinneberg vom aktuellen Stand der Arbeit der Programmkommission zu unterrichten.

XII. Der erste Auftrag

Oktober 1988. Nach Abschluss der Klausurtagung fuhr Professor Stark auf dem kürzesten Weg nach Rostock, um die längst überfällige Klarheit in seiner Ehe zu schaffen. Zu seiner Überraschung war Ursel nicht allein in der Wohnung, sondern in Gesellschaft von drei Männern mittleren Alters. An ihrem Akzent konnte Heiner Stark sie unschwer als Russen einordnen. Aha, sollten das etwa die avisierten Oligarchen sein, von denen

Ursel gesprochen hatte. Auch gut, sagte er sich, dann das Geschäftliche zuerst. Die Beziehungsfragen seiner Ehe konnten warten. Business first, wie man neuerdings gerne sagte. Er war selber überrascht, wie sachlich und ruhig er sich in der delikaten Situation verhielt. Für ihn die einzige Chance, um sich als gehörnter Ehemann nicht noch mehr zu blamieren. Nachdem er Ursel mit einem flüchtigen Kuss auf die Wange begrüßt hatte, wandte er sich sofort an die drei Oligarchen, ohne ihnen die Hand zum Gruß zu reichen. „Ich bin Professor Stark", sagte er forsch, „was kann ich für sie tun."

Aber da hatte er Ursel unterschätzt. Die ließ sich dergestalt nicht ins Abseits stellen. Sie ergriff ungefragt das Wort und machte die Herren stilvoll miteinander bekannt. Dabei unterbrach sie wiederholt ihre Erklärungen, um sich bei den Oligarchen im fließenden Russisch Informationen zu holen. Nicht schlecht, sinnierte Heiner Stark. Dumm ist das Luder nicht, das musste er ihr lassen. Fast wäre so etwas wie Stolz auf seine Frau in ihm gekeimt. Aber er bekam das Bild nicht aus dem Kopf, wie sich Ursel mit diesen drei Kerlen vergnügt hatte.

Er wurde in die Realität zurückgeholt, als Ursel ihre Erklärungen zusammenfasste: „Die drei russischen Investoren planen also in Deutschland den Bau einer Erdölraffinerie mit einem Budget von rund 100 Millionen Mark. Sie benötigen dafür eine kompetente Unternehmensberatung, die alle rechtlichen und wirtschaftlichen Belange beherrscht. Können das deine Partner leisten?"

Heiner Stark war beeindruckt. Damit hatte er nicht gerechnet. Hundert Millionen, ist das Mädel denn auch wirklich bei Sinnen. Das wäre ein Honorar von mehreren Millionen. Udo Bahrendorf wird verrückt, wenn ich diesen Auftrag an Land ziehe. Er ließ sich mit seiner Antwort Zeit, trank erst in Ruhe vom russischen

Tee, der Im Samowar aromatisch duftete. Seine Gesprächspartner sahen ihn sehr aufmerksam an. Jetzt durfte er sich nicht
blamieren. Das waren keine Amateure. Das war nicht nur
Oberliga, das war Weltliga. Die durften nicht merkten, dass sie
sein erster Kunde waren. Er musste unwillkürlich an Marie
Golds Rat denken, dass es für ihn nicht darum gehen konnte, im
ersten Kundenkontakt steuerrechtliche Unternehmensberatung zu praktizieren. Vielmehr musste er als Key Account
Manager die Brücke für seinen Chef bauen. Vor allem ging es
darum, die Chemie in den menschlichen Beziehungen
herzustellen. Dann wäre das mein erster Auftritt in meiner
neuen Rolle als Manager dachte er und stand auf: „Meine
Herren, ich komme heute zu ihnen direkt von der Klausurtagung der Expertenkommission, die sich mit der Ausarbeitung
der neuen Wirtschafts- und Steuerpolitik in Westdeutschland
beschäftigt. Damit verfügen wir über bestes Insiderwissen,
ohne das sie in diesen Umbruchzeiten ihre Investition nicht
verwirklichen können. Damit erübrigt sich die Frage, ob wir
ihnen als Unternehmensberater zur Seite stehen können. Es
gibt keinen, der das besser kann als wir."

Ups, das war nicht schlecht, Professorchen, schmunzelte er.
Dicke Hose machen kann ich allemal. „Sie sprechen von
unsicheren Zeiten, Herr Professor", sagte der älteste der drei
Oligarchen, „wäre es dann nicht besser, wenn wir mit unserer
Investition warten würden, oder sie in Polen oder Ungarn
realisieren würden?"

„Ich kann ihre Frage voll und ganz verstehen", Heiner Stark kam
jetzt richtig in Fahrt, „aber denken sie bitte daran, die
Verhältnisse sind in allen Ostblockländern im Umbruch. Ich
spreche ja nicht von unsicheren Zeiten, sondern vom Umbruch.
Jetzt muss man zupacken, jetzt sind die Mutigen und Starken

gefragt. Wer zu spät kommt, muss sich hinten anstellen. Ich habe beste Verbindungen bis in die absolute Spitze der Regierung. Ich erfahre alles, um sie in der richtigen Strategie zu beraten. Das ist ihre einmalige Chance. Nutzen sie sie. Ich bin an ihrer Seite!"

„Okay", der Ältere nickte zustimmend, „wie wollen wir jetzt weiter verfahren? Können sie uns ihren Beratervertrag geben. Damit wir ihn prüfen können?"

Heiner Stark spürte ein Grummeln im Bauch. Wie immer, wenn ihn etwas besonders freute, schlugen seine Innereien Purzellbaum. Er sagte loyal: „Dorogije drusjei, so darf ich sie doch nennen. Für die Erstellung des Beratervertrages benötigen wir noch einige Informationen über ihr Projekt. Ich schlage vor, dass sie uns im Hotel Atlantik in Hamburg besuchen, damit wir dort die Vertragsverhandlungen führen. Selbstverständlich sind sie Gäste unserer Kanzlei."

Die Oligarchen verständigten sich kurz und stimmten dem Vorschlag zu. Sie forderten aber eine längere Bedenkpause, um zu prüfen, wie sich die Verhältnisse in Deutschland entwickelten. Danach verabschiedeten sie sich rasch. Heiner und Ursel Stark blieben allein zurück. Sie saßen sich am großen Esstisch gegenüber. Keiner sagte ein Wort. Sie mieden es, sich anzusehen. Schließlich brach Ursel das Schweigen: „Na, bist du mit dem Ergebnis zufrieden?" Heiner Stark wusste nicht so recht, was er antworten sollte. Er stellte sich erst einmal dumm: „Womit soll ich zufrieden sein? Mit dem Resultat meines Gespräches mit deinen Auftraggebern bin ich zufrieden. Mit der Situation unserer Ehe bin ich es nicht. Worüber wollen wir sprechen?"

Ursel zog die Stirn kraus. Über ihrer Nase bildete sich eine Falte. Heiner Stark kannte diese Reaktion. Er kam ihrer Antwort zuvor und sagte: „Ich denke, wir sollten über uns sprechen. Du hast mir ja schon am Telefon gesagt, dass du unsere Ehe für gescheitert hältst. Hast du denn einen anderen Mann, etwa einen von den drei Russen."

Die Falte über Ursels Nase wurde größer: „Ich möchte mit dir nicht darüber streiten, ob wir uns trennen. Das ist für mich definitiv entschieden. Mir geht es vielmehr darum, wie wir uns trennen. Als Freunde oder Feinde. Fangen wir bei unserer Wohnung an. Willst du sie behalten?"

Heiner Stark war von Ursels selbstbewusster Reaktion beeindruckt. Eigentlich hatte er beabsichtigt, sie wegen des Ehebruches zu beschämen. Aber dazu ließ sie es nicht kommen. Er konnte machen was er wollte, Ursel hatte kein Interesse daran, mit ihm zu streiten. Wenn er das nicht akzeptierte, war sie imstande, das Gespräch zu beenden und den Raum zu verlassen. Wenn es schon darauf hinauslief, wollte er diesen Abgang zumindest für sich haben. Er stand deshalb auf und stellte sich hinter seinen Stuhl. Beide Hände auf die Lehne gestützt. Er brauchte diesen Halt, als er sagte: „Alles klar, alles gut. Ich will diese Wohnung nicht. Du kannst sie haben. Ich nehme nur mein Arbeitszimmer und meine persönlichen Sachen mit. Du kannst die Scheidung einreichen."

Ursel sah ihn traurig an: „Also doch nicht als Freunde. Schade. Mit der Scheidung sollten wir noch warten. Ich muss mich erst noch erden. Eine neue Beziehung will ich nicht. Für eine lange Zeit möchte ich mit mir alleine sein, und natürlich mit unseren Kindern. Oder willst du sie mit nach Hamburg nehmen?"

Heiner Stark war von dieser Reaktion überrascht. Ursels Worte berührten ihn sehr. Verlegen ging er auf sie zu. Er legte seinen Arm um ihre Schulter und sagte mit feuchten Augen: „Entschuldige. Ich war ungerecht zu dir. Natürlich will ich, dass wir Freunde bleiben. Wir sind schließlich einen guten Weg zusammen gegangen. Ich werde mir in Hamburg eine Wohnung nehmen. Du bist dort jederzeit gern gesehen. Unsere Kinder sollen selber entscheiden, wo sie leben wollen."

Am nächsten Morgen war Heiner Stark schon sehr früh aufgewacht. Trotzdem fühlte er sich ausgeruht. Er stand auf, um für Ursel und sich Frühstück zu machen. Da sie schon seit Jahren getrennte Schlafzimmer hatten, war ihm entgangen, dass seine Frau vor ihm aufgestanden war und den Tisch bereits gedeckt hatte. Als er erstaunt aus der Wäsche guckte, teilte ihm Ursel mit, dass sie mit ihm zu Udo Bahrendorf fahren wolle. Sie bestand darauf, da es sich bei den drei Oligarchen um ihre Mandanten handelte.

Auf der Fahrt nach Pinneberg nutzte Heiner Stark die Gelegenheit, um von seiner Frau weitere Informationen über die Pläne der russischen Investoren zu bekommen. Aber Ursel war sehr einsilbig. Entweder wollte oder konnte sie keine weiteren Interna preisgeben. Auch gut, dachte er, dann schweigen wir eben. So konnte er sich auf die Fahrt konzentrieren. Unwillkürlich wanderten seine Gedanken zu Marie Gold. Bestimmt würde sie schon auf ihn warten. Wie würde sie darauf reagieren, wenn er seine Frau mitbrachte?

Nachdem sie sich mühsam durch den Hamburger Feierabendverkehr gequält hatten, erreichten sie die Kanzlei in Pinneberg am späten Nachmittag. Marie Gold empfing sie mit souveräner Freundlichkeit. Da es an Heiner Stark war, die Damen miteinander bekannt zu machen, entschied er sich zu einem Trick, um den Status Ursels zu umgehen: „Liebe Frau Gold, darf ich ihnen Frau Dr. Stark vorstellen. Sie ist die Beraterin der russischen Investoren." Und an seine Frau gewandt: „Das ist Frau Gold, die Büroleiterin der Kanzlei."

Marie Gold war sofort im Bilde, dass ihr Heiner Stark mit dieser Art der Vorstellung etwas sagen wollte. Sie lächelte freundlich und führte die Besucher in den Beratungsraum. Als sie das Zimmer verließ, um Kaffee und Wasser zu holen, konnte Ursel sich nicht länger beherrschen: „Das also ist deine schöne Geliebte. Aber ihr seid ja noch beim Sie. Ist das Schauspielerei oder echt?"

„Mit dir geht wohl deine Phantasie durch", antwortete Heiner Stark amüsiert, „im Unterschied zu Dir habe ich mit Frau Gold keine Sexpartys veranstaltet."

Zum Glück betrat in diesem Augenblick Udo Bahrendorf den Raum, so dass die Situation nicht eskalieren konnte. „Moin, Frau Dr. Stark, hallo Herr Professor Stark", begrüßte er seine Gäste herzlich, „ich bin schon gespannt wie eine Gitarrenseite, was sie mir für Neuigkeiten mitbringen. Der Professor hat mir am Telefon nur angedeutet, dass es sich um sehr interessante Kunden handeln muss. Er ist am Telefon ja immer so vorsichtig. Er meint, big brother is watching you...Ha, ha, ha!" Heiner Stark übernahm sofort die Gesprächssteuerung, um seiner Frau auch nicht die Spur einer Chance zu bieten, sich in den Vordergrund zu spielen. Nachdem er das Vorhaben der potentiellen Mandanten erläutert hatte, kratzte sich Udo Bahrendorf nervös am Kinn: „Das ist ja schon sehr lukrativ, was sie mir da anbieten, lieber Professor. Aber die Russen, ich meine, wie gut kennen sie diese selbsternannten Oligarchen. Können wir denen vertrauen. Immerhin würden wir ein Honorar von runden fünf Millionen Mark zum Ansatz bringen müssen." Nun war die

Reihe an Ursel Stark, die Reputation der russischen Investoren zu begründen. Nach ihren Worten handelte es sich um eine Gruppe von sehr vermögenden Oligarchen, die große Erdölvorkommen mit einem Wert von mehreren Milliarden Dollar besaßen.

„Also gut", Udo Bahrendorf nickte zustimmend. Und sich an Marie Gold wendend: „Bitte organisieren sie, sobald die Moskauer dazu bereit sind, einen Termin, damit wir die Verträge verhandeln können."

„Das wir aber einige Zeit dauern", antwortete Ursel Stark verlegen, „die Russen baten um eine Bedenkpause."

Bahrendorf stand er auf und gab Ursel Stark die Hand: „Warten wir es ab. Bis dann. Auf Wiedersehen. Ihren Mann möchte ich noch in einer anderen Sache sprechen. Wenn sie uns bitte entschuldigen würden." Als die beiden Männer unter sich waren, bat er Heiner Stark um nähere Informationen über die Tätigkeit der Programmkommission. Mit dem Bericht war er nicht zufrieden: „So kann das nicht weitergehen. Das sind doch alles Amateure. Wir brauchen jetzt Klarheit, wohin die Reise geht. Müssen unsere Mandanten um ihre Vermögen fürchten, oder nicht. Sollen wir damit fortfahren, Gelder in die Schweiz zu deponieren, oder können wir im Osten investieren. Welche Richtlinien für die Steuerpolitik wird uns die Finanzverwaltung für das kommende Jahr geben? So viele Fragen und keine Antworten."

Als er merkte, dass sein temperamentvoller Wortschwall Falten auf Heiner Starks Stirn hinterließ, hob er beschwichtigend die Hände: „Das ist jetzt kein Vorwurf gegen sie. Wir haben nur keinen anderen Vertreter in den Spitzengremien. Ich vertrete eine Gruppe von sehr vermögenden Unternehmern. Sie stellen uns ein Budget von 10 Millionen Mark zur Verfügung, um die Weichen richtig zu stellen." Er ging zum Panzerschrank, öffnete ihn und entnahm ihm einen Pilotenkoffer. „Hier ist das Geld, lieber Professor", sagte er mit belegter Stimme, „sie genießen unser volles Vertrauen. Setzen sie es in unserem Sinne ein. Schmieren sie die Leute an den Schaltstellen der Macht. Sie werden sehen, Geld regiert die Welt. Versprechen sie denen lukrative Posten und Einkünfte. 500.000 Mark sind für sie lieber Professor. Damit wir sie nicht verlieren. Gönnen sie sich was."

XIII. Das Komplott

Oktober 1988. Eine halbe Million Westmark für mich. Heiner Stark flimmerte es vor den Augen. Immer wieder schielte er nach dem Pilotenkoffer auf dem Beifahrersitz. Wenn man den inoffiziellen Wechselkurs von 1: 10 von früher berechnete, waren das fünf Millionen Ostmark. Ihm kamen die kühnsten Gedanken. Was wäre, wenn er alles behielte. Schließlich hatte er nichts unterschrieben. Keiner konnte ihn wegen Geldes belangen, das es offiziell gar nicht gab. Aber das war ihm zu riskant. Dafür war er nicht der Typ. Er sollte sich lieber Gedanken darüber machen, wie er den Auftrag seines Chefs ausführen konnte.

Unterdessen hatte er den Rastplatz Wittstock erreicht. Noch eine knappe Stunde bis Berlin. Er hatte noch Zeit für einen Kaffee und ein Stück Kuchen. Wer weiß, ob die im ZK der SED einen Imbiss für ihn hatten. Dort gab es andere Sorgen. Aber der Pilotenkoffer mahnte ihn zur Vorsicht. Damit konnte er nicht rumlaufen. Und den Koffer schon gar nicht im Auto lassen. Also gab er Gas, um rechtzeitig in Berlin zu sein. Der Kaffee in der Kantine im Zentralkomitee der SED war auch nicht schlechter als die Mitropa Brühe von der Raststätte.

Als Heiner Stark die Kantine betrat, stieß er mit dem Leiter der Abteilung Wissenschaften zusammen. Der freute sich über die zufällige Begegnung. Er lud Heiner Stark zu einem Kaffee ein. Für sich bestellte er einen Cognac, obwohl er noch nicht Feierabend hatte. Heiner Stark verkniff sich eine Bemerkung, kannte er doch die Alkoholprobleme seines Genossen nur zu gut. Der Abteilungsleiter trank mit Genuss den echten französischen Cognac und sagte lächelnd: „Das macht den Kopf frei. Dieses Zeug ist jeden Pfennig wert. Wir haben eine lange Nacht vor uns. Die Genossen wollen heute mit ausgewählten Mitgliedern der Programmkommission über das Programm für die sozialistische Umgestaltung Westdeutschlands diskutieren. Ich soll die Beratung leiten. Wie ich sehe, hat dich meine Einladung erreicht. Hast du vorher noch Infos für mich?"

Heiner Stark wusste, dass der Abteilungsleiter großen Einfluss im ZK besaß. Er war bestens vernetz. Er kannte alle wichtigen Leute. Heiner Stark kam an ihm nicht vorbei, wenn er hinter den Kulissen die Fäden ziehen wollte. Also entschied er sich, die erste Karte auszuspielen: „Sagen wir mal so, ich hatte Gelegenheit, mir Anregungen von erfahrenen Fachleuten aus westdeutschen Unternehmen zu holen. Unsereins kennt sich ja nicht so richtig mit den internen Mechanismen des kapitalistischen Wirtschaftsbetriebes aus."

„Aha", sein Gegenüber bestellte einen zweiten Cognac, „ich habe schon von deinen Aktivitäten als Key Account Manager gehört. Nicht schlecht, mein Lieber. Das hätte ich dir gar nicht zugetraut. Lass mal hören. Wie sehen denn deine Anregungen aus?"

Heiner Stark entschloss sich, den ersten Trumpf auszuspielen: „Diesen Leuten ist sehr daran gelegen, dass die Wirtschaft weiter funktioniert. Das ist ja auch unser Wunsch. Wir wollen ja auch nicht, dass es den Menschen im Westen schlecht geht. Das wäre für unsere Politik sehr abträglich. Wir brauchen eine Massenbasis, und die bekommen wir nur, wenn wir der Verelendung der Massen begegnen."

„Das ist ja gut und richtig", der Abteilungsleiter konnte ein Gähnen nicht unterdrücken, „hast du keine konkreten Vorschläge?"

„Ja, diese Unternehmer sichern uns ihre Unterstützung zu, wenn wir für eine stimulierende Steuer- und Subventionspolitik sorgen."

Der Abteilungsleiter war auf einmal hellwach: „Und die Unterstützung, von der du sprichst, hast du die in diesem großen Aktenkoffer?"

„Sagen wir mal so", Heiner Stark war überrascht von der Direktheit der Frage. Wusste dieser Pfiffikus etwa von seiner Mission? „Ich habe da gewisse Möglichkeiten, die nicht zu deinem Schaden sein sollen. Immerhin sitzt du in einer überaus wichtigen Position. Du kommst aber kaum dazu, an dich selber zu denken, geschweige denn an deine Familie."

„Ich merke schon, es war ein glücklicher Zufall, dass wir uns vor der entscheidenden Beratung getroffen haben", sagte der Abteilungsleiter ungewohnt offenherzig, „meine Kinder wollen gerne in den USA studieren. Dafür fehlt es mir aber an Devisen. Glaubst du, du kannst da helfen."

„Wäre dir mit 100.000 Westmark geholfen?"

„Das wäre schon ein guter Anfang."

„Lass uns ins Büro gehen", Heiner Stark wurde unruhig, „da sind wir unter uns. Ich würde auch gerne meinen Pilotenkoffer in deinen Panzerschrank einschließen." Und als er den lauernden Blick auf den Koffer bemerkte, fuhr er fort: „Wenn wir das mit der Steuer- und Subventionspolitik im Interesse meiner Auftraggeber regeln, kann ich dir noch weitere 100.000 Mark geben."

Kaum hatten sie das Büro des Abteilungsleiters betreten, klingelte das Telefon. Sie wurden in den Beratungsraum beordert. Die entscheidende Sitzung sollte beginnen.

Der Abteilungsleiter begrüßte im alten Stil die anwesenden Mitglieder der Parteiführung: „Liebe Genossinnen und Genossen. Ich denke, dass ich nicht übertreibe, wenn ich sage, dass in diesem Raum heute Geschichte geschrieben wird. Uns liegen die Ergebnisse der Arbeit der Programmkommission vor. Wer möchte dazu seine Meinung sagen, oder besser, wer möchte Korrekturen oder Verbesserungen machen?"

Wolf Erger ergriff als Erster das Wort: „Genossen, wir sollten mit der Kernfrage beginnen. Ich meine die Frage nach den Eigentumsverhältnissen an den Produktionsmitteln. Die Kommission schlägt vor, dass in Westdeutschland die kapitalistische Produktionsweise langfristig bestehen bleiben soll. Das kann ich so nicht akzeptieren. Wir müssen dieses Problem differenzierter regeln. Im Bereich der kleinen und mittleren Betrieb bin ich mit Privateigentum einverstanden, für das Monopol- und Finanzkapital nicht. Ich bin dafür, die Privatbanken zu enteignen. Weiterhin bin ich dafür, die Schlüsselindustrie in Volkseigentum zu überführen. Ich meine damit das Montanwesen, den Maschinenbau, die Waffenindustrie, den Fahrzeugbau und den Energiesektor."

„Und wie willst du das bitte machen", Egmont Zerk trommelte mit dem Daumen auf der Tischplatte. Ein Zeichen, wie nervös er war. „Wir haben dafür keine rechtliche Basis. Wir riskieren doch Massenproteste, wenn in Folge der Enteignungen die Arbeitslosigkeit weiter eskaliert."

Wolfgang Talkhofer, für seinen Pragmatismus bekannt, unterstützte Egmont Zerk: „Wir können nicht die Revolutionstheorie Lenins eins zu eins auf die aktuellen Verhältnisse in Westdeutschland anwenden. Sozialismus ja, aber nicht gleich und nicht überall."

Wolf Erger reagierte verärgert: „Wenn ihr dem Volk nicht vertraut, lassen wir es doch abstimmen. Was spricht gegen einen Volksentscheid zur Enteignung des Finanzkapitals, wie er schon 1946 in der sowjetischen Zone zum Erfolg führte."

Ne, ne", Talkhofer reagierte amüsiert. „Das Volk hat sich entschieden, und zwar bei den Wahlen. Solche komplizierten Entscheidungen können wir nicht von den Leuten verlangen. Die haben es drauf und stimmen gegen eine Enteignung. Lasst uns doch eine Kampagne starten. Einen Musterprozess gegen den Vorstand der deutschen Bank. Wie sie die einfachen Sparer bescheißen und sich die Taschen mit Millionen vollstopfen."

„Aber wenn wir das Finanzkapital nicht enteignen, wie kommen wir dann an die Profite dieser Konzerne. Wir brauchen doch das Geld für unsere sozialpolitischen Maßnahmen", Wolf Erger ließ nicht locker.

Damit war das Stichwort für Professor Stark gefallen. Er meldete sich höflich zu Wort. Alle Augen waren auf ihn gerichtet. Jetzt wurde ihm erst klar, dass er gar nicht wusste, was er sagen wollte. Also fing er einfach an zu reden. Sein hochtrainiertes Gehirn wird schon das Richtige ausspucken, hatte ja früher auch immer funktioniert: „Genossen. Als Historiker denke ich weniger in ökonomischen Kategorien, vielmehr spüre ich in diesem Raum den großen Atem der Geschichte. Wir dürfen uns nicht im Kleinklein verheddern. Wir haben die Chance, die unvollendeten Revolutionen der deutschen Geschichte zum Siege zu führen. Ich meine damit den Großen Deutschen Bauernkrieg 1524/25, die Märzrevolution 1948/49 und die Novemberrevolution 1918. Besonders am Herzen liegt mir dabei, das Vermächtnis von Karl Liebknecht und Rosa Luxemburg zu erfüllen."

„Jawoll, sehr, sehr richtig", der Stasi General stand mit Tränen der Rührung in den Augen auf und begann die Internationale zu singen.

Egmont Zerk war beeindruckt. Das gefiel ihm immer besser. Er als Nachfolger von Karl Liebknecht und Rosa Luxemburg. Freundlich nickte er Heiner Stark zu: „Danke für deinen Hinweis, Genosse Stark. Diese historische Dimension ist mir durchaus bewusst. Trotzdem müssen wir auch die Eigentumsfrage entscheiden. Nicht irgendwann, sondern hier und heute."

„Dann schlage ich die Taktik des trojanischen Pferdes vor", Heiner Stark hatte sich diesen Satz spontan überlegt. Er ließ danach eine Pause, um dessen Wirkung zu verstärken. Sofort wurde er darum gebeten, sich näher zu erklären. „Ich meine damit, wir sollen das System von innen heraus revolutionär umgestalten. Möglichst alle Entscheidungsträger in den Konzernen müssen Mitglied der SED werden. Wer das nicht will, wird entlassen. Weiter legen wir fest, dass die Profite dem Vermögen der SED zugeführt werden. Wir können die Mittel dann sozial verteilen. Weiter legen wir fest, dass jeder Beschäftigte Unternehmensanteile erhält. Volksaktien sozusagen. Das ist de facto sozialistisches Eigentum ohne Enteignungen. Und schließlich unterwerfen wir alle Betriebe der sozialistischen Volkswirtschaftsplanung. Damit haben wir die Sache im Griff. Unsere sozialistische Revolution hat gesiegt."

Begeistert klatschte der General Beifall: „Und dann setzen wir die Reiterei ein, wie früher Budjonny."

Der Versammlungsleiter war genervt: „Du bist nicht mehr im Früher. Wir haben keine Rote Reiterarmee mehr. Das mit dem Trojanischen Pferd war eine Metapher."

„Ach ihr mit euren modernen Vokabular. Was ist nun wieder eine Mätaffer. Da findet sich ein alter Klassenkämpfer nicht mehr zurecht", der General winkte nur ab.

Der Abteilungsleiter hielt nun die Zeit für gekommen, eine Pause einzulegen. Er bedeutete Stark, Talkhofer, Erger und Zerk mit den Augen, ihm in das Kaminzimmer zu folgen. Dort standen schon Kaffee und französischer Cognac bereit.

Egmont Zerk hielt das Cognacglas gegen das Licht. Er nickte dem Versammlungsleiter huldvoll zu: „Du weißt schon, was gut ist, mein Lieber. Trinken wir ein Glas auf den Sieg der deutschen Revolution. Aber nur ein Glas. Wir brauchen heute für eine lange Nacht unseren klaren Verstand." Und an Heiner Stark gewandt: „Es ist gut, dass wir einen hochgebildeten Historiker in unserem Kreis haben. Der theoretische Ansatz mit der Revolution von innen hat mir sehr gefallen. So sollten wir das machen." Der Versammlungsleiter meinte nun, die Gelegenheit sei gekommen, um die Rolle von Heiner Stark zu stärken. Er sagte: „Genosse Professor Stark ist nicht nur Historiker. Er verfügt auch als Key Account Manager eines großen norddeutschen Wirtschaftsberatungsunternehmens über beste Verbindungen zum westdeutschen Unternehmerverband."

Wolfgang Talkhofer rührte in seinem Kaffee. Er drehte sich zu Heiner Stark und fragte: „Welchen Nutzen sollten wir von diesen Kontakten haben? Wollt ihr mir weismachen, dass uns die westdeutschen Kapitalisten beibringen, wie wir in Westdeutschland die sozialistische Gesellschaft schaffen können!"

„Das nun ganz bestimmt nicht", Heiner Stark war um eine möglichst sachliche Reaktion auf die Provokation bemüht, „aber ich bin der Meinung, wir sollten die Reform der westdeutschen Gesellschaft nicht gegen die Unternehmer, sondern mit ihnen gemeinsam durchführen. Schließlich hat die westdeutsche Wirtschaft ein viel höheres Niveau als die anderer Länder. Uns fällt kein Zacken aus der Krone, wenn wir diesen Erfahrungsschatz nutzen. Ich kann jedenfalls für meine Partner sagen, dass sie zur Kooperation bereit sind."

„Welche Erfahrungen meinst du, sollten wir nutzen", Egmont Zerk übernahm wieder die Gesprächsführung. Heiner Stark antwortete ruhig: „Zum Beispiel die Gestaltung einer effizienten Steuer- und Subventionspolitik. Wir haben in der DDR doch bisher vorwiegend den Konsum subventioniert. Das hat bekanntlich keine Triebkräfte für die Wirtschaft stimuliert, sondern zur Verschwendung geführt. Nehmen wir als Beispiel die Stützung der Brotpreise. Die Bauern haben doch das billige Brot kiloweise gekauft und ihre privaten Schweine damit gefüttert. Das Brot war billiger als das Schweinefutter."

„Ja, das ist schon richtig", Wolf Erger nickte zustimmend, „welche Subventionen müssten wir statt dessen vergeben?"

Damit hatte er Heiner Stark erwischt. Der hatte keinen blassen Schimmer, was er darauf antworten sollte. Gar nichts zu sagen, war nicht möglich. Davon hing seine Glaubwürdigkeit ab. Also entschied er sich wieder für die Froschmethode. Er nannte diese Methode nach der Fabel von Aesop. In der zwei vorwitzige Frösche in einen Krug mit Milch fielen. Der eine ergab sich seinem Schicksal und ertrank. Der andere schwamm und schwamm in der Milch mit einer unendlichen Ausdauer. Bis er festen Boden unter sich spürte und aus den Krug springen konnte. Denn er hatte durch sein ausdauerndes Schwimmen die Milch zu Butter geschlagen und dadurch sein Leben gerettet.

„Also", antwortete Heiner Stark gedehnt, „das ist eine sehr komplexe und wichtige Thematik. Ich bin nun nicht der Unternehmer oder Ökonom, um darauf hier und heute eine allumfassende Antwort geben zu können. Soviel aber will ich schon sagen, dass wir nicht die Faulen, sondern die Leistungsträger subventionieren sollten. Und dabei muss der Grundsatz gelten ‚Deutschland zuerst'. Wir wollen nicht mehr mit deutschem Geld, das wir den deutschem Steuerzahlern wegnehmen, die Bauern Portugals subventionieren. Das deutsche Geld muss jenen deutschen Unternehmen zugeführt werden, die Leuchttürme in der Entwicklung von Wissenschaft und Technik sind."

„Das hört sich schon sehr kapitalistisch an, was du da sagst", erwiderte Egmont Zerk, „aber es hört sich auch nicht falsch an. Wenn wir aber die westdeutschen Leuchttürme subventionieren. Zum Bespiel die Autoindustrie. Was passiert dann mit unseren Autos. Ich meine unsere geliebten Trabbis und

Wartburgs. Erhalten die auch Subventionen oder wie? Die haben doch sonst gegen BMW und Mercedes keine Chancen."

Heiner Stark spürte, wie er so langsam Butter unter die Füße bekam. „Unsere PKW – Produktion wird natürlich nicht vernachlässigt. Wir können einem Arbeiter, der seit zehn Jahren auf seinen neuen Trabbi wartet, doch nicht sagen, er bekommt keinen mehr. Die Trabbis werden doch wie Familienmitglieder behandelt. Sie bekommen einen Namen. Und wird einer krank, leiden die Besitzer mit. Ich stelle mir vor, dass wir Joint Ventures mit westdeutschen Konzernen bilden, um unsere robusten und preiswerten Autos weiter produzieren zu können."

Mein Gott, was ein Quatsch, sagte er sich im Stillen. Wer einmal Mercedes gefahren ist, will nie wieder im Trabbi sitzen. Doch seine Bedenken wurden umgehend zerstreut, als Wolfgang Talkhofer sagte: „Damit kann ich leben. Die Trabbis dürfen wir nicht sterben lassen. Und die Westwagen sind auch nicht das Gelbe vom Ei. Bei meinem betagten Dienst - Volvo ist die Klimaanlage kaputt. Immer wieder. Das ist mir bei meinem Trabbi noch nie passiert."

Der Abteilungsleiter spürte intuitiv, dass jetzt die Zeit für eine materielle Stimulierung gekommen war. Er verkündete: „Ich darf schon verraten, dass die westdeutschen Unternehmer, für die Genosse Professor Stark arbeitet, sich bereit erklärt haben, die Tätigkeit unserer Parteiführung nachhaltig zu unterstützen. Denn sie sind davon überzeugt, dass eure Tätigkeit dem Wohl des gesamten deutschen Volkes dient." Und an Heiner Stark gewandt: „Bitte berichte, welche finanziellen Mittel sie dafür zur Verfügung gestellt haben."

Mein Gott, wenn das bloß nicht nach hinten losgeht. Auf keinen Fall darf das nach Bestechung riechen. Heiner Stark holte tief Luft: „ Das Anliegen meiner Auftraggeber besteht darin, die Arbeits- und Lebensbedingungen der Genossen der Parteiführung so zu verbessern, dass sie und ihre Familien den hohen Belastungen gewachsen sind, die ihre Verantwortung für die Umgestaltung Deutschlands mit sich bringt. Ich darf deshalb jedem Genossen einen neuen Dienstwagen der Oberklasse kostenlos zur Verfügung stellen. Des weiteren finanzielle Beihilfen für Kinder, die im Ausland studieren wollen oder für die Wahrnehmung der Repräsentationspflichten durch eure Frauen. Und anderes mehr. Ich möchte euch höflich bitten, mir dafür eine Kostenkalkulation zukommen zu lassen. Ich werde mich dann umgehend um deren Liquidation kümmern."

Eine Pause trat ein. Die drei Mitglieder der Parteiführung und der Abteilungsleiter gingen in das Nebenzimmer. Minuten vergingen. Heiner Stark spürte förmlich die Nervosität in sich wachsen. Nach dreißig Minuten kamen die Herren zurück. Jeder überreichte Heiner Stark einen verschlossenen Briefumschlag. Sie baten ihn, mit seinen Auftraggebern die Aufwandsentschädigungen zu prüfen und die gewünschten Beträge in bar zu übergeben. Heiner Stark ging in das Nebenzimmer und öffnete die Umschläge. Er konnte sich ein stilles Lachen nicht verkneifen. Die Zettel wiesen detailliert nach, welche Geldbeträge im Einzelnen benötigt wurden. Alles ohne Namen und Adresse. Die Gesamtsummen betrugen bei Egmont Zerk 224.00 Mark, bei den beiden anderen exakt 198.000 Mark.

So leicht hatte sich Heiner Stark seine Mission nicht vorgestellt. Da er wusste, dass die Telefonate abgehört wurden, rief er ganz offiziell seinen Chef an und ließ sich einen Pauschalbetrag von

400.000 Mark für jeden genehmigen. Die Übergabe wurde für den nächsten Tag um 12.00 Uhr vereinbart. Heiner Stark wurde für den Rest der Zeit von der Sitzung freigestellt, um das Geld besorgen zu können.

Inzwischen war es 8.00 Uhr abends. Heiner Stark hatte keine Lust auf das Hotel „Unter den Linden". In zwei Stunden konnte er in Pinneberg sein. Er rief spontan Marie Gold an. Die freute sich und lud ihn zum Abendessen in ihre Villa ein. Ohnehin war es glaubhafter, wenn er nach Hamburg fuhr, um das Geld zu holen. Er musste damit rechnen, dass er von den Sicherheits-leuten der Parteiführung observiert wurde. Die durften nicht auf die Idee kommen, er hätte das Geld schon bei sich. Also griff er sich seinen Pilotenkoffer und ließ seinen Mercedes auf die Autobahn los.

Kurz nach 10.00 Uhr abends fuhr er auf das Grundstück von Marie Gold. Zu seiner Überraschung, um nicht zu sagen, zu seiner Enttäuschung war, sie nicht allein. In der offenen Haustür stand Udo Bahrendorf. Offenbar hatte er schon sehnsüchtig auf Heiner Stark gewartet: „Mein lieber Professor", rief er ihm salbungsvoll zu „ich bin schon so gespannt auf ihren Rapport. Sie konnten mir ja am Telefon nur Andeutungen machen. Ich weiß schon, big brother is watching you, hah, ha, ha. Nun kommen sie erst einmal rein. Unsere Goldmarie hat uns was Leckeres zubereitet."

Heiner Stark merkte, wie sich in Gesellschaft von Marie Gold seine Anspannung löste. Sie lächelte ihn charmant an, als sie ihm ein Glas Wein anbot: „Bitte, lieber Herr Stark. Das haben sie sich verdient. Wir hören ja ganz erstaunliche Sachen über sie. Trinken sie ruhig ihren Wein, sie müssen heute nicht mehr fahren. Das Gästezimmer ist schon vorbereitet. Auch Herr

Bahrendorf wird uns Gesellschaft leisten. Ich denke, wir haben heute etwas zu feiern."

Na prima, Heiner Stark musste zweimal schlucken. Den Abend hatte er sich eigentlich anders vorgestellt. Er hob sein Glas: „Vielen Dank für ihre freundliche Einladung. Ich nehme sie gerne an. Stoßen sie bitte mit mir an auf unseren gemeinsamen Erfolg. Wir haben ein trojanisches Pferd in die SED – Führung geschmuggelt. Und das Schönste daran ist, die Herren haben es nicht einmal bemerkt. Obwohl der Gaul riesengroß ist."

XIV. Vorwärts immer, rückwärts nimmer

Oktober 1988. „Genossen, ich denke, es ist an der Zeit, dass wir die Konzeption der Programmkommission praktisch um-setzen", sagte Egmont Zerk voller Pathos. Er war sich der Größe des Augenblicks bewusst. Die Mitglieder des zentralen Reformationsrates nickten zustimmend. Es war die Zeit der Kämpfer, nicht der Zögerer. Sie wollten jetzt Nägel mit Köpfen machen. Es war schon später Abend. Mittags hatten sie von Heiner Stark die Aufwandsboni bekommen, jeder 400.000 West - Mark. Jetzt wollten sie schnell nach Hause, um ihre Familien mit dem Geldsegen zu überraschen. Außerdem stand für jeden ein S-Klasse Mercedes als neuer Dienstwagen bereit. Wie Männer nun mal so sind, wollten sie das attraktive Fahrzeug möglichst bald fahren.

„Also", Egmont Zerk holte sie in die Realität zurück, „womit fangen wir an?" Wolfgang Talkhofer hob wie in der Schule den Zeigefinger, um sich zu Wort zu melden: „Mir hat der Vorschlag des Genossen Stark zur Bildung von gesellschaftlichem Eigentum in Westdeutschland gut gefallen. Ich meine, wir sollten das an die Spitze stellen. Damit der einfache Bürger merkt, hier geht es um seine Interessen." Wolf Erger wusste nicht mehr, was Heiner Stark vorgeschlagen hatte. Nicht ohne ein selbstgefälliges Lächeln erläuterte Egmont Zerk dessen Anliegen: „Wir machen einen Volksentscheid zur Überführung des Privateigentums in gesellschaftliches Eigentum. Das gilt für Unternehmen ab 100 Beschäftigte. Dieses Kapital wird in Form von Anteilsscheinen an die Bürger vergeben. Jeder, vom Säugling bis zum Greis, wird dadurch zum Besitzer von Volksaktien. Er wird am Gewinn der Unternehmen beteiligt. Und er hat auch ein demokratisches Mitspracherecht bei der Führung des Unternehmens. Damit nicht jeder Betrieb machen kann, was er will, bauen wir zwei Sicherungen ein. Erstens, alle Führungskräfte der Unternehmen werden Mitglied der SED. Dadurch sichern wir die Führung unserer Partei. Zweitens, wir schaffen einen volkswirtschaftlichen Fünfjahrplan, der alle Betriebe und alle Produkte einschließt. Die Zeiten sind vorbei, wo wild drauflos produziert wurde. Ab sofort geht Planung vor Spontanität. Oder anders gesagt, es ist aus mit der Wegwerfgesellschaft."

Und mit einem Blick aus dem Fenster auf seinen neuen Dienstwagen: „Das soll es für heute gewesen sein. Fahren wir nach Hause, unsere Familien haben auch ein Recht auf uns. Morgen früh ab sieben Uhr setzen wir unsere Beratung fort." Und an Wolfgang Talkhofer gewandt: „Du legst bis dahin den Entwurf eines Generalgesetzes zur Schaffung des Volksdemokratischen Kapitalismus in Westdeutschland vor."

Am nächsten Morgen konnte die Beratung nicht pünktlich anfangen, weil es zu massiven Unruhen an der Grenze zu Westberlin gekommen war. Sie waren eine Folge der Pressekonferenz, die Wolfgang Talkhofer am Abend zuvor veranstaltet hatte. Dort hatte er darüber informiert, dass neue Regelungen für den Grenzverkehr zwischen Ost- und Westberlin eingeführt werden sollten. Dabei ging es im Kern darum, dass Bürger Westberlins nur mit einem gültigen Visum die Grenze nach Ostberlin passieren durften. Das Visum sollte nur erteilt werden, wenn ein anderer Westberliner als Bürge für den Visuminhaber eintrat. Für den Fall, dass der Visuminhaber nicht rechtzeitig zurückkehrte, drohten dem Bürgen Haftstrafen nicht unter einem Jahr. Talkhofer hatte auf eine Frage, wann das neue Grenzregime eingeführt werden soll, geantwortet: „Soweit ich weiß sofort, ich meine unverzüglich." Daraufhin kam es unverzüglich zu einem Ansturm auf die Grenzübergangsstellen, dem die Sicherheitskräfte nicht gewachsen waren.

Als Talkhofer mit seinem neuen Mercedes zum Grenzpunkt Friedrichstraße fuhr, um die aufgebrachte Menge zu beruhigen, kippten die empörten Bürger den schicken Wagen einfach um. Talkhofer brach sich den rechten Arm und kam deshalb verspätet zur Sitzung des zentralen Reformationsrates. Folgerichtig konnte er das Generalgesetz nicht vorlegen. Zum Glück stellte sich aber heraus, dass seine Mitarbeiter den Entwurf ohne ihn über Nacht erarbeitet hatten.

Egmont Zerk konnte sich eine Anspielung nicht verkneifen: „Es ist doch wohl als dein Verdienst zu werten, wenn deine Mitarbeiter so kompetent sind, dass sie ohne dich eine dermaßen qualifizierte Arbeit abliefern konnten. Bravo, Wolfgang, gute Führungstätigkeit. Ich denke, wir können das so beschließen. Ich habe heute leider wenig Zeit. Meine Familie möchte einige dringende Einkäufe erledigen. Und das geht nicht ohne mich, sie kämen sonst ja nicht über die Grenze nach Westberlin." Und nach einer kurzen Pause an Talkhofer gewandt: „Du bereitest bitte für heute Nachmittag einen Arbeitsplan für den Volksentscheid vor. Möglicherweise können dich deine Mitarbeiter dabei wieder entbehren. Du kannst dir dann gerne von der Versicherung einen neuen Dienstwagen verordnen lassen. Diesmal aber keine S Klasse. Es muss schon ein sichtbarer Abstand zwischen dir und mir bestehen. Ich denke, ein neuer großer Citroen oder Volvo wäre passender."

Er hatte diesen Satz kaum beendet, da öffnete sich die Tür und Honni stürmte in den Sitzungsraum. Der Wachposten hatte vergeblich versucht, den alten Mann aufzuhalten. Denn der hatte den Posten raffiniert getäuscht, indem er vorgab, er sei zur Unterstützung der sozialistischen Revolution berufen worden. Egmont Zerk erkannte mit einem Blick den Ernst der Situation, als er einen roten Koffer in Honnis Hand erblickte. War das der Koffer mit den kompromittierenden Unterlagen. Den er so dringend suchte? Er stand auf, riss Honni den Koffer aus den Händen und öffnete gewaltsam das Schloss. Nichts, der Koffer war leer. Der alte Filou wollte nur zeigen, dass er den Koffer besaß, und dass er damit Egmont Zerk in den Händen hatte.

Mit saurer Miene forderte er Honni auf, sein Anliegen vorzutragen. Da stand der kleine Mann mit erhobener rechter Faust in der Mitte des Raumes und sprach: „Vorwärts immer, rückwärts nimmer. Es lebe die sozialistische Revolution. Venceremos Genossen. Ich stelle mich hiermit als echter Bürger Westdeutschlands zur Verfügung, das Volk in die sozialistische Revolution zu führen. Schließlich bin ich geborener Saarländer."

Egmont Zerk ritt der Teufel, als er zum Sicherheitsdienst sagte: „Genosse, wir unterstützen die kämpferische Haltung des

Genossen Honni. Holen sie bitte ein Thälmannbanner aus dem Traditionszimmer und geben sie es dem Genossen Honni. Er soll es als Symbol unserer revolutionären Traditionen durch die Straßen Berlins tragen. Bis zur Siegessäule in Westberlin."

Voller Rührung umarmte Honni die Anwesenden und marschierte mit erhobener Faust aus dem Raum. Als er das Erdgeschoss mit dem Thälmannbanner passieren wollte, wurde er schon von einigen kräftigen Pflegern des Regierungskrankenhauses erwartet, die ihn in die geschlossene psychiatrische Abteilung brachten. Das Thälmannbanner durfte er behalten und damit nach Herzenslust auf dem weiträumigen Gelände marschieren. Ihm schlossen sich spontan weitere Patienten an, darunter Napoleon, Hindenburg und Cäsar.

Der Termin für den Volksentscheid zur Überführung der Großunternehmen in Volkseigentum wurde auf den 7. Oktober 1989 gelegt. Dem 40. Jahrestag der Gründung der DDR. Jeder westdeutsche Bürger ab dem 18. Lebensjahr musste daran teilnehmen. Die Stimmzettel enthielten zwei Fragen, wovon eine anzukreuzen war.

Die erste Frage lautete: Sind sie für den wirtschaftlichen Aufschwung durch die Beseitigung des unrechtmäßigen Privateigentums der Großunternehmen.

Die zweite Frage hieß: Wollen sie, dass die persönliche Bereicherung der Großkapitalisten weiter bestehen bleibt?

Die Beteiligung an dem Volksentscheid war für jeden Wahlberechtigten eine Pflicht. Ansonsten drohten hohe Geldstrafen.

Die Zeit bis zum Volksentscheid sollte nicht ungenutzt verstreichen. Ein Erlass des zentralen Reformationsrates forderte alle Leitungskader in Wirtschaft und Gesellschaft auf, sich der Sozialistischen Einheitspartei anzuschließen. Für das Nichtbefolgen dieser Forderung wurden Sanktionen angedroht. Sie reichten von der Höherstufung in der Einkommenssteuer bis zum Entzug der Legitimation für das Ausüben von Leitungsfunktionen. Was gleichbedeutend mit einer Entlassung war. In der Folge wurden massenhaft Anträge zur Aufnahme in die SED registriert. Deren Mitgliederzahl vervielfachte sich innerhalb weniger Wochen. Die neuen Mitglieder trugen das neue Parteiabzeichen, das die Bildnisse von Marx, Lenin und Zerk trug.

Die Intendanten der westdeutschen Fernseh- und Rundfunkanstalten wurden entlassen und deren Posten durch zuverlässige SED - Kader besetzt. Damit wurde der journalistische Pluralismus vorübergehend außer Kraft gesetzt. Alle Sender hatten nur die eine Aufgabe: Propaganda für den Sieg des Sozialismus in der BRD. Journalisten, die sich diesem Diktat widersetzten, wurden entlassen.

In diesem Klima der massiven Manipulation des westdeutschen Volkes fand der Volksentscheid statt. Die Wahlbeteiligung betrug 98 Prozent. Voller Spannung traf sich am Abend des Wahltages der zentrale Reformationsrat, um das Ergebnis der Abstimmung zu erfahren. Die ersten Hochrechnungen waren enttäuschend. Mehr als 70 Prozent sprachen sich gegen die Enteignung aus. Der zentrale Reformationsrat legte deshalb fest, die Öffentlichkeit erst dann zu informieren, wenn das endgültige Abstimmungsergebnis vorlag.

Gegen Mitternacht wurde Egmont Zerk ein verschlossener Umschlag überreicht. Er öffnete das Kuvert, blickte unruhig seine Mitstreiter an und forderte alle anderen Anwesenden auf, den Raum zu verlassen. Er sagte mit belegter Stimme:

„Scheiße, wer ist bloß auf diese Idee mit dem Volksentscheid gekommen. 73, 9 Prozent sind dagegen. Dann müssen wir Plan B anwenden." „Plan B", Wolf Erger war wie immer begriffsstutzig, „was war das noch mal für ein Plan?" „Was war das noch mal für ein Plan", Egmont Zerk äffte ihn zynisch nach, „Plan B bedeutet, wir legen das Abstimmungsergebnis so fest, wie wir es brauchen. Wir haben doch gute Erfahrungen in der Korrektur von Wahlergebnissen. Ich entscheide hiermit, das endgültige Wahlergebnis lautet:

Wahlbeteiligung: 98,2 Prozent

Ja Stimmen: 87,4 Prozent

Nein Stimmen: 9,8 Prozent

Ungültige Stimmen und Enthaltungen: 2,8 Prozent."

„Aber das können wir doch nicht machen", Wolf Erger bekam vor Aufregung einen roten Kopf, „wenn das rauskommt, sind wir erledigt." Egmont Zerk winkte nur ärgerlich ab: „Du hast dich falsch ausgedrückt. Wir können das nicht machen, wir müssen das machen. Wir sind hier nicht beim Osterspaziergang. Es geht um den Sieg des Sozialismus in Gesamtdeutschland. Eine wahrhaft historische Aufgabe. Da dürfen wir nicht zögern. Es ist die Stunde der Mutigen, nicht die der Feiglinge."

Er drückte den roten Knopf seiner Telefonanlage. Die Tür ging auf, sein persönlicher Sekretär betrat den Raum. Egmont Zerk wies ihn an, dafür zu sorgen, dass er in einer viertel Stunde über alle deutschen Rundfunk- und Fernsehanstalten das siegreiche Ergebnis des Volksentscheides mitteilen kann.

Punkt 0.30 Uhr begann die historisch zu nennende Ansprache. Sie wurde live von allen deutschen Rundfunk- und Fernsehsendern übertragen. Am Anfang stand die Ode an die Freude Ludwig van Beethovens. Nachdem die letzten Töne dieses epochalen Werkes verklungen waren, betrat Egmont Zerk den Übertragungsraum. Er blieb vor den Fahnen der DDR und der BRD stehen. Frei sprechend, mit ruhiger und fester Stimme sprach er zu seinem Volk: „Liebe deutsche Mitbürgerinnen und Mitbürger, liebe Genossinnen und Genossen, liebe Freunde. Das deutsche Volk hat entschieden. Es will nicht länger unter der Fuchtel des Großkapitals stehen, sondern die Früchte seines Schaffens selber genießen. Ich teile ihnen hier und jetzt das Abstimmungsergebnis mit. 87,4 Prozent unserer Bürger sind für die Bildung des gesellschaftlichen Eigentums durch Enteignung des Großkapitals. Schon morgen wird der Bundestag zusammentreten, um das Gesetz zu beschließen. Ich wünsche ...." In diesem Augenblick brach in Westdeutschland die Stromversorgung zusammen.

Wie sich später herausstellte, war es eine seit langem vorbereitete geheime Aktion führender Vertreter des Deutschen Industrie- und Handelskammer. Deren Ziel bestand darin, durch einen Generalstreik der Unternehmer deren Enteignung zu verhindern. Allerdings hatte die Staatssicherheit mehrere Informanten in diesen Geheimbund eingeschleust, so dass es ein Leichtes war, die Rädelsführer zu entlarven und später bevorzugt zu enteignen. Die anderen kniffen und gaben ihren Widerstand auf.

In Deutschland ging das Licht wieder an.

Der Bundestag beschloss mit überwältigender Mehrheit das Gesetz zur Schaffung des Volkseigentums in Westdeutschland. Damit war die wichtigste Grundlage dafür geschaffen worden, die Arbeitsproduktivität dem Niveau in der DDR anzugleichen. Folgerichtig sank sie in den folgenden Monaten um 50 Prozent.

Gleichzeitig nahm die staatliche Plankommission in Westdeutschland ihre Arbeit auf. Die Unternehmen wurden verpflichtet, die Einführung neuer Erzeugnisse von der zentralen Plankommission genehmigen zu lassen. Das hatte zur Folge, dass Milchprodukte knapp wurden. Die Situation nahm noch an Schärfe zu, als den Landwirten alle Subventionen gestrichen wurden. Die Lebensmittelpreise stiegen um 25 Prozent. Die Löhne sanken im Durchschnitt um 50 Prozent. Die provisorische Regierung entschied sich deshalb, für Geringverdiener Lebensmittelmarken einzuführen. Die Wirksamkeit dieser Maßnahme verpuffte weitgehend, weil in Polen Lebensmittelmarken in bester Qualität gefälscht wurden.

Im Volk rumorte es. Zu spontanen Demonstrationen kam es, als die Auslieferung neuer Personenkraftwagen stockte. Die Lieferung von Komponenten für die PKW – Produktion kam fast zum Erliegen, weil die provisorische Regierung den Zulieferbetrieben Kontingentierungen verordnet hatte, um den verschwenderischen Umgang mit wertvollen Rohstoffen zu unterbinden. Ab sofort musste sich jeder erwachsene Bürger für einen Autokauf anmelden. Die Wartezeiten wuchsen schnell auf 12 Jahre an.

Die Krise verschärfte sich auf allen Gebieten. Es musste umgehend und wirkungsvoll gehandelt werden. Der zentrale Reformationsrat traf sich zu einer außerordentlichen Sitzung. Egmont Zerk konstatierte: „Ja, liebe Freunde. Da ist was aus dem Ruder gelaufen. Wer zu viel will bekommt vielleicht gar nichts. Ich erwarte eure Berichte zur Einschätzung der Situation, vielmehr noch eure Vorschläge zur Bewältigung der Krise."

Wolfgang Talkhofer winkte nur ab: „Ich habe schon lange davor gewarnt, das Tempo der sozialistische Revolution übers Knie zu brechen. Wer um alles in der Welt trägt dafür die Verantwortung. Enteignungen und Planwirtschaft sind zu schnell gegangen. Wir müssen das korrigieren." Egmont Zerk hatte die Untertöne richtig verstanden. Das ging gegen seine Führungstätigkeit. Talkhofer wollte ihn entmachten. Das hatte ihm gerade noch gefehlt. Er antwortete bissig: „Ich kann mich nicht daran erinnern, dass du gegen die Enteignungen warst. Ganz im Gegenteil, du hast das doch selber vorgeschlagen. Im Übrigen fallen Wirtschafsfragen in deine Kompetenz. Wir müssen jetzt zusammenhalten." Und an Wolf Erger gewandt: „Nun sag du doch auch mal was. Du bist doch für die ideologische Flanke verantwortlich. Nun sag doch mal, was schlägst du vor?"

Wolf Erger gefiel es gar nicht, dass er eine eigene Meinung äußern sollte. Viel lieber war es ihm, er konnte sich der Meinung von Egmont Zerk anschließen. Doch wenn er jetzt kniff, war seine Position im Reformationsrat akut gefährdet. Das ging auf keinen Fall. Er brauchte das Geld, seine Frau hatte schon nach mehr gerufen. Sie hatte sich ein neues BMW Cabrio bestellt. Die macht mich zur Sau, wenn der Geldhahn zugedreht wird. Er stand auf, um seinen Worten mehr Gewicht zu geben. Mit der linken Hand stützte er sich auf die polierte Tischplatte, den rechten Arm hob er und bildete eine Faust. Seine Stimme zitterte, als er sagte: „Es ist die Zeit gekommen, dass wir unsere revolutionären Vorbilder brauchen. Ich denke dabei vor allem an unsere unvergessenen Arbeiterführer Teddy Thälmann, Wilhelm Pieck und auch an Walter Ulbricht. Ja, ihr habt richtig gehört, Walter Ulbricht. Er war ein kompetenter Wirtschaftsfachmann. Sein System für die Entwicklung der Wirtschaft im Sozialismus muss zum Vorbild für unser Volk im gesamten Deutschland gemacht werden. Ich schlage deshalb folgende Maßnahmen vor: Erstens, wir veranstalten eine zentrale Parteikonferenz, an der alle Genossen aus der Wirtschaft teilnehmen. Zweitens, wir führen in den Unternehmen die Schule der sozialistischen Arbeit ein. Das sozialistische Bewusstsein wird zur materiellen Gewalt, wenn es die Massen erfasst. Wir haben die Rolle des Bewusstseins vernachlässigt. Drittens, wir müssen der Lohngerechtigkeit mehr Aufmerksamkeit widmen. In den letzten Monaten sind vor allem die Löhne der Arbeiter gefallen. Dagegen verdienen Fußballer, Schlagersänger und Rennfahrer ein Vielfaches. Das entspricht nicht unserer Auffassung von der führenden Rolle der Arbeiterklasse. Ich schlage vor, dass wir ein Einkommensgesetz beschließen, das die Gehälter für die selbsternannte Elite auf ein gerechtes Maß reduziert. Viertens, Genosse Schnitzler bekommt im Fernsehen mehr Bedeutung. Jeden Abend zwischen 19.00 und 20.00 Uhr soll er das sozialistische Wissen vermitteln. Keiner kann das besser als er."

Er sah sich triumphierend um. Wolfgang Talkhofer blickte ihn irritiert an: „Und das meinst du ernst?" Egmont Zerk schnitt ihm das Wort ab: „Ich persönlich finde das gut. Daran haben wir doch nicht gedacht. Nur wer im Kopf klar ist, kann den Wert der Reformen erfassen. Dabei kann es auch mal Rückschläge geben. Wir müssen das den Menschen nur richtig erklären. Wir machen es genauso, wie Wolf Erger das so komprimiert vorgeschlagen hat. Du, Wolfgang, bereitest die zentrale Parteikonferenz vor. Wichtig ist, dass auch wirklich alle Genossen aus den vergesellschafteten westdeutschen Unternehmen daran teilnehmen. Und du, Genosse Erger, organisierst die Schulen der sozialistischen Arbeit und den Fernsehkurs von Schnitzler. Punkt!" Er stand auf und schob seinen Stuhl an den Tisch. Mit Nachdruck, um die Endgültigkeit seiner Meinung zu demonstrieren. Danach verließ er mit großen Schritten den Raum. Jawohl, sagte seine innere Stimme. So handeln starke

Persönlichkeiten. Und laut sagte er: „Vorwärts immer, rückwärts nimmer!"

XV. Anfang vom Ende oder Ende vom Anfang?

November 1989. Udo Bahrendorf war ein Genussmensch. Statusfragen waren im wurscht. Das zeigte sich nicht nur in seiner Kleidung. Auch sein Auto, ein großer Volvo, hatte mehr Beulen als Prestige. Das war ihm nicht wichtig. Von Bedeutung waren eher die bequemen Sitze und der leise Lauf des Sechszylinders. Dr. Müller war das genaue Gegenteil. Immer schneeweiße Hemden, perfekt sitzende Maßanzüge und elegante italienische Schuhe. Er besaß mehrere noble Autos, am liebsten war ihm sein 911er Porsche. Heiner Stark konnte sich nicht entscheiden, welcher der beiden Antipoden ihm mehr gefiel. Er mochte sich dazu auch nicht äußern, als er den beiden Herren im Beratungszimmer der Kanzlei Bahrendorf gegenüber saß. Sie hätten seine Fragen wohl eher als Einmischung verstanden. Und da die Atmosphäre ohnehin angespannt war, wollte er sie nicht noch mehr belasten.

Udo Bahrendorf hatte sich eine frische Tasse Cappuccino bringen lassen. Er rührte nachdenklich mit dem Löffel in der Tasse, ohne sich dessen bewusst zu sein. Heiner Stark bemerkte bei Udo Bahrendorf zum ersten Mal so etwas wie Nervosität, vielleicht auch Verärgerung. „Mein lieber Professor", sagte er gedehnt, „das hatten wir uns aber anders vorgestellt. Es war ja nicht falsch, dass sie unsere Stimuli an die führenden Genossen weitergeleitet haben. Aber…" Er unterbrach das Rühren in der Kaffeetasse, trank langsam einen Schluck und fuhr fort: „Aber, wo bleiben die Ergebnisse. Wir erleben den Volksentscheid und die Enteignung der größeren

Betriebe. Das hätten Zerk und Genossen auch so hingekriegt. Dafür mussten wir sie nicht noch reich beschenken."

Heiner Stark hatte es nicht eilig, darauf zu antworten. Er war sich der Problematik seiner Situation wohl bewusst. Wenn man es so sehen wollte, hatte er einen wichtigen Auftrag versemmelt. Auf der anderen Seite war er kein Vasall dieser Herren. Schließlich konnte er nicht garantieren, dass die Bestechungsgelder die erhoffte Wirkung brachten. Er wurde von Dr. Müller in seinen Gedanken unterbrochen: „Mich würde interessieren, wie sie die aktuelle Politik des zentralen Reformationsrates einschätzen. Haben sie als Insider vielleicht Kenntnisse, die sie uns heute und hier mitteilen könnten."

Heiner Stark überlegte in aller Ruhe, wie weit er den Deckel seiner Schatzkiste der Informationen öffnen sollte. Sich Müller zuwendend antwortete er: „Im Grunde haben sie doch bessere Karten als ich. Sie müssen nur eins und eins zusammen zählen. Das ergibt sieben. Damit haben sie ihre Insiderinformationen."

„Ich befürchte, ich kann ihnen da nicht folgen", Dr. Müller zuckte mit den Schultern, „ich bitte sie, helfen sie uns, wie wir eins und eins zu sieben addieren können."

Heiner Stark nickte freundlich Marie Gold zu, die ihren Kopf durch die Türöffnung steckte, um die Herren zu fragen, ob sie noch Wünsche hätten: „Ja, ich nehme gerne noch einen von ihren vorzüglichen Cappuccinos, wenn es keine Umstände macht." Marie Gold lächelte ihn freundlich an: „Für sie mache ich doch gerne Umstände." Und verließ unter dem Lächeln der Herren leise den Raum. Das tat gut.

Heiner Stark stand auf. Er ging zu der Dokumentationswand, wo ein großformatiger Papierblock hing. Er nahm einen von den großen Filzschreibern, malte eine dicke 1 auf das Papier und begann seinen Vortrag: „Diese Eins steht für unser Wissen über die interne Konzeption des zentralen Reformationsrates. Wir kennen also das geheime Programm zur sozialistischen Reformation der BRD." Er schrieb eine zweite Eins und sagte: „Diese Eins steht für die Tatsache, dass die Herren Genossen von uns Schmiergelder angenommen haben. Diesen Trumpf haben wir in Reserve und können bei Bedarf einen wichtigen Stich damit machen." Er schrieb eine dritte Eins und sagte: „Die dritte Eins ist die große Unzufriedenheit der Bevölkerung der BRD mit den Ergebnissen der Reformen. Oder anders ausgedrückt, das Volk hat die Nase voll. Es kann jederzeit zu Unruhen kommen." Er schrieb eine weitere Eins auf das Papier und sagte: „Diese Eins steht für die Kompetenz unseres Teams. Die Genossen der SED – Führung haben keine Ahnung davon, wie das wirtschaftliche System der BRD funktioniert. Sie machen ständig große Fehler. Ich weiß, dass sie eine große Parteikonferenz vorbereiten. Da wird auch nur Unsinn rauskommen. Ich habe einen guten Draht zu den Genossen. Wir können die Parteikonferenz in unserem Sinne steuern." Er schrieb eine weitere Eins auf das Papier und sagte: „Diese Eins hat das Gewicht von drei Einsen. Sie ist unsere Sicherung für den Ernstfall. Ich bitte um Verständnis, dass ich den Inhalt dieses Punktes nicht bekannt gebe. Ich kann sie aber versichern, dass sie zu gegebener Zeit das Notwendige erfahren."

Betretene Mienen bei seinen Chefs. Udo Bahrendorf runzelte die Stirn: „Und das soll jetzt so stehen bleiben. Das können sie doch nicht machen, Professor. Mal ganz abgesehen von der Tatsache, dass wir sie bezahlen, ich halte das auch vor Neugierde gar nicht aus. Wie können wir sie umstimmen, den

Schleier des Mysteriösen doch noch zu lüften? Wünschen sie mehr Geld?"

„Nein, danke", Heiner Stark winkte ab, „es handelt sich um eine hochbrisante Information. Sie darf zum jetzigen Zeitpunkt nicht öffentlich werden. Das hätte fatale Folgen für den Frieden in Deutschland. Nicht, dass ich ihnen nicht trauen würde. Aber glauben sie mir einfach. Es ist besser wenn sie das Geheimnis noch nicht kennen. Ich verspreche ihnen aber, der Tag ist nicht fern, an dem sie alles erfahren. Das muss ich gründlich vorbereiten. Zum heutigen Zeitpunkt sollten wir unser Engagement auf die Parteikonferenz konzentrieren. Hier werden die Weichen gestellt. Ich bitte sie, diese Konferenz mit mir zusammen zu prägen, damit die Interessen unserer Klienten möglichst umfassend berücksichtigt werden."

„Also gut", Udo Bahrendorf enttäuscht, „dann soll es so sein. Wann und mit wem können wir über diese Parteikonferenz reden. Oder woran dachten sie?"

Heiner Stark lächelte dankbar: „Da fällt mir ein Stein vom Herzen. Ich würde vorschlagen, dass ich sie mit Herrn Talkhofer bekannt mache. Er ist der Verantwortliche für die Konferenz. Ich bereite dafür einen Termin vor, sagen wir übermorgen."

Dr. Müller war mit diesem Ende der Unterhaltung nicht zufrieden: „Ich für meine Person kann noch nicht sagen, ob ich übermorgen mit nach Berlin fahren werde. Nicht, dass ich keine Zeit hätte. Darum geht es nicht. Ich brauche volles Vertrauen, sehr geehrte Herr Professor Stark, dass sie in unserem Interesse agieren. Ansonsten muss ich sagen, dass dies für mich das Ende meiner Zusammenarbeit mit ihnen ist."

Udo Bahrendorf fuhr Dr. Müller in ungewohnt herrischer Art an: „Was reden sie hier vom Ende, die Sache fängt doch erst an, so richtig Spaß zu machen. Ich kann pro domo sagen, ja ich mache weiter mit, wenn sie aussteigen wollen, bitte."

Heiner Stark sah sich nun doch gezwungen, etwas darauf zu erwidern: „Genau darum geht es bei dieser Information. Entweder, sie ist das Ende vom Anfang, oder, sie ist der Anfang vom Ende. Wir haben das in der Hand. Aber nur, wenn wir abwarten können bis die Zeit reif ist, damit an die Öffentlichkeit zu gehen. Dann kann sie das Ende des sozialistischen Experimentes bedeuten."

Dr. Müller wollte sich mit dieser Auskunft immer noch nicht zufrieden geben: „Können sie mir garantieren, dass wir diese ominöse Geheimsache zuerst erfahren."

„Garantieren kann ich gar nichts", Heiner Stark wirkte fast belustigt, „ich bin nicht der Einzige, der von der Sache weiß. Allerdings verspreche ich ihnen gerne, dass sie die Ersten sein werden, die es aus meinem Munde erfahren."

„Mon Dieu, dann sei es so", Dr. Müller nickte zustimmend, „ich bleibe im Team. Bevor ich es vergesse. Was passiert eigentlich mit dem Geld, ich meine den 10 Mionen Mark. Nach meiner Kenntnis haben sie davon erst 1,8 Mionen verteilt. Verbleiben noch 8,2 Mionen."

Heiner Stark klopfte auf seinen Pilotenkoffer: „Hier sind genau 8,7 Millionen Mark drin. Meinen Anteil habe ich noch nicht entnommen. Das werde ich erst dann tun, wenn ich meinen Auftrag zufriedenstellend erledigt habe. Dann möchte ich aber eine Million, oder wie die Banker zu sagen pflegen eine Mio." Ohne die Zustimmung von Bahrendorf und Dr. Müller abzuwarten stand er auf und sagte im Hinausgehen: „Ich versuche, Herrn Talkhofer zu erreichen, um den Termin für übermorgen zu fixieren. Wenn sie bitte solange warten würden."

Er ging absichtlich nicht in sein Büro, sondern nutze das Telefon von Marie Gold. Wohl aus Eitelkeit, um ihr seine Qualitäten zu demonstrieren. Marie Gold nahm das stoisch zur Kenntnis. Sie kannte sich mit dem Platzhirschverhalten ihrer männlichen Kollegen und Mandanten nur zu gut aus. Heiner Stark hatte kein Glück. Wolfgang Talkhofer war nicht zu erreichen. Seine persönliche Referentin war aber bereit, unter Vorbehalt einen Termin zu reservieren.

Udo Bahrendorf bestand darauf, dass sie mit seinem Volvo nach Berlin fuhren. Es war Dr. Müller anzumerken, dass es ihn Überwindung kostete, in diesem ausgelatschten Fahrzeug Platz zu nehmen. Er überließ Heiner Stark den Beifahrersitz und verkrümelte sich leise fluchend im Fond. Heiner Stark glaubte zu hören, dass er etwas von Ästhetik des Reisens murmelte. Udo Bahrendorf kannte das schon. Er reagierte mit strahlendem Gesicht: „Das ist bester Schwedenstahl, lieber Dr. Müller. Wir sind schon 450.000 Kilometer unterwegs und haben immer noch den ersten Auspuff. Alles ohne Panne. Warum sollte ich ein dermaßen solides Auto gegen einen unbequemen Sportwagen eintauschen?"

Heiner Stark ließ den Beiden ihren Spaß. Er war noch in Gedanken bei Marie Gold. Sie hatten den Abend gemeinsam in seiner neuen Wohnung verbracht und waren sich dabei sehr nahe gekommen. Heiner Stark hatte sich seit langem nicht mehr so glücklich gefühlt. Marie Gold war eine sehr erfahrene und liebevolle Frau, ohne dabei das Geschehen bestimmen zu wollen. Sie hatten sich beide treiben lassen und genossen, was sich ergab. Am Morgen, beim Frühstück, hatten sie nicht über die gemeinsame Nacht gesprochen. Sie waren Erwachsene und wollten sich die Zeit nehmen, die jeder brauchte, um sich über ihre Liaison klar zu werden. Heiner Stark wollte eine Beziehung mit Marie Gold, konnte aber noch nicht sagen, wie er sich das vorstellte. Nur keinen Schnellschuss. Zuerst musste er seine Eheprobleme klären. Da lief wohl alles auf eine Trennung hinaus. War er frei, oder doch schon nicht mehr?

An der Raststätte Wittstock mussten sie tanken. Der alte Volvo soff wie ein alter Wikinger. 15 Liter auf 100 Kilometer waren für ihn kein Problem, gerne auch mehr. Da Udo Bahrendorf aber ein eher gemütlicher Fahrer war, überschritt die Tachonadel kaum die 100 Km/h Grenze. Das war auch besser so, immerhin galt auf DDR- Autobahnen ein Tempolimit von 100 Km/h. Dieses eher gemächliche Reisetempo hatte einen moderaten Benzinverbrauch zur Folge. Udo Bahrendorf sah sich mit leuchtenden Augen in der tristen Atmosphäre der Mitropa Ratsstätte um: „Das ist ja ein riesiger Markt. Der wartet nur auf Investoren aus dem Westen. Das muss dringend privatisiert werden. Hören sie Professor, das müssen wir ihren Genossen beibringen. Die westdeutschen Unternehmen dürfen nicht enteignet werden, statt dessen müssen die volkseigenen Betriebe privatisiert werden!" Heiner Stark konnte sich ein Lachen nicht verkneifen: „Das sollten sie nachher besser nicht vorschlagen. Haben sie bitte etwas Geduld, die Zeit arbeitet für uns."

Sie erreichten pünktlich das Gebäude der SED Parteizentrale in Berlin. Das Gelände wurde von einer großen Menschenansammlung besetzt. Sie mussten ihren Volvo außerhalb abstellen und konnten sich nur mit Mühe einen Weg durch die aufgebrachten Demonstranten bahnen. Udo Bahrendorf fragte einen Mann mittleren Alters nach dem Grund für die Proteste. Er bekam zur Antwort, dass diese Demonstration von Künstlern und Wissenschaftlern durchgeführt wurde, um mehr Freiheit und Geld zu fordern. Unter der Demonstranten erkannte Heiner Stark die junge Frau mit der antiken Ponnyfrisur wieder, die unbedingt Mitglied der SED werden wollte. Sie trug ein selbstgemachtes Plakat mit dem Emblem der vereinten Hände. Darunter stand: SED gib mehr Geld. Heiner Stark konnte sich die Frage nicht verkneifen, ob sie denn schon Parteimitglied geworden wäre. Sie schüttelte ihre Ponyfrisur und erklärte, dass sie darauf gut verzichten könne. Sie sei jetzt in der CDU Blockpartei. Da hätte sie viel größere Chancen für einen raschen Aufstieg.

Wolfgang Talkhofer wartete schon auf seine Besucher. Als sie sich für die Verspätung entschuldigen wollten, winkte er nur ab: „Geschenkt, ich kann mir schon denken, dass die Demonstranten da draußen sie aufgehalten haben. Das müssen sie nicht so ernst sehen. Im Augenblick wollen in der DDR alle mehr Freiheit und Geld. Das gibt sich wieder."

Heiner Stark stellte seine Begleiter als kompetente Berater vor, um das Referat für die Parteikonferenz ausarbeiten zu können. Talkhofer reagierte überaus freundlich: „Ich danke dir, Genosse Stark, für deine Unterstützung. Wie dir bereits bekannt sein dürfte, sind für die Wirtschaftspolitik zwei zentrale Fragen zu beantworten. Erstens: Welche Eigentumsverhältnisse streben wir an. Zweitens: Welche Funktion hat die Wirtschaftsplanung. Können sie mir bitte ihre Position dazu darstellen."

Bevor Heiner Stark antworten konnte, begann Udo Bahrendorf zu dozieren: „Ich darf ihnen zuerst, auch im Namen von Dr. Müller, einem ausgewiesenen Bankfachmann, zusichern, dass wir sie wirklich gerne unterstützen würden. Liegt uns doch das Wohlergehen der deutschen Wirtschaft ebenso am Herzen wie ihnen. Auf ihre erste Frage möchte ich antworten, indem ich ihren Herrn Karl Marx zitiere. Der sagte sinngemäß, dass sich die Eigentumsverhältnisse erst dann in die nächsthöhere Stufe entwickeln müssen, wenn sie zum Hemmschuh für die Entwicklung der Produktivkräfte geworden sind. Derzeit ist es aber noch so, dass die Produktivität unseres Kapitalismus doppelt so groß ist wie in ihrem Sozialismus. Ich verstehe ja ihr Anliegen, dass sie die Kontrolle über die Betriebe schaffen wollen. Dafür muss man diese jedoch nicht zwingend enteignen. Ich unterstütze deshalb ihren Plan der Vergesellschaftung ohne Enteignung. Eben durch die Einführung des Systems der Volksaktien."

Bahrendorf wurde vom Telefon unterbrochen. Talkhofer führte einen kurzen Dialog mit Egmont Zerk und wandte sich dann an Heiner Stark: „Das klang doch eben sehr vernünftig. Ich denke, wir machen das so. Sie entwerfen mit den beiden Herren das Referat und wir besprechen es dann hier. Oder ich komme zu ihnen nach Hamburg." Und mit einem Blinzeln: „Da sind wir dann ungestört. Sagen wir, in zwei Wochen. Stimmen sie bitte den Termin mit meinem Sekretariat ab, ich muss dringend zum Genossen Zerk. Wir müssen etwas gegen die lästigen Demonstrationen unternehmen." Und im Herausgehen flüsterte er noch Heiner Stark zu: „Meine Frau wünscht sich einen Mercedes SL Cabriolet. Wäre schön, wenn ich sie in zwei Wochen in Hamburg damit überraschen könnte."

Bahrendorf hatte das Geflüsterte sehr wohl verstanden. Er rieb sich strahlend die Hände: „Das ist ja bestens gelaufen. Sie, lieber Professor, kümmern sich um die Vorbereitung des Referates. Machen sie mal ein Konzept, wir gehen dann mit weiteren Fachleuten am Wochenende in Klausur. Das Cabriolet besorgt Frau Gold, sie hat ja einschlägige Erfahrungen."

„Das wird zwar knapp, aber ich werde mich bemühen, bis zum Sonnabend das Konzept für das Referat zu entwerfen", Heiner Stark war etwas verärgert, dass die Arbeit wieder bei ihm hängenblieb. Er hatte eigentlich mit Marie Gold an die Nordsee fahren wollen. Das konnte er jetzt vergessen. Es kam aber noch dicker. Denn als sie in Hamburg ankamen, wartete noch ein dringender Termin auf ihn. Eine große Hamburger Reederei hatte um Beratung bei der Einführung der neuen Bildungs- und Personalpolitik gebeten. Zum Glück konnte er den Termin auf den nächsten Dienstag legen. Damit er wenigstens etwas Zeit hatte, sich in dieses Thema einzuarbeiten.

Eigentlich war er als Key Account Manager verpflichtet worden. Jetzt also auch Unternehmensberatung. Alles zusammen war ziemlich viel. Aber er konnte auch nicht verhehlen, dass es ihm Spaß bereitete. So als magischer Strippenzieher der großen Politik, das Schicksal Deutschlands steuern zu können.

„Und was meinen sie, lieber Professor", Udo Bahrendorf hielt Heiner Stark bei der Verabschiedung einige Sekunden fest, „war unsere Berliner Odyssee nun der Anfang vom Ende, oder eher das Ende vom Anfang?" Heiner Stark drückte die Hand seines Chefs: „Das haben wir jetzt mit in der Hand. Wir können mit dem Auftrag für das Referat vorgeben, in welche Richtung die Geschichte verläuft. Rückwärts oder vorwärts." Bahrendorf sah ihn fragend an: „Und wo ist hinten und wo ist vorn?" Heiner Stark lachte fröhlich: „Das haben sie mich eben nicht wirklich gefragt. Ganz einfach. Vorn ist die Zukunft, hinten der Sozialismus."

Heiner Stark wurde umgehend in das Direktionszimmer geführt. Er sah sich in den Raum um. An den Wänden hingen zahlreiche Fotografien von Schiffen. Er war zum ersten Mal in einer Reederei. Die riesigen Schiffe interessierten und beeindruckten ihn. Neugierig las er die Informationen zu den Fotos mit Angabe des Baujahres, der Größe und der Tragfähigkeit. Er war dermaßen gefesselt, dass er gar nicht bemerkte, dass jemand hinter ihm stand. Erst als er angesprochen wurde, schreckte er auf. Ein Mann stellte sich als Generaldirektor der Reederei vor. Auf den ersten Blick ein freundlicher, sorgfältig gekleideter Herr in den besten Jahren. Heiner Stark musste innerlich schmunzeln. Wieder so ein Ausdruck seiner Mutter – in den besten Jahren. Was hieß das schon. Als beste Jahre eines Mannes galten im allgemeinen Verständnis die 40er und 50er. In dem Alter war er auch. Also verband sie schon etwas. Sie waren beide Best Ager, wie man neuerdings sagte.

Der Generaldirektor begrüßte ihn mit hanseatischer Gelassenheit: „Sie müssen Professor Stark sein. Ich danke ihnen für ihre kurzfristige Zusage, uns bei der Einführung der neuen Unternehmenspolitik zu unterstützen." Und mit einem Blick auf die inzwischen eingetroffenen Mitarbeiter: „Das sind unsere beiden Direktoren, des Weiteren der Personalchef und der Technical Fleet Manager. Wir wollen uns vorerst nur im engsten Kreis mit diesem sensiblen Thema befassen. Wenn sie einverstanden sind, würde ich gerne unverzüglich zur Sache kommen."

Heiner Stark hatte sich, so gut es seine knappe Zeit erlaubte, auf diesen Termin vorbereitet. Dabei hatte er zum ersten Mal die Direktive 112/1989 zum Umbau der Konzernbetriebe gelesen. Das war schon starker Tobak. Er verzichtete auf einen

Vortrag. Lesen konnten die Herren selber. Er forderte sie lieber auf, ihm Fragen zu stellen. Der Ökonomische Direktor begann: „Von uns wird gefordert, dass wir uns dem Kombinat für Seeverkehr und Hafenwirtschaft anschließen. Bedeutet das, wir geben unsere Selbständigkeit auf?"

„Das sehen sie im Prinzip richtig. Sie bleiben ein ökonomisch selbständiger Konzern, unterstehen aber den Weisungen des Kombinatsdirektors in Rostock. Das hat den Zweck, die wirtschaftlichen Aktivitäten aller Reedereien zu planen, zu koordinieren und zu bilanzieren", bekam er von Heiner Stark zur Antwort. Und er fuhr in seiner Erklärung fort: „Das hat den Effekt, dass sie viel effektiver agieren können. Die Reedereien in Deutschland arbeiten nicht mehr nebeneinander oder vielleicht sogar gegeneinander, sondern sie ziehen ab jetzt an einem Strang."

Dem Generaldirektor gefiel das überhaupt nicht: „Und was passiert, wenn wir dabei nicht mitmachen wollen? Schließlich sind wir ein traditionsreicher Familienbetrieb. Alle Schiffe, deren Fotos sie vorhin betrachtet haben, gehörten oder gehören meiner Reeder Familie. Ich sehe keine Notwendigkeit, mich diesem Diktat zu beugen!"

„Das kann ich ihnen sagen", Heiner Stark bemühte sich um eine sachliche Reaktion, „dann werden sie voraussichtlich mit dem Votum des Volksentscheides enteignet. Ihr Besitz wird in Volksaktien aufgeteilt und ihrer Belegschaft übertragen."

Es entstand eine erhebliche Unruhe. Die Herren trommelten nervös mit den Fingern auf der Platte des großen Konferenztisches. Als erster beruhigte sich der technische Direktor. Er fragte: „Und welche Konsequenzen verbinden sich damit für unsere Jobs. In der Direktive wird von der

Durchsetzung der führenden Rolle der Arbeiterpartei in den Konzernen und Großbetrieben gesprochen. Heißt das, ich muss Mitglied der SED werden."

Heiner Stark war selber nicht davon überzeugt, dass es richtig war, wie die Partei mit Druck neue Mitglieder akquirierte. Er antwortete deshalb ausweichend: „Keiner muss, sie dürfen." „Und wenn ich nicht dürfen möchte", der technische Direktor ließ nicht locker. Nun war Heiner Stark doch etwas genervt: „Sie müssen dann ja auch vielleicht nicht technischer Direktor bleiben. Alles ist im Fluss. Der politische Fortschritt bedingt Parteinahme. Dafür oder dagegen. Wer nicht dafür ist, ist per se dagegen." Und da er bemerkte, dass die Herren nervös wurden, fügte er salomonisch hinzu: „Sie haben mich gebucht, damit ich ihnen mit meinem Wissen helfe, die Direktive zum Umbau der Konzernbetriebe richtig zu verstehen und umzusetzen. Ich bin Ihnen deshalb zur Offenheit verpflichtet. Sie können dem politischen Druck nicht ausweichen. Die einzige Chance besteht darin, ihren Konzernbetrieb zu verkleinern. Damit meine ich, spalten sie ihr Unternehmen in Einzelbetriebe mit nicht mehr als 100 Beschäftigten auf. Dann werden sie weder enteignet, noch müssen sie in die SED eintreten."

Der Generaldirektor hob beschwichtigend die Hände: „Ich bitte um Contenance, meine Herren. Professor Stark hat diese Richtlinie ja nicht geschrieben. Er will uns doch helfen, damit wir keine Fehler machen. Der Rat mit der Konzernaufteilung erscheint mir vernünftig zu sein. Ich hatte ohnehin vor, das Unternehmen zu splitten und Teile meinen Kindern zu übertragen. Kann ich dabei auf ihr Insiderwissen bauen, Professor Stark?"

„Unbedingt", Heiner Stark war von dieser Entwicklung überrascht. Er hatte den Vorschlag zur Aufteilung mehr aus einer spontanen Laune ins Spiel gebracht. Jetzt wunderte er sich doch, dass ihm diese Idee gekommen war. Er stand auf und sagte: „Wie die Dinge sich entwickeln, benötigen sie dabei unbedingt die Kompetenz der Unternehmensberatung von Herrn Bahrendorf. Wenn es ihnen recht ist, werde ich ihm von unserem Gespräch berichten. Er wird sich dann mit ihnen in Verbindung setzen, um das weitere Vorgehen zu terminieren."

Der Generaldirektor wollte an dieser Stelle das Gespräch beenden, wurde aber vom Fleet Manager gebeten, noch eine Frage zur Gehaltspolitik stellen zu dürfen. Die Reaktion der anderen Herren widerspiegelte auch deren Interesse. Heiner Stark war sich der Spaltung seiner Persönlichkeit bewusst. Schließlich gehörte er nicht zu den Geringverdienern. Er nahm sich deshalb für seine Antwort Zeit. Er sagte: „Ich vermute wohl richtig, dass sie die Forderung der Direktive nach Durchsetzung eines einheitlichen, sozial gerechten Lohnsystems in Gesamtdeutschland interessiert. Dabei geht es nicht um eine Nivellierung des bestehenden Systems. Ausbildungsniveau, Verantwortung und Belastung der Manager werden auch in Zukunft honoriert werden. Oder um es anders zu sagen, der Fleet Manager soll und darf mehr verdienen als eine Schifffahrtskauffrau. Das muss aber im Detail noch reguliert werden. Es gibt dazu noch keine konkreten Festlegungen. Nach meinem Wissen erarbeitet derzeit eine Expertenkommission eine gesamtdeutsche Vergütungsregulative, die das Gehalt für jede Tätigkeit vorschreiben wird."

Der Fleet Manager: „Da können wir uns wohl auf was gefasst machen."

Heiner Stark schon im Hinausgehen: „Das hoffe ich für sie, vielleicht gibt es ja auch mehr. Gönnen würde ich es ihnen."

XVI. Geld

Udo Bahrendorf konnte seine Freude kaum unterdrücken, als ihm Heiner Stark von dem Verlauf der Beratung in der Reederei rapportierte: „Alles richtig gemacht, lieber Professor. Das mit der Aufteilung der Großbetriebe und Konzerne war eine blendende Idee. Sie sind ja schon ein richtiger Profi geworden. Selbstverständlich bin ich bereit und in der Lage, mit meinem Team Support zu leisten. Ich denke, dieser Weg wird auch für viele andere Unternehmen attraktiv sein. In Anbetracht dieser Vorhaben muss ich dringend meine Mannschaft verstärken."

Heiner Stark freute sich über dieses Lob, wies aber auch auf die Risiken hin: „ Wir befinden uns noch mitten im Prozess der Politikfindung durch die SED. Wie sie wissen, wird dabei die Parteikonferenz eine Schlüsselrolle spielen. Bis zum Sonnabend ist nicht mehr viel Zeit. Ich muss mich jetzt etwas zurückziehen, um die Schwerpunkte für das Referat zu formulieren. Sozusagen mit mir selber in Klausur gehen. Ich möchte deshalb gerne ab morgen einen Arbeitsurlaub machen." Er sah es Udo Bahrendorf an, dass ihm dieser Antrag missfiel. Heiner Stark benötigte aber dringend eine kleine Auszeit, auch wenn es nur zwei drei Tage waren. In dieser Zeit wollte er gerne seinen Einzug in die neue Wohnung fortsetzen und auch ein paar Stunden an der Elbe spazieren gehen, um den Kopf frei zu bekommen. Besonders schön wäre es, wenn ihn dabei Marie Gold begleiten könnte.

Udo Bahrendorf zuckte verlegen mit den Augenlidern: „Dafür habe ich volles Verständnis, aber…." Heiner Stark sah ihn misstrauisch an: „Was für ein Aber haben sie diesmal?" Bahrendorf druckste weiter: „Da wäre noch der Auftrag von den drei russischen Oligarchen. Die Herren warten schon den dritten Tag im Hotel. Ich kann die nicht mehr länger vertrösten. Ich muss ihnen gestehen, dass ich für heute Abend um 20.00 Uhr eine Beratung in der Hotelbar verabredet habe. Ihre Frau wird übrigens auch daran teilnehmen."

Heiner Stark betrat kurz vor acht zögerlich die Hotelbar. Udo Bahrendorf winkte ihm zu, an einem etwas abseits gelegenen Tisch Platz zu nehmen. Ursel Stark war auch schon da. Beiden gelang es, sich mit einem flüchtigen Kuss freundlich zu begrüßen. Sie überbrückte das eingetretene Schweigen mit einer Frage an Bahrendorf: „Ihren Beratervertrag haben wir erhalten. Ich würde die Zeit bis zum Eintreffen meiner Mandanten gerne nutzen, um mit ihnen einige Probleme zu besprechen." „Aber ja doch, sehr gerne sogar", Bahrendorf war ganz loyal, „schießen sie nur los."

Ursel Stark machte eine kleine Pause, bevor sie antwortete: „Das wichtigste für mich ist, mit ihnen d'accord zu sein wegen der Höhe und den Zahlungszielen für das Honorar. Ein zweiter Problemkreis betrifft ihre Haftung bei Fehlberatungen." Bahrendorf nickte ihr aufmunternd zu: „Nur zu, was gefällt ihnen nicht?"

„Dass mir etwas nicht gefällt will ich nicht sagen. Ihr Honorar von fünf Prozent der Investitionssumme ist schon okay. Ich möchte sie aber direkt fragen, wie sie sich meine Vergütung vorstellen. Immerhin habe ich die Mandanten vermittelt."

„Ups, damit habe ich nicht gerechnet. Ich bin davon ausgegangen, dass sie von ihren Mandanten bezahlt werden. Aber bitte, wenn ihnen das nicht genügt, könnte ich ihnen eine Provision von 100.000 anbieten. Zahlbar mit dem Zahlungseingang seitens ihrer Mandantschaft."

Ursel Stark runzelte die Stirn: „Das entspricht noch nicht meinen Vorstellungen. Ich dachte an 250.000 Mark."

Udo Bahrendorf verärgert: „Das ist nicht angemessen. Dann sollten wir das sein lassen."

Heiner Stark spürte, dass sich das Gespräch festgefahren hatte: „Ich kann sie beide verstehen. Wir sollten aber den Auftrag nicht an diesem Problem scheitern lassen. Vielleicht könnten wir uns in der Mitte treffen. Das wären 175.000 Mark?"

Ursel nickte zustimmend: „Für mich wäre das okay, 175.000."

Bahrendorf: „Für mich noch nicht. Mein letztes Wort sind 150.000."

Ursel nickte wieder zustimmend: „Einverstanden, dann sind wir uns einig."

Mit einer halben Stunde Verspätung betraten die drei Russen die Bar. Als sie an den Tisch kamen, bemerkte Heiner Stark instinktiv, dass sie schon mehr als ein Glas Wein intus hatten. Alles andere hätte ihn auch überrascht. Er war schon oft in Moskau gewesen und hatte dort viele Treffen mit sowjetischen Kollegen gehabt. Immer hatte dabei Alkohol eine große Rolle gespielt. Es gab eine Trinkunkultur, die ihm zuwider war. Man konnte sich dem aber nicht verschließen. Das hätte eine Verletzung der Gastfreundschaft bedeutet. Und darin waren die Russen überaus empfindlich.

Die Herren nahmen am Tisch Platz. Der Wortführer bestellte bei der hübschen Bedienung eine Flasche russischen Champagner. Er blinzelte Ursel Stark leutselig zu und sagte: „Es wurde höchste Zeit, dass wir uns treffen. Frau Dr. Stark hat mit uns ihren Beratervertrag besprochen. Wir sind damit vollständig einverstanden, abgesehen von ein, zwei kleinen Fragen. Die, so denken wir, können wir heute abschließend klären."

Bahrendorf drängte ihn, seine Probleme konkret zu nennen. Der Wortführer ließ sich aber nicht zur Eile bewegen: „Nur nichts übers Bein brechen, wie ihr Deutschen zu sagen pflegt", antwortete er gelassen.

„Entschuldigung, das heißt übers Knie brechen, übers Knie, nicht übers Bein", wurde er von Bahrendorf korrigiert.

„Ist doch nicht so wichtig, ob Knie oder Bein", der Russe lachte laut, „wichtig ist doch nur, dass man sich nichts bricht, weil man hektisch ist. Ihr Deutschen mit eurem Pflichtbewusstsein. Wollen wir nicht zuerst den prächtigen russischen Champagner genießen?"

Heiner Stark saß wie auf Kohlen. Sein Auftrag als Key Account Manager war erfüllt. Er hatte den Fisch geangelt. Die Vertragsverhandlungen waren nicht sein Ressort. Er flüsterte Ursel, die neben ihm saß, ins Ohr: „Kannst du das nicht beschleunigen. Ich habe absolut keine Zeit zu verplempern."

Der Wortführer hatte sein Glas Champagner auf einen Zug geleert. Er zündete sich eine Papirossa an und richtete seinen Blick auf Heiner Stark: „Sie wirken unruhig, geehrter Gospodin Professor. Ich möchte sie nicht aufhalten. Uns genügt auf jeden Fall ihre Frau." Und wieder lachte er schallend. Heiner Stark spürte, wie die kalte Wut in ihm hochkroch. Langsam aus dem Bauch in den Kopf. Er war kurz davor, die Beherrschung zu verlieren.

Der Russe schien das zu bemerken. Er entspannte die Situation, indem er endlich seine offenen Probleme nannte: „Prawilno, kommen wir zum Thema. Erstens geht es uns um die

Beschaffung von Subventionen des deutschen Staates. Wir können mit ihnen als Berater nur zusammenarbeiten, wenn sie uns garantieren, dass wir 50 Prozent der Investitionssumme durch staatliche Subventionen abdecken können. Und zweitens erwarten wir von ihnen, dass wir diese 50 Millionen Subvention vor Beginn der Investition erhalten. Andernfalls sind wir nicht bereit, das Projekt in Deutschland umzusetzen."

Zu Heiner Starks Überraschung blieb Bahrendorf ruhig. Er bat um eine kleine Pause, um sich mit Heiner Stark beraten zu können. Sie gingen ins Foyer und nahmen in einer Couchecke Platz. Bahrendorf sprach direkt aus was er dachte: „Sehen sie eine reale Chance, die 50 Mio von ihren Leuten zu besorgen. Ich mache dabei mit, wenn unser Honorar auf 10 Mio erhöht wird."

„Dabei wird es nicht bleiben", Heiner Stark hatte inzwischen seine Erfahrungen gesammelt, „ich brauche auch mehr Geld, um die Entscheidungsträger zu motivieren."

„Wieviel?"

„Mindestens 5 Mio."

„Also gut, gehen wir wieder rein", Bahrendorf schritt mit großen Schritten zurück an den Tisch. Ohne Umschweife stellte er seine Forderungen vor. Nun zogen sich die Russen zur Beratung zurück. Nach wenigen Minuten kamen sie wieder. Der Wortführer reichte Bahrendorf die Hand: „Einverstanden. So machen wir das. Bitte machen sie ein Geheimdokument zum Vertrag, in dem sie unsere Abmachungen festhalten. Wir unterschreiben dann morgen Mittag die Dokumente. Allerdings bekommen sie erst Geld von uns, wenn die Subventionen geflossen sind."

„Aber die 5 Mio für die Entscheidungsträger hätte ich gerne vorher von ihnen."

„Nitschewo, das ist ihr Risiko. Von uns gibt es erst Geld, wenn die 50 Millionen bei uns eingegangen sind." Mit diesen Worten erhob sich der Wortführer. Er nickte den Deutschen kurz zu und sagte: „Das soll es für heute Abend gewesen sein. Uns entschuldigen sie bitte. In dieser Bar gibt es viele attraktive Damen, die gerne mit uns feiern werden. Wir sehen uns dann morgen Mittag in ihrer Kanzlei."

Ursel und Heiner Stark blieben mit Udo Bahrendorf zurück. Bahrendorf sah Ursel fragend an: „Ich habe sie das schon einmal gefragt. Sind die Russen seriös? Können wir uns darauf verlassen, dass sie zu dem Vertrag stehen?"

Ursel Stark wirkte keine Spur unsicher, als sie antwortete: „Ich kann mich gerne wiederholen. Ja, die Herren sind seriös und sehr solvent. Ihr Risiko ist gering, wenn auch ein Restrisiko immer bleibt."

Obwohl ihn die Zeit drängte, konnte sich Heiner Stark eine Frage nicht verkneifen: „Alles gut und schön, aber wo sollen die 50 Mio herkommen. Die Gruppe um Zerk hat das Geld doch nicht."

Ursel Stark musste laut lachen: „Natürlich haben die das Geld, die wissen es nur noch nicht. Im Ausland lagern 10 Milliarden Westmark, die der DDR – Regierung gehören. Das sind 10.000 Millionen. Da fallen 50 Millionen überhaupt nicht ins Gewicht. Sie beanspruchen nur 0,5 Prozent der 10 Milliarden. Geld ist mehr als genug vorhanden. Ich kann dich gerne begleiten, wenn du darüber mit deinen Genossen sprichst."

„Ich habe nichts dagegen", antwortete Heiner Stark gedehnt, „Wolfgang Talkhofer wird am Montag oder Dienstag nach Hamburg kommen, um sich mit uns über das Referat für die Parteikonferenz zu verständigen. Wenn du willst, kannst du ihn bei dieser Gelegenheit kennenlernen."

„Ich muss Talkhofer nicht kennenlernen, weil ich ihn schon länger kenne als du. Er hat bei uns extern sein Diplom gemacht. War eine reine Formsache, damals, bevor er Oberbürgermeister von Leipzig wurde. Die Genossen wollten, dass er einen Diplom – Abschluss hatte. Von Ökonomie versteht er mehr als ich, obwohl er das nicht einen Tag studiert hat."

„Umso besser", Heiner Stark konnte sich schon nicht mehr wundern, was dieser Tag alles an Neuigkeiten in sich barg, „ich rufe dich dann in Rostock an, wenn ich einen Termin mit Talkhofer habe."

Und an Bahrendorf gewandt fuhr er fort: „Weil wir gerade darüber sprechen. Talkhofer will ja ein Mercedes Cabriolet für seine Frau. Ich vermute mal geschenkt. Hat sich schon jemand darum gekümmert, den Wagen zu besorgen. Es muss ja kein neuer sein."

Nun war es wieder an Ursel Stark, zu lachen: „Da kennst du aber dessen Frau nicht, das Zuckerpüppchen will doch immer nur Eins, das Beste. Mit einem Gebrauchtwagen brauchst du der gar nicht zu kommen. Die Mühe könnt ihr euch sparen."

Bahrendorf lächelte gequält: „Auf die paar Tausender kommt es jetzt auch schon nicht mehr an. Ich hatte Frau Gold gebeten, sich um den Wagen zu kümmern. Wie ich sie kenne, steht das Schmuckstück spätesten Montag früh aufgetankt auf unserem Hof."

Ursel Stark lief rot an. Sie konnte sich eine bissige Bemerkung nicht verkneifen: „Na, dann werden ja am Montagmorgen zwei Schmuckstücke auf eurem Hof stehen. Grüß deine Goldmarie von mir. Bis Montag dann."

Damit drehte sie sich um und verließ raschen Schrittes die Hotelbar. Heiner Stark sah ihr gedankenverloren nach. Donnerwetter, was ist sie doch für ein feines Mädchen. Nicht nur ihre Intelligenz, auch ihre Erscheinung. Die braucht sich vor Marie Gold nicht zu verstecken. Ihm wurde auf einmal bewusst, dass er noch sehr an Ursel hing. Aber dieser Zug war wohl abgefahren.

Bahrendorf hatte Recht behalten. Pünktlich um 10.00 Uhr lieferte der Mercedeshändler ein neues, goldfarbenes SL Cabriolet. Der elegante Wagen war ein Musterbeispiel deutscher Ingenieurskunst. Der Lack glänzte mit der Sonne um die Wette. Die fließenden Linien der Karosserie verliehen ihm ein dynamisches Erscheinungsbild. Heiner Stark hätte am liebsten eine Probefahrt gemacht, verzichtete aber wohlweislich darauf. Schließlich war seine Seriosität gefragt, nicht sein Spieltrieb.

Gegen 11.00 Uhr traf Talkhofer mit seinem Team ein. Wie es den Anschein hatte, wusste seine Frau noch nichts von dem neuen Wagen. Sie stieß einen grellen Schrei aus, als Talkhofer ihr mit großer Geste die Autoschlüssel überreichte. Es war nur zu verständlich, dass ans Arbeiten vorerst nicht zu denken war. Frau Talkhofer wünschte unverzüglich eine Probefahrt. Sofort und auf der Stelle. Sie lehnte empört ab, als man ihr vorschlug, dass Frau Gold sie begleitete. Sie bestand herrisch darauf, dass ihr Mann mitfuhr. Nach dreißig Minuten kamen sie begeistert zurück. Talkhofer kam gar nicht auf die Idee, nach dem Preis zu fragen. Stattdessen interessierten ihn die technischen

Parameter des Autos. Frau Gold konnte Auskunft geben. Ein SL 300 mit sechs Zylindern, 24 Ventilen und 231 PS, Vier Gang Automatik. Lederausstattung. Höchstgeschwindigkeit rund 230 km/h.

Bahrendorf wollte mit freundlichem Nachdruck daran erinnern, dass es Zeit wurden, sich an den eigentlichen Zweck der Zusammenkunft zu erinnern. „Nee, nee, meine lieben Freunde", Talkhofer winkte ab, „das kann ich meiner Frau doch nicht antun. Wir fahren jetzt gemeinsam nach Berlin. Der neue Wagen muss doch rollen. Sie können das Referat mit meinem Team besprechen. Ich arbeite mir den Text dann in Berlin durch. Morgen oder übermorgen müsste ich dazu kommen. Es sei denn, meine Frau will spontan an die Adria mit mir." Seine Worte wurden von einem weiteren spitzen Schrei seiner Frau untermalt. Er sprang zu ihr in den Wagen und mit quietschenden Reifen fuhr das elegante Auto vom Hof.

Verdutzt schauten die Anderen ihm nach. Ursel Stark rang nach Fassung: „Der hat mich ja überhaupt nicht beachtet. Immerhin habe ich seine Diplomarbeit betreut und ihn durch die Prüfungen geschleust. Da kann er mir wenigsten Guten Tag sagen. Aber ihr Männer. Wenn ihr euren zweiten Frühling mit einer jüngeren Frau erlebt, seid ihr unberechenbar."

Das Team Talhofers wurde von einem alten Bekannten Starks angeführt, dem Abteilungsleiter Wissenschaften aus dem Zentralkomitee. Der hatte auch keine allzu große Lust, sich mit dem Referat zu befassen. An einer Überarbeitung war ohnehin erst zu denken, wenn die Einschätzung Talkhofers vorlag. Der Abteilungsleiter schlug deshalb vor, die vom Team Bahrendorf erarbeitet Fassung des Referates mitzunehmen und sich dann in ein paar Tagen in Berlin zu treffen, um darüber zu beraten. Er selber wollte lieber ein paar Sehenswürdigkeiten Hamburgs besichtigen. Er war zum ersten Mal in dieser aufregenden Stadt und wollte nicht abfahren, ohne ihre schönsten Seiten zu betrachten. Da er sich als Ortsfremder nicht zutraute, im eigenen Wagen die Stadt zu erkunden, musste Heiner Stark in den sauren Apfel beißen und ihn in seinem Mercedes chauffieren.

So langsam gingen ihm die Genossen auf die Nerven. Als ob er es geahnt hätte. Sie waren kaum vom Hof gefahren, als sich sein Begleiter mehr für den Mercedes als für Hamburg interessierte. Er äußerte den Wunsch, ein Mercedes Autohaus aufzusuchen. Um mal zu sehen, was die vorrätig haben. Wie der Zufall es wollte, gefiel ihm ein Jahreswagen ausnehmend gut. Heiner Stark blieb aber hart, als er durch die Blume gefragt wurde, ob er den Kaufpreis wie sein Chef realisieren konnte. Er stellte ihm aber in Aussicht, den Wagen für ihn zu besorgen, wenn alles zur Zufriedenheit seiner Finanziers verlaufen würde. Der Händler war bereit, das Wunschauto drei Wochen zu reservieren. Na dann, dachte sich Heiner Stark. Geld regiert die Welt. Es müsste jetzt doch mit dem Teufel zugehen, wenn es ihnen nicht gelänge, die Parteikonferenz zur Plattform ihrer Interessen zu machen.

Drei Tage später blockierte Bahrendorf mit seinem alten Volvo wieder die linke Spur der Autobahn nach Berlin. Es störte ihn wenig, wenn andere Fahrzeuge ihn bedrängten. Beim Überholen von LKWs fuhr er stur 100 km/h und ließ sich reichlich Zeit, wieder in die rechte Spur zu wechseln. Ursel saß neben Heiner Stark im Fonds. Sie schrie wiederholt erschrocken auf, wenn Autos den Volvo schnitten, oder sogar ausbremsten, weil deren Fahrer Bahrendorf erziehen wollten.

Die Autobahn war stark befahren. Wiederholt passierten sie Fahrzeuge, die mit einer Panne auf dem Seitenstreifen standen.

Jedes Mal, wenn sie daran vorbeifuhren, hielt Bahrendorf eine Rede: „Aha, seht ihr, diesmal ist es ein BMW. Der dritte übrigens, der schlapp macht. Habt ihr schon einen Volvo gesehen? Nein, werdet ihr auch nicht. Qualität hat eben ihren Namen, und der fängt mit V wie Vielfahrer Liebling an."

Trotz des bummeligen Fahrstils erreichten sie pünktlich ihr Ziel im Zentralkomitee der SED. Sogar eine halbe Stunde früher. Sie wurden sofort in den Beratungsraum geführt. Dort warteten schon die Mitglieder des zentralen Reformationsrates. Ursel Stark ging auf Wolfgang Talkhofer zu, um ihn freundlich zu begrüßen: „Hallo Wolfgang, so sieht man sich wieder, wie geht es dir?" Aber Talkhofer wehrte sie mit einem förmlichen: „Guten Tag Genossin Stark", ab. Es war ihm nicht recht, seiner ehemaligen Dozentin zu begegnen. Er war sehr stolz auf seinen akademischen Titel als Diplomökonom. Keiner sollte wissen, dass er ihn halb geschenkt bekommen hatte. Er sagte unumwunden: „Ich kann mich nicht erinnern, Genossin Stark in die Arbeitsgruppe zur Vorbereitung der Parteikonferenz berufen zu haben. Kann mir jemand erklären, warum sie heute anwesend ist?" Udo Bahrendorf entgegnete ruhig: „Frau Dr. Stark gehört zu meinem Team. Sie ist eine kompetente Ökonomin, die zu den wirtschaftlichen Beziehungen zwischen den beiden deutschen Staaten geforscht hat. Wir brauchen ihr Fachwissen."

„Gut, dann möchte ich sie herzlich begrüßen", jetzt übernahm Egmont Zerk die Gesprächsleitung. Und er fuhr fort: „Das Team Bahrendorf/Stark hat einen Entwurf des Referates für unsere Parteikonferenz vorgelegt, der uns als sehr gelungen erscheint. Ich danke ihnen. Wollen wir nicht lange um den heißen Brei reden, es gibt aber noch Gesprächsbedarf. Welche Probleme meine ich? Erstens müssen wir noch über ihre Vorstellungen zur Entwicklung der Eigentumsverhältnisse in Westdeutschland reden. Sie sprechen von einem langfristigen Nebeneinander von gesellschaftlichem und privatem Eigentum an den Produktionsmitteln und deren Konvergenz, was eine neue Qualität der Produktionsverhältnisse ergibt. Nach meiner Auffassung kann das so nicht gesagt werden. Das heißt doch, alles bleibt wie es war. Sozialismus im Osten, Kapitalismus im Westen." Heiner Stark hob den Finger, wie in der Schule. Zerk musste lächeln: „Ja, Professor, du hast das Wort."

Heiner Stark ging an die Wandtafel, nahm ein Stück Kreide und erklärte, indem er zwei Kreise malte: „Jeder dieser Kreise verkörpert ein Wirtschaftssystem. Links das sozialistische, rechts das kapitalistische. Jedes System hat Stärken und Schwächen." Er schrieb neben jedem Kreis die dazugehörigen Stärken und Schwächen. Ganz wie im Seminar. Dann zog er einen Strich darunter und sagte: „Wenn ich das zusammenfasse, kann man sagen. Die Hauptstärke des Sozialismus ist dessen Planmäßigkeit und soziale Verantwortung. Die Hauptstärke des Kapitalismus ist dessen Produktivität durch seine technische Leistungskraft."

Wolf Erger fragte: „Und worin besteht die Quintessenz bei den Schwächen?"

„Das möchte ich mal wie folgt formulieren", antwortete Bahrendorf verbindlich. „Im Osten besteht die Hauptschwäche in der mangelhaften Motiviertheit aller. Das soziale Netz verteilt mit der Gießkanne, nicht nach Leistung. Im Westen besteht die Hauptschwäche in der Verschwendung von Ressourcen durch einen unregulierten Konkurrenzkampf."

„Wir haben also nicht weniger vor, als ein neues Wirtschaftssystem zu schaffen", Ursel Stark beteiligte sich ungefragt an der Debatte, „nennen wir es doch ‚Modernes Konvergenzsystem'. Wir schaffen etwas noch nicht Dagewesenes, indem wir die Stärken der traditionellen Systeme vereinen und deren Schwächen eliminieren. Das wird nicht von heute auf morgen passieren, aber ich denke so in zehn bis zwanzig Jahren können wir das schaffen."

„Danke, Genossin Stark", Heiner Stark übernahm wieder die Regie. Er zeichnete einen dritten, doppelt so großen Kreis. In der Mitte zog er eine Linie. Er erklärte: „Das wäre also das neue ökonomische System. Weder in der DDR noch in der BRD bleibt alles beim Alten. Wir pressen nicht die moderne Gesellschaft in das Korsett der marxistischen Ökonomie, sondern entwickeln diese schöpferisch weiter. Wenn wir dem Vorschlag von Genossin Dr. Stark folgen wollen, was ich nur empfehlen kann, nennen wir das neue Baby ‚Mokosys' – Modernes Konvergenzsystem."

Er schrieb Mokosys mit großen Lettern in den Kreis. Beifall brandete auf. Bahrendorf blickte mehr als zufrieden in die Runde: „Vielen Dank für ihre anschaulichen Erklärungen, lieber Professor. Ich werte den Applaus als Akzeptanz unseres Konzeptes. Wir sollten bei dieser Thematik einen weiteren Aspekt nicht vernachlässigen. Ich meine die Steuerpolitik. Wenn sie erlauben, möchte ich dazu Vorschläge unterbreiten…" Er wurde von Egmont Zerk unterbrochen: „Entschuldigen sie, aber das ist jetzt noch nicht so vordringlich. Mich würde ein anderes Problem mehr interessieren. Ich meine die Einheit von Politik und Ökonomie. Genosse Stark und seine Frau haben ihre Auffassung zur Konvergenztheorie erläutert. Das hat mir gut gefallen. Was ich aber nicht dulden werde, ist das Primat der Ökonomie. Die Politik, das heißt, präziser formuliert, die Politik unserer Partei, muss die Entwicklung der

Ökonomie bestimmen. Die Hauptaufgabe der Wirtschaft kann nicht die Profitmaximierung sein, sondern die Hauptaufgabe muss in der weiteren Erhöhung der Lebensqualität aller Bürgerinnen und Bürger bestehen. Selbstverständlich auf der Grundlage der ständigen Steigerung der Arbeitsproduktivität."

Bahrendorf war spontan aufgesprungen. Er hielt es nicht mehr aus. Der Schlips hing ihm schief um den Hals, das Hemd war aus der Hose gerutscht. Er hob den rechten Zeigefinger und schnaufte los: „Ganz genau! Darum geht es. Allen soll es besser gehen. Und deshalb müssen die Staatseinnahmen an dieser Stelle betrachtet werden. Denn der Staat braucht Einnahmen, um soziale Leistungen vergeben zu können. Ich schlage deshalb vor, in dem Referat für die Parteikonferenz einen Komplex zur Steuerpolitik aufzunehmen. Wir hatten in unserem Entwurf dazu unsere Auffassung dargestellt. Mich würde dazu die Meinung der Mitglieder des zentralen Reformationsrates interessieren."

Wolfgang Talkhofer lehnte sich in seinem Stuhl zurück. Ihm gefiel es nicht, dass Bahrendorf sich so an der Steuerproblematik festbiss. Andererseits fühlte er sich Bahrendorf gegenüber verpflichtet. Er würde dessen Protektion weiter brauchen. Seine Tochter lag ihm auf den Nerven. Seitdem seine Frau den Mercedes SL fuhr, wollte die Tochter auch ein Cabrio, einen schneeweißen BMW. Er bemühte sich deshalb um einen freundlichen Ton, als er Bahrendorf aufforderte: „Zum Thema Steuern haben sie ja fast die Hälfte des Referates gefüllt. Dabei ist mir nicht klar geworden, worum es im Kern geht. Können sie das konzentriert in zwei bis drei Sätzen darstellen? Sie wollen angeblich die Gewerbe- und Körperschaftssteuern reduzieren. Bedeutet das nicht, geringere Staatseinkünfte zu realisieren? Das beißt sich doch mit unserem Ziel, das Lebensniveau des Volks zu steigern."

Nun war Bahrendorf in seinem Element: „Ich kann ihnen darauf wie folgt antworten. Wir stehen in der historischen Situation, dass wir eine große Weltwirtschaftskrise zu bewältigen haben. Alle führenden Industrienationen kämpfen darum, diesen Kampf zu gewinnen, die Besten zu sein, wenn die Wirtschaftsprozesse wieder auf Hochtouren laufen. Das geht nicht ohne Investitionen. Dafür muss die Politik Mittel bereitstellen. Einmal durch eine vorübergehende Reduzierung der Steuern, zum anderen durch die Vergabe von Subventionen für Leuchttürme der Industrie und Landwirtschaft."

Egmont Zerk sprang ihm zur Seite: „Ganz meine Meinung. Zu den Leuchttürmen gehört für mich auf jeden Fall die Mikroelektronik. Die DDR hat hier eine Vorreiterrolle gespielt." Bahrendorf rang nach Fassung: „Das kann nur ein Missverständnis sein. Nach meinen Informationen beherrschen die Japaner und Amerikaner diese neue Technik am besten."

„Aber wir haben den Megaship", antwortete Zerk triumphierend, „er wurde 1986 von den Wissenschaftlern des Dresdener Forschungszentrums für Mikroelektronik fertiggestellt. Die DDR hat nicht nur den Rückstand auf diesem Gebiet aufgeholt, sondern wir bestimmen mit diesem Megaship das Weltniveau. Ich bestehe darauf, diese Leistung im Referat hervorzuheben. Unsere Werktätigen sollen stolz darauf sein. Punkt!"

Heiner Stark bemerkte, wie sich die Situation zuspitzte. Er bat deshalb um eine Zigarettenpause, um sich mit Bahrendorf abstimmen zu können. Sie unterhielten sich flüsternd in einer Fensternische. Stark sagte: „Das mit dem Megaship ist natürlich

Unsinn. Der ist doch bekanntlich viel schlechter als die westlichen Schaltkreise. Wir sollten das aber hier und heute wegstecken und Zerk nach dem Mund reden. Wenn er sich blamieren will, soll er das haben. Das Referat wird er halten, wir sind da raus."

Nach der Raucherpause übernahm es Heiner Stark, die Situation zu entschärfen: „Ich habe Herrn Bahrendorf eben über die Leistungskraft der Mikroelektronik in der DDR informiert. Er hatte das nicht so konkret gewusst, weil die Westmedien darüber nicht berichtet hatten. Ich schlage deshalb vor, im Referat folgenden Text aufzunehmen. ‚Die Mikroelektronik ist eine Schlüsseltechnik für die gesamte Wirtschaft. Aufbauend auf den bahnbrechenden Leistungen der DDR Forschung auf diesem Gebiet wird die SED dieser Technik umfassende Förderung zukommen lassen'."

„Einverstanden, das ist gut", Egmont Zerk übernahm wieder die Gesprächsführung, „kommen wir zum zweiten Problem. Das betrifft die Einführung der Wirtschaftsplanung in West-deutschland. Sie umgehen in ihrem Entwurf dieses zentrale Problem. Statt dessen loben sie die Kraft der privaten Initiative. Ich bestehe darauf, dass wir in Westdeutschland eine umfassende und langfristige Wirtschaftsplanung einführen. Mit umfassend meine ich wirklich alle Unternehmen, von Volkswagen bis zur Ein – Mann – Tischlerei. Und mit langfristig meine ich die Einführung der Fünfjahresplanung. Grundlage dafür werden die Jahrespläne sein. Es muss eine zentrale Planungsbehörde gebildet werden, die alle Fäden in den Händen hat. Sie muss planen und kontrollieren. Denn die ganze Planung hat nur Sinn, wenn wir deren Durchführung kontrollieren. Punkt."

Obwohl er damit gesagt hatte, das er darüber keine Diskussion wünschte, konnte sich Ursel Stark nicht beherrschen: „Ich bin da ganz bei dir, geehrter Genosse Zerk. Wir sollten aber auch erwähnen, ab wann diese Wirtschaftsplanung beginnt. Das kann nicht schon morgen sein. Diese Einheit vom Jahresplanung und Fünfjahresplan zu erarbeiten bedeutet immens viel Arbeit. Wir müssen dafür jeden einzelnem Betrieb erfassen, den Bedarf ermitteln und…"

„Ich habe dabei auch nicht an solche Bedenkenträger wie dich gedacht", wurde sie von Egmont Zerk unterbrochen, „die Verantwortung für das Planungsministerium trägt Genosse Talkhofer." Und sich direkt an Talkhofer wendend fragte er: „Welches Szenarium schwebt euch denn da so vor? Ab wann soll die Planung stehen?"

Talkhofer war von dieser konkreten Frage überfordert. Er sah sich unsicher um und schluckte verlegen: „Meiner Überzeugung nach, müssen wir in diesem Referat noch keine Termine fixieren. Es reicht, wenn wir vorerst von der Rolle der Bedeutung sprechen, äh, ich meine von der Bedeutung der Rolle der Planung und Kontrolle."

„So ist es, das kann ich nur unterstützen", sprang ihm Bahrendorf zur Hilfe. Dem war alles Recht, was die Umsetzung der sozialistischen Utopien verlangsamte. Immer in der Hoffnung, dass sich der Spuk bald auflöste. Aber da hatte er Egmont Zerk unterschätzt. Der nahm den Faden wieder auf und verkündete im Befehlston: „Wir führen die Planwirtschaft schrittweise ein. Wir beginnen mit der PKW – Produktion. Hier wird am meisten vergeudet. Es kann nicht länger geduldet werden, dass sich die Besserverdiener für fünfzigtausend Mark einen Mercedes kaufen, der eine lange Lebensdauer hat. Sagen wir mal 20 Jahre oder mehr. Trotzdem kauft diese Klientel nach zwei Jahren schon wieder einen neuen Wagen. Nur, weil inzwischen das neue Modell präsentiert worden ist. Wir werden das kontingentieren. Punkt."

„Und wie soll ich das formulieren", Talkhofer sah ihn unsicher an. Zerk erwiderte barsch: „Indem wir die freie Verschwendung beenden. Jeder Bürger Westdeutschlands darf sich alle zehn Jahre ein neues Auto kaufen. So wird das durchgesetzt. Punkt."

Die Tür wurde geöffnet. Die Sekretärin flüsterte Egmont Zerk ins Ohr: „Deine Frau ist draußen. Sie besteht darauf, dass du mit ihr nach Westberlin zum Einkaufen fährts. Was soll ich ihr sagen."

Zerk winkte ab: „Wir müssen an diese Stelle zum Ende kommen. Ich muss dringend weg. Das Referat steht, gibt es außerdem noch Sachen, die ihr mit mir besprechen wollt?"

Ganz schlechtes Timing, dachte Udo Stark, als er sah, dass seine Frau zu Egmont Zerk ging und ihn um eine kurze Absprache bat. Dabei winkte sie Bahrendorf und Stark heran. Egmont Zerk reagierte genervt, ging aber doch mit den Beteiligten in sein Zimmer, wo ihm Ursel Stark das Angebot der russischen Investoren vorstellte.

Egmont Zerk war nicht mehr richtig bei der Sache. Er sagte: „Wenn unsere sowjetischen Freunde in Deutschland investieren wollen, nur zu, ich habe nichts dagegen. Aber 50 Millionen Unterstützung können sie von mir nicht bekommen. Ich habe dieses Geld nicht. Außerdem kann dann ja jeder kommen. Ne, ne, das geht nicht."

Ursel Stark hatte immer noch nicht begriffen, dass es nicht der richtige Zeitpunkt war, um dieses heikle Thema mit Zerk zu besprechen. Bedeutungsvoll senkte sie ihre Stimme zu einem

Flüstern: „Ich weiß aus meiner Tätigkeit in der Sowjetunion, ich war dort im RGW tätig, dass die DDR auf einem sowjetischen Konto 10 Milliarden Westmark lagert. Davon könnten wir doch die russischen Investoren mit 50 Millionen subventionieren."

Egmont Zerk war verdattert: „Und davon erfahre ich erst jetzt." Ursel Stark, den monotonen Klang seiner Stimme falsch deutend, setzte nun der Situation das Sahnehäubchen auf: „Wir möchten dich und deine Frau gerne als Schirmherren für dieses Musterprojekt deutsch – sowjetischer Freundschaft gewinnen. Dafür ist ein Beraterhonorar von 5 Millionen vorgesehen."

Egmont Zerk ging wortlos zum Telefon, wählte eine einstellige Nummer und sagte im Befehlston: „Zwei Genossen des Wachregimentes sofort in mein Zimmer. Sie sollen Ursel Stark verhaften und im Sicherheitsbereich des Ministeriums für Staatssicherheit arretieren." Er stand auf, wies auf die Tür und forderte Heiner Stark und Udo Bahrendorf damit auf, den Raum zu verlassen.

Beide kamen erst wieder im Auto zur Besinnung. „Was, bitte, war denn das?", Udo Bahrendorf rang immer noch nach Fassung, „es hat nicht viel gefehlt und er hätte uns mit eingebuchtet." Als sie das ZK – Gelände verlassen wollten, verstellte ihnen ein Offizier des Wachregimentes den Weg. Bahrendorf wurde kreidebleich. Er konnte nur mit Mühe den schweren Volvo zum Stehen bringen. Ängstlich kurbelte er die Seitenscheibe runter und sah dem Uniformierten devot an. Der nahm Haltung an und sagte: „Genosse Professor Stark soll sich umgehend beim Genossen Zerk melden." Und zu Bahrendorf: „Sie werden nicht mehr gebraucht, sie dürfen fahren." Was Bahrendorf auch sofort tat, ohne sich um das weitere Schicksal von Heiner Stark zu kümmern.

Heiner Stark musste mehr als eine Stunde warten, bis er das Büro von Egmont Zerk betreten durfte. Der winkte ihm leutselig zu: „Entschuldige bitte, lieber Heiner, ich musste da noch was klären. Wir können leider das Konto mit den 10 Milliarden nicht finden. Kannst du das bei deiner Frau erfahren? Sie sitzt unten in der Cafeteria. Ich habe sie natürlich nicht verhaften lassen. Das war nur Kino für deinen Bahrendorf. Der muss doch nicht alles wissen. Schon gar nicht, dass mir Geld angeboten wird. Das wäre ein gefundenes Fressen für die Herren Journalisten. Ha, ha. ha."

Heiner Stark fiel mehr als ein Felsbrocken vom Herzen. Er konnte nur stumm nicken. Wortlos drehte er sich um und ging schnurstracks zu seiner Frau. Ursel Stark sah ihm lächelnd entgegen. Beide umarmten sich. Etwas zu lange, um nur Freude über den glimpflichen Ausgang der Verhaftung zu sein. „Ja, meine Liebe", Heiner Stark fand als Erster die Sprache zurück, „er will von dir die Kontonummer mit den Westmilliarden. Kannst du da helfen?" „Ich kann schon, will aber nicht", entgegnete Ursel Stark schnippisch." Heiner Stark runzelte seine Stirn: „Überspann den Bogen nicht, der bringt es wirklich fertig und sperrt dich ein." Ursel Stark blieb kühl: „Sag ihm, ich würde mich freuen, wenn er mich zur Leiterin der Zentralen Plankommission machen würde. Ich könnte in dieser Vertrauensstellung für ihn auch gerne die 10 Milliarden verwalten. Ganz konspirativ, versteht sich."

Als Heiner Stark den Vorschlag seiner Frau Egmont Zerk vorstellte, winkte der nur ab: „Das habe ich mir schon gedacht. Ja, wir können das so machen." Er bat seine Sekretärin, in der Cafeteria anzurufen und Ursel Stark nach oben zu bitten.

Egmont Zerk hatte noch einen Auftrag für Ursel Stark: „Um von den Menschen akzeptiert zu werden, müssen wir in unserer

Politik die Komplexität ihrer Interessen und Bedürfnisse beachten. Und mit am wichtigsten ist für die Westdeutschen der Urlaub. Mit den Auslandsreisen wird es ja wohl weniger werden. Der Heimaturlaub gewinnt an Bedeutung. Meine Frau hat da so eine Idee, in Deutschland Urlauberparadiese für Jedermann zu bauen. Ich würde es gerne sehen, wenn du mit einem westdeutschen Berater dafür ein Konzept erarbeitest. Nimm doch Bahrendor und Müller ins Team, die scheinen mir recht clever zu sein."

XVII. Das Projekt Urlaubsparadies

Udo Bahrendorf strahlte über sein rundes Gesicht. Das war mal wieder nach seinem Geschmack. Sein robuster Volvo schien wie geschaffen für die schlaglochreiche Zuwegung. Zudem hatte es tagelang geregnet. Das Auto versank bis zu den Achsen im Schlamm, wühlte sich aber immer wieder frei. „Mein Gott, wo sind wir nur hingeraten", Dr. Müller verzog keine Miene, „nur gut, dass wir nicht mit meinem BMW in diese Pampa fahren."

„Nun mal nicht so vornehm, lieber Doktor", Bahrendorf ließ sich seine gute Laune weder vom Regen noch vom Schlamm und schon gar nicht von Dr. Müller vermiesen. Endlich erreichten sie den Parkplatz des Feriendorfes. An einem schäbigen Flachbau stand „Quisisana". „Oha", Bahrendorf war beeindruckt, „der Name kommt aus dem italienischen und bedeutet so viel wie ‚hier wirst du gesund'. Eigentlich kenne ich unter diesem Namen eine renommierte Hotelkette. Wollen wir doch mal schauen, was dieses Unikum hier zu bieten hat."

Etwas enttäuscht war er allerdings, als sich hinter dem pompösen Namen ein einfaches Eiscafé verbarg. So entschied sich die kleine Gruppe, eine kleine Rast einzulegen und bestellte Kaffee und Eisbecher. Beides von erfreulicher Qualität. Neugierig geworden, spendierte Bahrendorf für jeden noch einen Landstreicher, so hieß ein Getränk auf der Wandtafel. Eine Karte gab es nicht. „Passt doch zu uns", sagte er launig, „Prost und ex!" Angewidert rümpfte Dr. Müller die Nase: „Was ist denn da drin, das schmeckt ja wie Möbelpolitur?" Ursel Stark kannte das Gesöff. Sie hatte wohlweislich darauf verzichtet und konnte Auskunft geben: „Von allem etwas, Rum, Wodka, Cola, Kräuterlikör und so weiter. Als Möbelpolitur besser geeignet als zum Trinken."

Aber der Landstreicher zeigte Wirkung. Dr. Müllers Laune hellte sich auf. Und so konnte die Konzeptionsgruppe „Urlaubsparadiese" zur Tat schreiten. Der Leiter des Feriendorfes erwartete sie schon. Er führte sie auf einen Rasenplatz, um den sich kleine Holzhütten gruppierten. Davon wurde eine inspiziert. Dr. Müller sah sich suchend um. Der Leiter fragte ihn, wonach er suche. Dr. Müller: „Wo ist das Bad?"

Der Leiter: „Haben wir nicht, gebadet wird im See. Und wenn einer mal muss, gibt es oben die Toilettengebäude. Männer und Frauen getrennt."

Dr. Müller: „Das bedeutet aber schon, dass ich nachts bei Regen und Dunkelheit 50 bis 100 Meter laufen muss, wenn ich pipi machen möchte."

Der Leiter: „Für pipi müssen sie nicht zum Klo, das können sie hinterm Bungalow erledigen. Machen doch alle."

Das Toilettenhaus wurde ebenfalls begutachtet. Die Sitzplätze waren durch Türen separiert, davor befand sich eine Reihe

Waschbecken. Es stank penetrant nach warmer Kacke. Trotzdem wuschen sich hier ein paar Männer. Mit kaltem Wasser, wie Bahrendorf erstaunt feststellte. „Und wenn sich die Frauen die Haare waschen wollen?", fragte Dr. Müller. „Dann machen sie in einer Schüssel Wasser warm und spülen sich damit das Shampoon raus", erwiderte der Leiter, „wer hier Urlaub machen will, muss wissen, worauf er sich einlässt. Es gibt genug Nachfrage. Wem das nicht gefällt, der soll auf unseren Zeltplatz gehen, da ist es noch primitiver."

Bahrendorf bemerkte, dass die Wirkung des Landstreichers nachließ. Er wurde misslaunig: „Zurück zur Natur. Das war mal im 19. Jahrhundert für die Wandervögel passend. Heute haben die Menschen andere Ansprüche. Wollen wir doch mal die Urlauber fragen, wie zufrieden sie mit diesem Angebot sind."

Damit ging er schnurstracks auf einen Bungalow zu, vor dem einige Urlauber Kaffee tranken und sich unterhielten. Ohne sich vorzustellen, bat er die Leute um ihre Meinung zum Feriendorf. Ein älterer Herr im Sportanzug entschied sich, wenn auch unlustig, darauf zu antworten: „Wir machen hier schon seit 20 Jahren Ferien. Hier sind unsere Kinder aufgewachsen. Freundschaften haben sich entwickelt, die die Jahre überdauerten. Wir kommen gerne hierher, treffen wir doch auf Seelenverwandte. Natürlich wissen wir, dass der Komfort gering ist. Aber gering ist auch die Gebühr."

Dr. Müller nahm das herablassend zur Kenntnis. Er fragte: „Das ist vielleicht für die einfachen Leute passend. Wo, wenn ich fragen darf, arbeiten sie an der Universität?"

„Ich bin Professor Leding, Chefarzt an der Chirurgischen Klinik."

Ehe Dr. Müller reagieren konnte, näherte sich ein Mann mittleren Alters. Er hatte einen hellblauen Trainingsanzug mit ausgebeulten Knien an. Er rief, noch ehe er die Terrasse erreicht hatte: „Hallo, Richard, kommst du nicht? Das Volleyballspiel fängt gleich an." Professor Leding erhob sich und sagte entschuldigend: „Sie hören ja, ich werde gerufen. Und mit dem Mann kann ich es mir nicht verderben. Das ist der Hausmeister meiner Klinik."

Dr. Müller und Udo Bahrendorf hatten genug gesehen. Sie machten es sich zum Abschluss der Besichtigung noch einmal beim Quisisana bequem. An einem Tisch auf der Terrasse. Denn der Regen hatte sich verzogen und die Sonne schien. Bahrendorf blickte Ursel Stark belustigt an: „Entschuldigung, liebe Frau Dr. Stark, warum haben sie uns hierher mitgenommen. Soll das ein Musterdorf für unsere Urlaubsparadiese sein. Oder soll es zeigen, wie es nicht sein soll. Als ein abschreckendes Beispiel aus ursozialistischen Zeiten."

Ursel Stark zögerte nicht, ihm zu antworten: „Ich wollte mit ihnen am praktischen Muster debattieren, welchen Charakter unserer Feriendörfer haben sollten. Ich fange mal mit meiner Vorstellung an. Erstens sollen es Ferieneinrichtungen sein, die vom einer durchschnittlichen Familie bezahlt werden können. Wir wollen ja die Gehälter annähern, ohne Gleichmacherei zu erzeugen."

Dr. Müller: „Sie wollen also, dass der Chefarzt sich dasselbe leisten kann wie sein Hausmeister?"

Ursel Stark: „Das ist sehr zugespitzt. Der Chefarzt soll schon wesentlich mehr verdienen. Aber er wird verstärkt aus Arbeiterfamilien stammen. Deshalb wird es auch normal werden, dass er wieder dorthin fährt, wo er als Kind seine Ferien verbracht hatte."

Bahrendorf: „Damit kann ich leben. Was mir hier gut gefällt, ist die Umgebung, die intakte Natur. Kein Schickimicki mit Hochhäusern und Nachtbars."

Ursel Stark nickte zustimmend: „Genau so, das wäre Punkt 2. Drittens wäre es für die gesellschaftliche Reproduktion, namentlich für die Verringerung der Arbeitslosigkeit, wichtig, dass das Geld in Deutschland bleibt. Wir haben Berge, Seen und zwei Meere. Eigentlich alles was wir benötigen. Hauptproblem ist allerdings das Wetter. Wir müssen in unsere Urlauberparadiese deshalb Struktureinheiten integrieren, die schlechtes Wetter kompensieren. Also Schwimmbäder, Spielscheunen, Sportcenter und so weiter."

„Und nicht zu vergessen", Bahrendorf klatschte vor Begeisterung in die Hände", zu jedem Feriendorf sollte ein Quisisana gehören. Genauso eines wie hier. So schäbig und so herzlich, damit sich jeder sofort wie zu Hause fühlen kann."

Der Leiter kam, um sich zu verabschieden. Er entschuldigte sich, dass er einen dringenden Notfall hätte. Bahrendorf mitfühlend: „Ist jemand verletzt worden." Der Leiter winkte ab: „Nein, aber unsere Sickergrube läuft über. Die Toiletten stehen schon unter Abwasser. Das kommt leider oft vor. Wir haben keinen eigenen Güllewagen und müssen die LPG um Unterstützung bitten. Die LPG ist leider sehr unzuverlässig.

Bahrendorf lachend: „Das ist ja vollkommen bio hier. Die LPG verwertet die Scheiße der Urlauber um Erdbeeren zu düngen. Hier schließen sich Kreisläufe der Natur in vollkommener

Weise. Das muss unbedingt ins Konzept aufgenommen werden. Nicht wahr, Dr. Müller."

„Wenn schon", Dr. Müller knurrte noch, als der Volvo sich schon wieder durch den Schlammweg wühlte, „wem es gefällt. Für mich wäre das eine Strafe, sollte ich hier meinen Urlaub verbringen."

XVIII. Planwirtschaft mit Macht

November 1989. Die IL 62 der Interflug leitete den Landeanflug auf den Moskauer Flughafen Scheremetjewo ein. Heiner Stark schaute sich aus dem Kabinenfenster Moskau von oben an. Bei klarer Sicht konnte er gut das historische Zentrum mit dem Roten Platz und dem Kreml erkennen. Auch aus der Höhe ein imposanter Anblick.

Ursel Stark beobachtete ihren Mann von der Seite. Sie wusste von seiner Begeisterung für die Fliegerei und hatte ihm deshalb auch den Fensterplatz überlassen. „Gefällt dir eigentlich dieses Flugzeug", fragte sie, um ihm damit eine Freude zu machen. Denn so konnte er sein umfangreiches Fachwissen demonstrieren. Er nahm diese Gelegenheit auch gerne wahr: „Wir fliegen heute im modernsten Passagierflugzeug der Sowjetunion. Es ist ihr erstes Langstreckenflugzeug mit Strahltriebwerken. Wie du siehts, sind die vier Aggregate hinten angebracht. Ich finde, das sieht verdammt schick aus." Eine Stewardess hatte seinen Vortag mit Freude verfolgt und ergänzte ihn nun: „Wir haben 180 Passagiere an Bord, die Maschine wiegt 69 Tonnen. Ihre Höchstgeschwindlgkeit beträgt 950 Km/h. Wir fliegen in einer Höhe von 13.000 Metern. Und zum Schluss darf ich ihnen noch unsere Reichweite verraten. Das wären 10.000 Kilometer."

Heiner Stark interessierte noch, ob sie damit von Moskau bis Peking nonstop fliegen könnten. „Sogar noch weiter", antwortete die hübsche Stewardess, „das wären nur 6.000 Kilometer. Kein Problem für uns. Wir können sie sogar ohne Zwischenlandung von Moskau nach New York bringen."

Egmont Zerk war der dritte Teilnehmer der kleinen Delegation. Sie waren auf dem Wege nach Moskau, um in der sowjetischen Staatsbank das Westgeldkonto der SED zu übernehmen. Telefonisch war ihnen keine Auskunft gewährt worden.

Vom Flughafen fuhren sie direkt zur russischen Staatsbank. Sie erhielten sofort Zutritt in das Arbeitszimmer des Direktors. Alles schien gut vorbereitet. Der Direktor der Staatsbank, ein fülliger Mann im sechsten Lebensjahrzehnt, empfing sie mit einem misstrauischen Gesichtsausdruck: „Guten Tag, Genossen, wie ich informiert wurde, geht es um ein Konto der Deutschen Demokratischen Republik bei unserer Bank. Nach ihrer Darstellung um ein Devisenkonto. Bitte nennen sie mir die Nummer dieses Kontos." Irene Stark überreichte ihm einen Zettel mit der Kontonummer. Der Direktor verließ den Raum. Nach dreißig Minuten kam er zurück, einen Aktenordner in den Händen. Er zog seine Stirn in Falten und sagte: „Ich sehe in meinen Unterlagen, dass für dieses Konto nur der Genosse Generalsekretär Honni Vollmacht besitzt. Die Benutzung ist durch einen Geheimcode geschützt. Ich benötige von ihnen eine Vollmacht des Genossen Honni und den Code. Andernfalls darf ich ihnen nicht erlauben, dieses Konto zu benutzen. Nicht mal Einsichtnahme darf ich ihnen gestatten."

Für Egmont Zerk war das zu viel. Wutschnaubend stand er auf und schrie den Direktor an: „Ihnen ist wohl nicht klar, was in der DDR passiert ist und wer ich bin. Ich erwarte von ihnen sofort, dass ich über dieses Konto verfügen darf. Andernfalls werde ich den Generalsekretär der kommunistischen Partei der Sowjetunion über ihr parteifeindliches Verhalten informieren. Dann sind sie von jetzt auf gleich ihren Sessel los."

Der Direktor, unbeeindruckt von diesem Wutausbruch, schlug den Ordner zu und sagte: „Ich möchte sie bitten, mein Büro zu verlassen. Wenn sie sich nicht legitimieren können, darf ich ihnen die Benutzung dieses Kontos nicht gestatten. Selbst wenn sie der liebe Gott wären. Njet!"

Ursel Stark flüsterte Egmont Zerk ins Ohr, er solle mit ihrem Mann abtreten, damit sie den Direktor unter vier Augen sprechen könne. Es dauerte nicht lange, da kam sie aus der Tür und lächelte ihre Begleiter freundlich an: „So, das hätte ich geklärt. Ich kenne diese Leute noch aus meine Zeit beim RGW. Je höher der Posten, desto höher ist der Bakschisch. In diesem Fall möchte er eine Million. Ich kann nur raten, ihm das zu gewähren. Andernfalls muss sogar damit gerechnet werden, dass dieses Geld mit unbekanntem Ziel verschwindet. Wir müssen uns den vollen Betrag jetzt und hier auszahlen lassen, dem Kerl eine Million zuschieben und mit dem nächsten Flieger zurück nach Berlin düsen."

Heiner Stark war unsicher: „Wie sollen wir diesen Riesenbatzen Geld transportieren?" Ursel schüttelte den Kopf: „Das ist gar nicht so viel. Ich schätze das Gewicht auf ca. 20 Kilo. Das können wir zu dritt als Handgepäck mit in den Flieger nehmen." Egmont Zerk schüttelte den Kopf: „Zu riskant. Das machen wir anders. Ich rufe die Botschaft der DDR in Moskau an. Die sollen uns den Regierungsflieger aus Berlin schicken. Der bringt uns

Personenschützer mit. Dann werden wir vom sowjetischen Zoll auch nicht kontrolliert. Die Maschine kann in zwei Stunden hier sein. Wenn wir gegen siebzehn Uhr starten, sind wir um 21.00 Uhr in Berlin."

„Nein", Ursel lächelte charmant, „als neue Leiterin der Zentralen Plankommission lege ich fest: Wir machen einen Zwischenstopp in Zürich. Ich trage die Verantwortung für das Geld. Es ist nirgendwo so sicher wie in der Schweiz."

Schon am folgenden Nachmittag begann die erste Besprechung der Zentralen Plankommission. Ursel Stark sah sich einem Kollegium von qualifizierten Ökonominnen und Ökonomen gegenüber. Alle besaßen Erfahrungen in der Aufstellung, Kontrolle und Bilanzierung von Wirtschaftsplänen für die DDR. Ursel hatte eine große Wandtafel anbringen lassen. Wie in einer Vorlesung für Studenten. Um ihre Autorität zu stärken, war ihr noch am Vormittag von der Akademie für Gesellschaftswissenschaften der Professorentitel verliehen worden. Sie schrieb in Schönschrift an die Wandtafel:

2 Monate,

Bedarf

Warenproduktion Ist/Soll

Unmöglich!

„Na Genossinnen und Genossen", fragend sah sie in die Gesichter des Kollegiums, „wer kann das Geschriebene interpretieren?"

Ein älterer Genosse, ehemals Abteilungsleiter in der Plankommission der DDR, begann unaufgefordert zu sprechen: „Das bedeutet nach meiner Meinung: In zwei Monaten einen

Wirtschaftsplan für Westdeutschland zu erstellen ist unmöglich. Da gebe ich ihnen Recht."

Ursel Stark ließ diese Äußerung für einige Sekunden wirken. Dann nahm sie die Kreide, strich das Wort ‚unmöglich' durch und schrieb statt dessen ‚notwendig – 4.000 D - Mark Zielprämie' für jeden. Ein Raunen ging durch das Sitzungszimmer. Sie wehrte lachend ab, als Beifall aufbrandete: „Wir beginnen mit der Autobranche. Ich benötige dafür vier Freiwillige."

Die erste Beratung der AG Auto fand unter ihrer Leitung gleich im Anschluss statt. Ursel Stark bat um Ideen, wie das Planungsverfahren organisiert werden sollte. Der jüngste Freiwillige schlug vor: „Wir erarbeiten einen Erfassungsbogen, der an alle Unternehmen verschickt wird, die Autos produzieren. Dann kennen wir die Produktionskapazitäten. Zum Zweiten analysieren wir das Kaufverhalten der Bevölkerung, dann kennen wir den Bedarf. Dann brauchen wir Bedarf und Potential nur zusammenführen und haben damit die Plankennziffern." Stolz blickte er sich um.

Ursel Stark konnte sich ein Lächeln nicht verkneifen: „Ganz so einfach können wir uns das leider nicht machen. Wir sprechen heute über eine sozialistische Planung. Das bedeutet, wir müssen den Menschen neue Bedürfnisse anerziehen und danach die Planung ausrichten. Dabei ist auch die Zukunft der Mobilität zu beachten. Das Auto hat als Götze ausgedient. Dem Massenverkehrsmittel gehört die Zukunft. Das kann nur gelingen, wenn wir den Massenverkehr wesentlich stärker ausbauen und ihn viel attraktiver machen. Dafür brauchen wir Geld. Das bekommen wir, indem wir das private Auto verteuern. Sagen wir mal, um 50 Prozent. In Westdeutschland werden jährlich rund drei Millionen PKW neu zugelassen. Bei einem Durchschnittspreis von circa 20.000 Mark ergibt das eine Steuersumme von 30 Milliarden. Das sollte für den Anfang genügen."

„Und welche Bedeutung erhalten in diesem Kontext unsere DDR- Autos?", fragte schüchtern der junge Mitarbeiter, „stellen wir deren Produktion ein?"

„Ganz im Gegenteil, der Trabant hat sich millionenfach bewährt. Wir werden seine Herstellung als neuen Volkswagen subventionieren. Der Steueraufschlag von 50 Prozent entfällt, dafür bekommen die Käufer 50 Prozent des Kaufpreises als staatlichen Zuschuss."

Eine Mitarbeiterin, die in der KFZ- Branche Erfahrung besaß, gab zu bedenken: „Die Sachsenwerke in Zwickau werden die steigende Nachfrage nach diesem beliebten Rudiment der Autogeschichte nicht befriedigen können. Unsere Bürger müssen ja jetzt schon über zehn Jahre auf ihren Trabbi warten."

Ursel Stark genervt von diesen Bedenken erwiderte: „Wir als Plankommission haben zu entscheiden, wo und was in Westdeutschland produziert wird. Die Nachfrage nach Produkten von Porsche und BMW wird signifikant zurückgehen. Dann legen wir eben fest, dass in diesen Werken der Trabbi produziert wird. Und was deine Formulierung ‚Rudiment der Autogeschichte' betrifft. Das sehe ich ganz anders. Der Trabbi kann sich mit den modernsten Autos messen. Er ist platzsparend im urbanen Verkehr, besitzt eine rostfreie Karosserie aus Kunststoff und hat ein sehr robustes Zweitaktaggregat mit Luftkühlung."

Der junge Mitarbeiter sah sich zur Preisgabe einer spontanen Idee veranlasst: „So habe ich die Vorteile meines Trabimotors noch gar nicht gesehen. Sollten wir dann nicht dafür sorgen, dass der effektive Zweitaktmotor auch in andere Fahrzeugen installiert wird. Wenn wir zwei Trabantmotoren mit Rennvergaser in die Mercedes Autos einbauen würden, hätten wir einen fortschrittlichen und leistungsstarken Antrieb in einer geräumigen Karosserie."

„Sehr gut", Ursel Stark nickte zufrieden, „du hast begriffen, worauf es ankommt. Du fährst morgen nach Stuttgart, um mit der Unternehmensleitung von Daimler - Benz deine Idee zu besprechen. Bei dieser Gelegenheit kannst du gleich unseren Erfassungsbogen überreichen. Wie heißt du eigentlich?"

„Jens von Ardenne."

„Na dann, viel Erfolg, junger Mann. Der Jugend gehört die Zukunft. Sorge dafür, dass bei Mercedes für deine Idee ein Jugendobjekt gebildet wird."

Jens von Ardenne ließ es sich nicht nehmen, mit seinem Trabi nach Stuttgart zu fahren. Vor ihm lagen 630 Kilometer. Er unterzog seinen Liebling einem Härtetest, um zu demonstrieren, dass er die Strecke in weniger als sieben Stunden schafft. Nachdem er die erste halbe Stunde auf der Autobahn mit 100 Km/h gerast war, verweigerte der Motor den Dienst. Er musste warten, bis er sich abgekühlt hatte. Danach begnügte er sich mit Tempo 80 Km/h und kam erst nach zehn Stunden wie gerädert in Stuttgart an. Trotzdem fuhr er direkt in die Konzernzentrale. Auf dem Parkplatz wurde er von einer Gruppe junger Arbeiter umringt. Gerne gab er ihnen Auskunft zu seinem Trabi: „Dieser Wagen verkörpert die Zukunft des deutschen Autos. Noch sprechen wir von einem Zweizylinder Motor, luftgekühlt, mit 0,6 m³ Hubraum und 26 PS. Damit könnt ihr gut 100 Km/h schnell fahren. Wir können aber einen Rennmotor mit 70 PS einbauen, der ist für 180 Km/h gut."

Die jungen Arbeiter waren gut erzogen. Sie murmelten anerkennende Worte. Das ermutigte Jens von Ardenne, ihnen vorzuschlagen, sich an seinem Jugendforscherkollektiv zu beteiligen, um eine Symbiose der Mercedes Autos mit dem Trabantmotor herzustellen. Die jungen Arbeiter waren sehr erstaunt, wahrten jedoch Zurückhaltung. Als er ihnen eine Zielprämie von 50.000 Mark anbot, schlug diese in Begeisterung um. Spontan bildete Jens von Ardenne ein Jugendforscherkollektiv und nahm die fünf jungen Mitglieder gleich mit zum Termin in der Konzernzentrale.

Bei den Herren der Konzernleitung handelte es sich um profilierte Manager, die nicht so schnell aus der Fassung zu bringen waren. Sie wahrten die Contenance, als Jens von Ardenne ihnen stolz erklärte, welchen Zweck das Jugendforscherkollektiv, das er spontan gegründet hatte, besaß. In seiner Begeisterung hatte er ganz und gar vergessen, dass er einen übergeordneten Auftrag zu erfüllen hatte. Nämlich die Erfassung der Produktionskennziffern des Konzerns.

Der Vorstandsvorsitzende lächelte still in sich hinein und sagte: „Sie können bei ihrem Vorhaben der Unterstützung der Konzernleitung sicher sein. Wäre es nicht besser, wenn auch einer unserer Ingenieure aus der Konstruktion in ihrem Team mitarbeitet." Er wurde sofort korrigiert: „Wir sprechen nicht mehr vom Team. Das heißt jetzt Kollektiv. Und den Ingenieur brauchen wir nicht. In der Arbeiterklasse steckt als führender Klasse genug Erfindergeist. Ich darf zum Beispiel darauf hinweisen, dass die hochmoderne Hycomat Schaltung des

Trabant bereits 1964 von einem Jugendforscherkollektiv erfunden worden ist."

Der Vorstandsvorsitzende war über die Belehrung verschnupft. Er schluckte aber seinen Groll hinunter, da ihm seine Rechtsabteilung vorgeschlagen hatte, jede Konfrontation zu vermeiden und die Zeit für sich arbeiten zu lassen. „Hycomat", sagte er gedehnt, kenne ich nicht. Was ist das für eine Technik?"

„Das ist eine automatische Kupplung auf hydraulischer Basis. Sie geben einfach Gas und das Auto fährt los. Wenn sie schalten, übernimmt der Hycomat für sie das Kuppeln", erläuterte Jens von Ardenne, wobei er jedes seiner Worte mit einer Handbewegung unterstrich. So demonstrierte er mit der rechten Hand den Schaltvorgang im Trabant.

Das Vorstandsmitglied für Technik wagte zu erwidern: „Aber das ist doch Technik von vorgestern. Wir haben ein vollautomatisches Getriebe mit fünf Gängen. Da brauchen sie nicht mehr zu schalten." Dabei äffte er mit der rechten Hand die Schaltungsbewegung nach.

„Damit ist jetzt Schluss", Jens von Ardenne erinnerte sich an Ursel Starks Rat, dass er die Macht der Planungskommission verkörperte, „sie haben vier Wochen Zeit, um die Hycomat Kupplung in ihre Fahrzeuge einzubauen . Ich werde ihnen schon zeigen, wer hier von vorgestern ist."

Der Technikvorstand fühlte sich provoziert, um nicht zu sagen gedemütigt. Obwohl ihm der Vorsitzende mit einer Geste das Wort verweigern wollte, gab er keine Ruhe: „Sie sprechen hier von den Vorzügen der Trabant - Halbautomatik. Sind sie überhaupt schon mal in einem Mercedes mit vollautomatischem Getriebe gefahren? Dachte ich es mir doch. Kommen sie, ich lade sie zu einer Probefahrt ein."

Augenblicke später saß Jens von Ardenne hinter dem Lenkrad eines leistungsstarken Mercedes . Er wollte den Motor starten, aber der Technikvorstand hielt ihm die Hand fest: „Nicht doch, der Motor läuft schon. Bitte treten sie auf das Gaspedal, dann setzt sich das Fahrzeug in Bewegung." Jens von Ardenne war kein guter Fahrer. Er kannte sich nur mit seinem Trabi aus und trat deshalb fest auf die Bremse, als er kuppeln wollte. Ein Fehler, der oft auftritt, wenn Fahrer, die ein manuelles Getriebe gewohnt sind, auf Automatik umsteigen. Nun hatte der Mercedes kräftig zupackende Scheibenbremsen. Der Wagen stand sofort und Jens von Ardenne prallte mit dem Kopf gegen die Scheibe. Er zog sich dabei eine klaffende Platzwunde zu. „Na bitte", rief er empört, „das wäre mir mit unserem Hycomat nicht passiert." Er stieg aus und ging schnurstracks zum Vorstandsvorsitzenden, um ihm in aller Deutlichkeit zu sagen, dass er auf den Einbau der überlegenen Hycomatschaltung in die Mercedes Fahrzeuge bestand.

Im Anschluss besuchte er die Gewerkschaftsleitung, um sich von der Durchführung der Schule der sozialistischen Arbeit zu informieren. Diese Methode der Bewusstseinsbildung hatte sich in der DDR bewährt und sollte auch von allen Betrieben Westdeutschlands übernommen werden. Jens von Ardenne durfte in einem Seminar hospitieren. Hier fühlte er sich in seinem Element. Als Träger des Abzeichens für Gutes Wissen in Gold konnte ihm so schnell keiner was vormachen, wenn es um das marxistisch – leninistische Wissen ging.

Das Seminar hatte die führende Rolle der Arbeiterklasse unter Führung ihrer marxistisch – leninistischen Partei zum Thema. Ein Ingenieur sagte, dass er sich nicht vorstellen könne, wie ihn ein Arbeiter seiner Abteilung führen sollte. Er hätte als Ingenieur doch ein viel höheres Bildungsniveau als der einfache Arbeiter. Jens von Ardenne konnte sich nicht zurückhalten und gab zur Antwort: „Die Führung der Arbeiterklasse ist eine gesellschaftliche Rolle, die aus der Stellung der Arbeiterklasse zu den Produktionsmitteln resultiert. Denn die Arbeiterklasse führt uns in die klassenlose Gesellschaft, wo es kein Privateigentum mehr geben wird."

„Bedeutet das etwa, dass man mir mein Haus und mein Auto wegnimmt?", wurde er misstrauisch gefragt. „Das schon, aber das kommt nicht sofort, erst viel später, wenn wir den Kommunismus haben werden", erklärte Jens von Ardenne im Brustton der Überzeugung. „Und wann wird das sein, dieses viel später?", kam es misstrauisch zurück. „Das werden sie wohl nicht mehr erleben, vielleicht ihre Enkel und Urenkel. Dann wird es so viel von allem geben, dass keiner mehr was Privates braucht."

„Auch Mercedes für alle?"

„Nein, nicht jeder einen Mercedes", erwiderte Jens von Ardenne, „sondern genug Mercedes Fahrzeuge, damit jeder einen nutzen kann, wenn er ihn braucht. Wenn ich ein Auto möchte, kann ich eines haben. Insofern kann man auch sagen.

Kommunismus bedeutet: Mercedes für alle.

Deshalb muss doch nicht vor jedem Haus ein eigenes Auto stehen. Die Bedürfnisse der Menschen werden sich ändern. Doch das passiert nicht von allein. Dafür müssen sie geschult werden. So wie sie heute in dieser Schule der sozialistischen Arbeit! "

Mit finsteren Blicken verließen die Teilnehmer das Seminar. Es war halt ein ungebildetes Volk, wie sich Jens von Ardenne eingestehen musste. Nur gut, dass er ihnen heute etwas von seinem Wissen mitgeben konnte.

XIX. Der rote Koffer

Das vertrauliche Gespräch fand im Wohnzimmer Egmont Zerks statt. In der plüschigen Couchecke knabberten Heiner und Ursel Stark billige Kekse. Sie hatten keine Ahnung, was Zerk von ihnen wollte. Sie saßen nun schon eine geschlagene Stunde hier und warteten darauf, dass der Gastgeber sein Telefonat beendete und ihnen verriet, weshalb er sie sprechen wollte. Endlich verstummte im Nachbarzimmer das Telefongespräch und Egmont Zerk eilte in das Wohnzimmer: „Ich grüße euch Genossen. Ihr habt mit unserer Geschäftsreise nach Moskau untermauert, dass ihr clevere Macher seid, denen ich vertrauen kann. Du ja sowieso, Heiner, und von Ursel höre ich immer mehr gute Nachrichten. Die Leitung der Zentralen Plankommission hast du gut im Griff. Summa cum Laude, wie der Lateiner sagen würde."

Soviel Lob kam unerwartet. Der hatte doch ein bestimmtes Anliegen. Ohne Grund macht der sich doch nicht die Mühe, sie in seine Villa nach Wandlitz einzuladen. Und dann noch diese Schmeichelei. Heiner Stark fühlte sich verpflichtet, in der eingetretenen Pause etwas zu erwidern. „Dass du mit uns zufrieden bist, freut uns sehr…", sagte er zögerlich, kam aber nicht mehr dazu, den Satz zu vollenden. Egmont Zerk klopfte ihm wohlwollend auf die Schulter und sagte: „Deshalb warten nunmehr weitere große Aufgaben auf euch. Kommen wir zum Thema. Es geht mir um das von euch betreute Projekt der russischen Investoren. Die wollen dafür 50 Millionen Subventionen. Ich weiß aus verlässlicher Quelle, dass die drei Moskowiter nicht die Absicht haben, dieses Projekt wirklich zu realisieren. Die wollen die 50 Millionen und dann sind sie weg." Er ließ seine Worte wirken und beobachtete die Reaktion seiner Gäste. Ursel Stark war erschrocken. Worauf hatte sie sich da eingelassen. Wird man sie jetzt für den geplanten Betrug in Haftung nehmen. Dann würden mehrere Jahre Bautzen auf sie warten. Aber nein, wenn Zerk das vorhatte, hätte er sie nicht in sein Zuhause geladen. Ursel entschied sich zu eines reuevollen Reaktion: „Das bedaure ich natürlich sehr. Ich danke dir für deine Information. Du hast da vermutlich bessere Quellen als ich. Ich konnte lediglich an Hand der Bankkonten verifizieren, dass sie schwerreich sind."

„Natürlich gebe ich dir keine Schuld", Zerk nickte ihr freundlich zu, „die haben schon Geld, das heißt aber nicht per se, dass sie das mit ehrlichen Geschäften verdient haben. Man kann in dieser Runde schon vertraulich sagen: ‚Vorsicht Russenmafia'!" Er nahm sich eine Handvoll der billigen Kekse. Indem er „die sind lecker nehmt euch doch auch ein paar", sagte stopfte er sie sich nacheinander in den Mund und fuhr dann in seiner Erklärung fort: „Ich habe die Moskowiter schon über meine Ablehnung informiert. Euch droht damit keine Gefahr mehr, wenn ihr ab sofort jeglichen Kontakt zu dieser Klientel unterlasst." Er musste schrecklich husten, weil er sich an den Keksen verschluckte. Als er seine Fassung wiedererlangt hatte, wies er auf seine Frau: „Wir, damit meine ich mich und meine Frau, wollen mit den 10 Milliarden Geheimgeld ein eigenes Projekt machen. Dafür brauchen wir euch dafür als Fachleute. Könnt ihr euch das vorstellen?"

„Das hört sich ja nicht uninteressant an", antwortete Heiner Stark gedehnt, „du kannst auf mich zählen. Ursel muss für sich selber sprechen..." Und als er an Ursels Kopfnicken deren Zustimmung bemerkte, fuhr er fort: „Du hast uns natürlich neugierig gemacht. Was habt ihr vor?"

„Ganz legal und doch sehr gewinnträchtig", Egmont Zerk lüftete endlich sein Geheimnis, „wir gründen einen neuen Verlag. Den größten in Europa. Wir würden vier Gesellschafter sein, meine Frau und ich und ihr beide. Meine Frau wird Geschäftsführerin. Ursel sollte sich als Prokuristin um die wirtschaftlichen Belange kümmern."

Ursel war von diesem Plan überrascht, ließ sich aber nichts anmerken: „Gute Idee, aber Verlage gibt es ja schon genug. Was soll neu sein? Woher bekommen wir das Startkapital? Das wären meine wichtigsten Fragen."

Zerk reagierte mit einem breiten Grinsen: „Neu ist, dass unser Verlag die Materialien für die Schulen der sozialistischen Arbeit produzieren wird. Als Monopol! Wir rechnen mit einer jährlichen Auflage von 30 Millionen Broschüren. Weitere Druckerzeugnisse werden folgen. Ich prognostiziere einen Umsatz von 300 Millionen Mark im Jahr. Unser Gewinn beliefe sich auf 15 Prozent dieser Summe. Das wären für jeden Gesellschafter gut 10 Millionen."

Er schlug sich mit der rechten Hand auf den Oberschenkel und fuhr fort: „Nun zu deiner zweiten Frage. Das Startkapital ist gering. Wir finanzieren das Projekt über den Schweizer Devisentopf. Faktisch haben wir nur die Druckkosten. Die Schulungsmaterialien lasse ich von Genossen der Gewerkschaftshochschule verfassen. Das kostet uns nichts. Ich denke, so ist es besser, als wenn wir den drei Moskowitern unser Geld in die Rachen stopfen. Das können wir selber gebrauchen. Oder was meinst du, Professor?"

In Heiner Starks Kopf überschlugen sich die Gedanken. Wie sollte er das bloß Udo Bahrendorf beibringen. Dem war er doch auch verpflichtet. Der rechnete doch mit dem Großauftrag von den Moskowitern. Und jetzt soll er noch auf einer weiteren Hochzeit tanzen. In diesem Augenblick sehnte er sich an seinen Lehrstuhl zurück. Mann Gottes, was hatte er früher über die Arbeitsbelastung geklagt. Dabei war das im Vergleich zu heute ein Schonplatz gewesen! Was nutzte ihm das große Geld, wenn keine Zeit zum Leben blieb. Ach was sagte er sich, wird schon gut gehen. Er zwinkerte Egmont Zerk zu: „Du bist mir schon ein cleverer Manager. Ich finde es ganz toll, wie du dich für die Genossen einsetzt und die sozialistische Umgestaltung Westdeutschlands zu deiner Lebensaufgabe machst. Chapeau, du kannst auf mich zählen."

Sie wurden durch das Läuten der Türklingel unterbrochen. Wolfgang Talkhofer war gekommen. Das roch nach Ärger, wenn er nicht anrief, sondern persönlich hier auftauchte. Zerk und Talkhofer verschwanden im Arbeitszimmer. Nach endlosen dreißig Minuten kam Zerk zurück. Er hob beschwichtigend die Hände, als Ursel und Heiner Stark sich verabschieden wollten: „Bleibt bitte noch hier, das Problem betrifft euch auch. Bitte trinkt mit mir noch ein Glas Rotwein, dann können wir klarer denken."

Er lehnte sich im schweren Clubsessel zurück, schlug die Beine übereinander und nahm einen großen Schluck aus dem edlen Weinglas. „Also", fuhr er fort, „unsere Moskowiter machen Ärger. Sie haben angeblich den roten Koffer in ihren Besitz gebracht und wollen mich damit erpressen. „Welchen roten Koffer, was ist da drin?", fragte Ursel Stark. „Das möchte ich euch nicht sagen", erwiderte Zerk „es geht um eine gewisse persönliche Angelegenheit. Ich habe damals im Rahmen der Gesetze der DDR gehandelt. Aber heute könnte man das gegen mich verwenden und mein Image dauerhaft beschädigen."

Heiner Stark wusste vom Inhalt dieses Koffers, ließ sich aber nichts anmerken. „Wieviel", fragte er, „was ist der Preis. Ich halte zu dir, wir können uns das Lösegeld teilen. Ich denke, mit 10 Millionen dürften die zufrieden sein. Ich schlage vor, dass Ursel die Verhandlungen führt. Sie kennt die Herren von uns am besten."

„Einverstanden", Egmont Zerk nickte, „das ist sehr anständig von euch. Ich werde selbstverständlich für Ursels Sicherheit sorgen. Bei den Verhandlungen und der Geldübergabe werden sie meine besten Personenschützer absichern."

Er rief auf der Stelle Talkhofer an und beauftragte ihn, ein Treffen zu arrangieren.

Die Verhandlungen sollten an einem neutralen Ort stattfinden. Die Wahl fiel auf Hagenbecks Tierpark in Hamburg. Die drei Moskowiter kamen wie immer zu spät. Ursel hatte schon über eine Stunde am vereinbarten Treffpunkt beim Elefantengehege gewartet. Es war ja ganz interessant, den Familien dabei zuzuschauen, wie sie den riesigen Tieren Obst und Gemüse zuwarfen. Aber ihr stand heute der Sinn nicht nach Familienidylle. Seufzend erinnerte sie sich an die Zoobesuche in Rostock. Dafür war immer Zeit gewesen. Traditionell am Neujahrmorgen ging Familie Stark in den Rostocker Tierpark und ließ sich im Restaurant ein Würzfleisch mit Worcestersauße schmecken. Auch wenn sich die Rostocker Anlage nicht mit Hagenbecks Einrichtung messen konnte, so war sie doch ein Teil der Heimat. Und damit ohne Konkurrenz.

Die drei Russen setzten sich wortlos neben Ursel auf die Bank. Der Wortführer bat sie ihnen ein Angebot zu machen. Ursel begann taktisch mit einer geringeren Summe: „Wir bieten euch drei Millionen für den Roten Koffer. Ebenso versichert ihr uns, die euch zur Kenntnis gelangten Informationen nicht zu verwenden. Wir richten einen Sicherheitspuffer von zwei Jahren ein. Wenn ihr euch an unsere Vereinbarung gehalten habt, bekommt ihr nochmals drei Millionen."

Die drei Russen verzogen keine Miene. Ohne Rücksicht auf das Rauchverbot zündeten sie sich Zigaretten an. So saßen sie minutenlang und schauten wortlos dem Treiben am Elefantengehege zu. Ursel kam das wie eine Ewigkeit vor. Worauf hatte sie sich eingelassen? Was sollte sie tun, wenn man ihr Gewalt antat, oder sie entführte? Waren die Personenschützer auch wirklich in der Lage, mit den gewaltbereiten Russen fertig zu werden? Mit Schaudern erinnerte sie sich an ihre sexuellen Exzesse mit diesen Kerlen. Übelkeit stieg in ihr hoch.

Der Wortführer nahm einen Zettel aus der Jackentasche, schrieb etwas darauf, faltete ihn zusammen und übergab ihn Ursel: „Sagen sie Zerk, das ist unsere Forderung. Und zwar alles und sofort. Ohne Quarantäne und Sicherheit. Andernfalls geht der Koffer an die Presse und damit an die Staatsanwaltschaft."

Ursel entfaltete den Zettel und las drei Worte „Fünf Milliarden Mark". Ihr wurde übel. Sie erbrach sich auf den Rasen des Tierparks. Zwei ältere Damen schimpften empört: „Das ist ja unerhört. Was sich hier neuerdings für Gesindel rumtreibt. Sollen doch in ihrem Puff auf der Reeperbahn bleiben." Einer der Russen ging zu den Damen, nahm einen Abfallkorb und schüttete in über sie aus. Ruhig sagte er: „Bitte schön, der Unrat passt zu ihren Beleidigungen."

Ohne sich noch einmal umzuschauen entfernten sich die drei.

Nun gaben sich die Personenschützer zu erkennen. Sie hakten Ursel unter und gingen mit ihr zum Wagen. Dann fuhren sie nonstop nach Berlin. Ohne die Tempolimits zu beachten, immer Vollgas mit ihrem leistungsstarken Volvo. Zu Ursel Starks Überraschung fuhren sie nicht zur Villa nach Wandlitz, sondern in das ZK – Gebäude. Hier wurde sie schon von Wolfgang Talkhofer erwartet. In dessen Büro saßen auch Heiner Stark und Wolf Erger. Talkhofer kam ohne Umschweife zum Thema: „Wir können Genossen Zerk nicht mehr länger halten. Er ist erpressbar und damit unsere gesamte Führungsspitze. Wir fahren jetzt zu ihn und fordern seinen Rücktritt. Welche Perspektive können wir ihm bieten?" Dabei sah er Ursel Stark fragend an. „Er kann mit seiner Frau die Leitung der neuen Verlagsgesellschaft übernehmen", schlug Ursel Stark vor. Talkhofer war überrascht: „Davon habe ich noch nichts gehört. Erkläre mir doch bitte, was es mit dieser neuen Firma auf sich hat."

Es stellte sich heraus, dass Talkhofer und Erger über Zerks Pläne nicht informiert waren. Ihre Verwunderung schlug in Verärgerung um, als sie von den 10 Milliarden Mark erfuhren. Sie sahen aber keine Möglichkeit, Zerk dafür zur Verantwortung zu ziehen, weil er zu viele Interna kannte. Sie wollten ihm ein auskömmliches Leben ermöglichen. Sie entschieden sich, zur Klärung der Sachlage umgehend nach Wandlitz zu fahren. Dabei sollten Ursel und Heiner Stark sie begleiten.

Egmont Zerk empfing seine Gäste im Trainingsanzug. Er hatte seinen abendlichen Dauerlauf absolviert und noch nicht geduscht. Es roch deutlich nach Schweiß. „Das nenne ich mal eine schöne Idee", sagte er freundlich, „ dass ihr mich spontan besucht. Ich vermute mal, ihr wollt mit mir feiern. Genossin Stark hat wohl gute Nachrichten aus Hamburg mitgebracht?"

Er wollte seine Besucher auf die Terrasse lenken, aber Talkhofer bestand darauf, die Unterhaltung im geschlossenen Raum zu führen. Er kam ohne Umwege zum Anliegen des überraschenden Besuches: „Wir haben leider nur schlechte Nachrichten. Die Moskowiter wollen 5 Milliarden. Das können wir nicht realisieren. Wir müssen offen reden. Du bist nicht mehr tragbar. Du bist anfechtbar und gefährdest unsere sozialistische Sache. Und unsere Sache ist wichtiger als wir selbst. Wir fordern dich deshalb zum Rücktritt auf. Wir kommen nicht mit leeren Händen. Für dich wird gesorgt. Unser Vorschlag ist, dass du die Leitung des neuen Verlages übertragen bekommst. Diese Villa kannst du weiter nutzen. In ein paar Jahren, wenn Gras über die Angelegenheit gewachsen ist, können wir dich wieder mit einer Spitzenfunktion beauftragen.

Egmont Zerk war völlig überrascht. Er war zu keiner adäquaten Reaktion fähig. Hilflos irrte sein Blick von einem zum anderen. Er stammelte: „Das habe ich nicht verdient. Ich habe immer nur das Beste für unsere Sache gewollt und mich keines Vergehens schuldig gemacht. Es gab doch diesen Schießbefehl. Ich habe doch nur meine Pflicht als Soldat der Nationalen Volksarmee und Genosse der SED erfüllt. Ihr könnt mich doch nicht so einfach abservieren. Ich bin doch nicht Honni!"

Wolf Erger legte ihm beruhigend die Hand auf die Schulter: „Das geht doch nicht gegen dich. Wir wollen dich nicht verlieren. Aber in der heutigen Situation können wir keinen Skandal wegen deiner Person gebrauchen. Die innenpolitische Lage ist äußerst angespannt. In Westdeutschland nehmen die Unruhen rasend schnell zu. Überall stößt unsere Politik der Planregulierung und Enteignung auf Ablehnung. In Stuttgart mussten Sondereinheiten der Staatssicherheit die Konzernzentrale von Daimler – Benz sichern, weil die Arbeiter sich weigerten, den Trabantmotor in ihre Fahrzeuge einzubauen. Wir brauchen jetzt eine souveräne Führungsfigur. Und das kannst du, so sehr ich das bedaure, nicht mehr sein."

XX. Der dritte Mann

„Ich will keinen dritten Mann", Wolfgang Talkhofer schlug zur Bekräftigung seines Willens mit der Faust auf den Tisch. Wolf Erger zuckte erschrocken zusammen. Erger war ein gebildeter und eloquenter Mann, beileibe aber kein Machtmensch. Einer mit zu viel Skrupel. Talkhofer war das genaue Gegenteil. Er hatte nur auf eine gute Gelegenheit gewartet, um Egmont Zerk los zu werden. Im Grunde benötigte er auch Wolf Erger nicht, hielt an ihm aber nicht aus Verbundenheit fest. Das war im egal. Er brauchte ihn als Prügelknaben. Als Verantwortlichen und Überbringer von schlechten Nachrichten. Und darum ging es jetzt. Sie befanden sich in einer Krise, die Macht zerrann ihnen wie Sand zwischen den Fingern. Die Westmedien kamen aus der Deckung. Sie begannen, den zentralen Reformationsrat offen zu attackieren. Wie die Hyänen würden sie sich auf den Fall „Roter Koffer" stürzen. Man musste denen zuvorkommen, in die Offensive gehen. Das war die Order für Wolf Erger. Er wies ihn an: „Du lädst morgen Presse, Fernsehen und Rundfunk zu einer Pressekonferenz ein. Dort stellst du den Rücktritt von Zerk als Aktion der Stärke dar. Wir sind ehrliche und saubere Menschen. Uns können die Massen nach wie vor mehr trauen als den alten Politikern in Ost- und Westdeutschland. Ich übernehme die Führung des Reformationsrates, du bist mein Stellvertreter. Ab jetzt wird alles besser, die Leute können auf uns bauen."

Wolf Erger nickte devot: „Du hast ja Recht, wie immer. Meiner Unterstützung bist du sicher. Was machen wir mit dem Ehepaar Stark. Sie kennen alle wichtigen Interna. Wir sollten ihnen einen lukrativen Job anbieten, damit sie sich ruhig verhalten."

„Das hat noch Zeit", Talkhofer reagierte genervt, „die werden schon die Klappe halten. Genossin Stark hat doch einen guten Job als Leiterin der Plankommission. Was braucht die mehr. Genosse Stark hat doch einen sehr gut dotierten Posten bei einer Unternehmensberatung. Fühl ihm doch mal auf den Zahn, ob er damit zufrieden ist. Wir könnten ihn sonst auch als Rektor der Hamburger Universität einsetzen. Im Übrigen weiß der eh schon zu viel. Ich möchte den nicht mehr so dicht bei mir haben."

Was Talkhofer nicht wusste, sein Gespräch wurde abgehört und aufgezeichnet. Vom Abteilungsleiter Wissenschaften im ZK der SED. Der tobte innerlich vor Wut. Er hatte gehofft, an Stelle von Zerk in den Reformationsrat berufen zu werden. Dieser Mann war ein qualifizierter Intrigant. Ohne jeden Skrupel streute er Gerüchte und ließ die Leute ins offene Messer laufen. Da er sich scheute, Talkhofer offen anzugreifen, suchte er nach einem inoffiziellen aber wirkungsvollen Weg, um ihn zu kontrollieren oder sogar zu stürzen. Ihm war zu Ohren gekommen, dass Heiner Stark von einer überaus delikaten Sache wusste, mit der man den Reformationsrat erpressen konnte. Er lud Stark deshalb zu einem vertraulichen Gespräch ein, um ihn als Kumpan für eine Intrige gegen Talkhofer zu gewinnen. Was er nicht bedacht hatte, war, dass Heiner Stark noch eine alte Rechnung mit ihm offen hatte. Die Zeit dafür war reif. Er informierte Talkhofer umgehend über die Pläne des Abteilungsleiters. Es geschah, was Heiner Stark erhofft hatte. Die Funktion des Abteilungsleiters war neu zu besetzen.

Heiner Stark teilte Talkhofer mit, dass er keineswegs Rektor der Hamburger Universität werden wollte, oder einen anderen Job von Talkhofer erwartete. Er fühle sich als Unternehmensberater wohl und sei ausgelastet. Er könne ihm aber ans Herz legen, Udo Bahrendorf als Berater des Reformationsrates zu berufen. Bahrendorf sein nicht nur ein sehr erfahrener Wirtschaftsfachmann, sondern auch eine sehr sympathische Figur, die bei den Leuten sehr gut ankäme.

Zu Heiner Starks Verwunderung wurde seine Empfehlung befolgt. Für Talkhofer war das ein wohl kalkulierter Schachzug. Er wollte dadurch beruhigend auf die westdeutsche Bevölkerung wirken, dass einer der Ihren im Zentralen Reformationsrat vertreten war. Bahrendorf fühlte sich geschmeichelt und nahm den Job an.

Als erste Maßnahme erhielt Bahrendorf den Auftrag, eine Bestandsaufnahme der aktuellen Lage zu erarbeiten. Er bekam dafür drei Tage Zeit. Seine Analyse sollte ein Beitrag für die Parteikonferenz sein, sozusagen offen und ehrlich die Wahrheit verkünden. Für Bahrendorf stand von vornherein fest, dass er dafür die Unterstützung von Ursel und Heiner Stark benötigte. Sie zogen sich zur Klausur in ein ruhiges Hotel auf der Insel Usedom zurück. Marie Gold verstärkte das Team als Sekretärin.

Der erste Weg führte sie ans Meer.

Es war ein warmer Herbsttag wie im Oktober, obwohl dem Kalender nach schon November war. Die Sonne ging unter. Ihre Strahlen zauberten ein glänzendes Farbenspiel in den Himmel. Das Leuchten spiegelte sich in den Augen von Marie Gold und Ursel Stark wider. Die Frauen gingen einige Schritte hinter den Männern. Heiner Stark drehte sich ein ums andere Mal um. Er war nicht bei der Sache. Wenn er jetzt aufgefordert worden wäre, sich für eine der beiden Frauen zu entscheiden, er hätte es nicht gekonnt. Mit Ursel verbanden ihn viele Jahre gemeinsam gelebten Lebens. All das Schöne und Schwierige hatte sie fest verbunden. Zu fest, wie Ursel ihm zu verstehen gab. Sie wollte freier sein, ohne ihn leben. Aber war das ihr letztes Wort? Marie Gold besaß dagegen den Reiz des Neuen, Unbekannten. Sie wirkte selbstbewusster, charmanter als Ursel. Aber war sie die richtige neue Partnerin in seinem Leben? Wollte sie überhaupt eine dauerhafte, feste Bindung?

Er war so von seinen Gedanken gefesselt, dass er Bahrendorfs Frage überhört hatte. Der wiederholte: „Hier stehen ja viele prächtige Villen. Ist das alles Volkseigentum oder kann ich hier was kaufen. Diese Hütten werden mal einen Wertzuwachs haben, davon kann man nur träumen. Wem gehört eigentlich unsere Bleibe?" Typisch, Heiner Stark musste lachen: „Unsere Villa ist ein Gästehaus des ZK der SED. Hier können Spitzenfunktionäre der Partei ihre Ferien verbringen. Aber auch für prominente Künstler stehen ihre Türen offen. Soviel ich weiß, wurden diese Villen in den 50er Jahren vom Staat beschlagnahmt. Sie wissen schon, die Aktion Rose. Heute kann man sie noch nicht kaufen. Aber was morgen sein wird…?" Er beendete seine Worte mit einem erneuten Lachen. Bahrendorf gab noch nicht auf: „Ja, wenn sie dem Staat gehören, kann er sie doch auch verkaufen. Sie kennen doch die richtigen Leute. Fragen kostet doch nichts." Stark nickte: „Mach ich gerne für sie. Eigentlich keine schlechte Idee. Das wäre auch für mich eine attraktive Option."

Der Strandgang wurde etwas länger. Die kleine Gruppe genoss die friedvolle Ruhe. Nur das Rauschen des Meeres war zu hören. Danach waren sie müde und gingen zeitig zu Bett. Heiner Stark schlief tief und fest. Wie seit langem nicht mehr. Er erschien in bester Laune zum Frühstück. Ungeniert verteilte er Komplimente. Auch Bahrendorf wurde nicht verschont. Als er ihn zum bestaussehenden Unternehmensberater, der derzeit in dieser Villa wohnt, erklärte, fuhr ihm Marie Gold sanft in die Parade: „Ich darf ihnen noch sagen, dass uns das Kaminzimmer zur Verfügung gestellt worden ist. Ich schlage vor, wir beginnen um 9.00 Uhr mit der Arbeit." Und mit einem Seitenblick auf Heiner Stark: „Falls dir dann die Komplimente ausgehen sollten, wird das unsere Konzentration eher befördern als behindern."

Ab 9.00 Uhr hatte Bahrendorf die Zügel wieder fest in den Händen. Er eröffnete die Klausur mit der Aufforderung, gemeinsam einen Themenkatalog zu erstellen. Innerhalb weniger Minuten hatte Marie Gold fünf Schwerpunkte notiert.

1. Die Entwicklung der SED in Westdeutschland
2. Die Veränderungen in den Eigentumsverhältnissen
3. Die Einführung der Planwirtschaft
4. Die Stimmung in der westdeutschen Bevölkerung
5. Die Lage auf dem Arbeitsmarkt

Bahrendorf war damit zufrieden. Die Teilnehmer erhielten Schwerpunkte zugeteilt und sollten darüber eine schriftliche Analyse anfertigen. Dafür erhielten sie einen Tag Zeit.

Heiner Stark sollte die Entwicklung der SED und die Veränderung der Eigentumsverhältnisse untersuchen. Ursel Stark war für die Einführung der Planwirtschaft zuständig. Bahrendorf behielt sich die Stimmung der Bevölkerung und die Situation auf dem Arbeitsmarkt vor.

Nachmittags traf sich das Team zur Kaffeepause. Sie beobachteten, wie ein großer grauer Citroen vorfuhr. „Merkwürdig", sinnierte Heiner Stark, „das ist doch Honnis

Dienstwagen. Was will der denn hier." Ein Kellner fasste die Bemerkung als Frage auf und antwortete: „Der Genosse Generalsekretär ist oft Gast unseres Hauses. Heute ist er in Begleitung einer jüngeren Dame. Uns ist sie nicht bekannt. Eine gewisse Anita Ferkel." Er hatte seine Erklärung kaum beendet, da betrat Honni in Begleitung einer Frau mittleren Alters den Kaffeeraum.

„Ach du Schreck", entfuhr es Heiner Stark, „das ist doch die Ponnyfrisur aus Berlin. Ich dachte, die wäre jetzt in der CDU." Honni war diese Bemerkung nicht entgangen: „Das könnt ihr ruhig weitersagen, ich bin jetzt auch Mitglied der CDU, sozusagen Ehrenvorsitzender in der DDR – CDU. Und das ist die Vorsitzende Anita Ferkel. Sie wurde gewählt, weil sie so gut Blockflöte spielen kann."

Heiner Stark sah sich durch die Erklärung veranlasst, seinerseits das Team vorzustellen. Honni empfand offensichtlich Sympathie für Udo Bahrendorf. Den etwas schmuddeligen, korpulenten Kuschelbärtypen. „So, so", nuschelte Honni, „aus Pinneberg kommen sie. Ich stamme aus dem Saarland. Da sind wir ja beide Westler. Hätten sie nicht mal Lust, mit mir zu jagen?" Da lief er bei Bahrendorf offene Scheunentore ein. Wenn der etwas liebte, dann das Weidwerk. Die beiden verabredeten sich spontan für den Abend, um im Jagdgebiet von Harry Stuhl auf die Pirsch zu gehen.

So kam es, dass Heiner Stark den Abend mit den beiden Frauen allein verbringen durfte. Eine delikate Situation, die aber von Marie Gold dadurch entschärft wurde, dass sie sich nach dem Abendessen auf ihr Zimmer zurückzog. So war das Ehepaar Stark bei einer Flasche Weißwein unter sich. Es war November, die Abende schon recht kühl. Das Personal hatte den Kamin angezündet. Beide saßen nebeneinander und blickten versonnen in das Feuer. Ursel brach als erste das Schweigen: „Ist schon verrückt, was wir im letzten Jahr alles erlebt haben." „Stimmt", pflichtete Heiner ihr bei, „und dabei haben wir früher schon geglaubt, dass wir einen sehr anspruchsvollen Beruf hatten. Dabei war das bezahlter Urlaub im Vergleich zu heute."

Nach einer längeren Pause nahm Ursel den Gesprächsfaden wieder auf: „Deine Marie Gold ist eine tolle Frau. Wie geht es denn mit euch jetzt weiter?"

„Das ist überhaupt noch nicht klar. Wir haben eine sehr schöne, aber auch sehr lockere Beziehung. Ich vermute, sie wird keine feste Bindung wollen. Dafür ist ihr gegenwärtiges Leben zu gut. Mit tollem Job und einer prächtigen Villa. Eine feste Beziehung würde sie nur einschränken."

„Ja, so ist das in unserem Alter", Ursel Stark nickte mit dem Kopf und trank in Ruhe einen Schluck Wein, „wir sind nicht mehr so spontan, um nicht zu sagen naiv, wie vor 20 Jahren. Du redest nur davon, was vermutlich Frau Gold will oder nicht will. Was aber, mein Lieber, willst du?"

„Ich kann es dir nicht sagen. Eigentlich würde ich gerne euch beide haben. Bitte lache jetzt nicht. Ich mache keine Scherze. Ich kann mich einfach nicht für eine entscheiden"

Ursel stellte ihr Glas auf den Tisch, wandte sich ihrem Mann zu. Sie nahm seinen Kopf in beide Hände und gab ihm einen leidenschaftlichen Kuss: „Von mir aus musst du dich nicht zwischen mir und Frau Gold entscheiden. Ich hatte eine monogame Ehe. Das genügt. Komm, lass uns auf mein Zimmer gehen. Ich würde jetzt gerne mit dir zusammen sein."

Zum Frühstück erschien Bahrendorf spät, aber bester Laune: „Das glaubt mir keiner, was ich gestern erleben konnte. Wie die hier jagen, dafür würde man uns im Westen öffentlich hinrichten." Heiner Stark fühlte sich verpflichtet, nachzufragen, wie das gemeint war. Bahrendorf: „Die Jagdaufseher binden für die SED Bonzen doch tatsächlich Wild an den Bäumen fest. Die sitzen dann auf dem Hochstand und ballern die armen Kreaturen ab. Ähnlich wie am Forellenteich der Fischzucht, wo du die hilflosen Fische auch mit dem Einkaufsnetz einfangen kannst." In diesem Moment betraten Honni und die Ponnyfrisur den Frühstücksraum. Honni klopfte Bahrendorf auf die Schulter: „Gar nicht so schlecht, was sie da gestern Nacht gezeigt haben. Aber Treffen ist wohl nicht ihre Stärke. Ha, ha, ha."

Die Ponnyfrisur schien nun endlich Heiner Stark zu erkennen: „Wir trafen uns schon mal bei ihrem schwulen Freund in Berlin. Wie sie sehen, bin ich auf die SED nicht mehr angewiesen. Ich stehe zur Verfügung, wenn mein Land eine Vorsitzende der CDU braucht. Ich nehme jeden Auftrag ernst, wenn es sein muss auch als erste Staatsratsvorsitzende Deutschlands." Als daraufhin ein lautes Gelächter einsetzte, reagierte sie sehr verschnupft: „Ich weiß gar nicht, was es da zu lachen gibt. Sie werden noch an meine Worte denken…"

Nach dieser Einlage traf sich das Team gut gelaunt zum zweiten Klausurtag. Heiner Stark begann mit der Analyse zur Lage der SED in Westdeutschland: „Die SED konnte in den vergangenen zwei Jahren einen starken Zustrom an neuen Mitgliedern verzeichnen. In Zahlen ausgedrückt, die Mitgliederzahl wuchs im Westen von null auf zwei Millionen. Hauptgrund für diese Expansion war die Forderung der SED, dass alle Führungskräfte in Wirtschaft, Kultur und Verwaltung in die SED eintreten. Das ist zu 75 Prozent geschehen. Einschränkend muss gesagt werden, dass die politische Qualität der neuen Mitglieder sehr mangelhaft ist. Kurz gesagt, alles Karrieristen, keiner ist überzeugter Sozialist."

„Ja, was haben sie denn erwartet", Bahrendorf unterdrückte ein Lachen, „die müssen sie schon noch erziehen. Viel Spaß dabei!"

Ursel Stark: „Das sehe ich nicht so hoffnungslos. Was wir brauchen, sind genauere Informationen, wer nicht zur Partei steht, um gezielt gegen subversive Kräfte vorgehen zu können. Hast du denn Erkenntnisse über die Tätigkeit der inoffiziellen Mitarbeiter im Westen?"

Heiner Stark: „Vor der Vereinigung hatte die Hauptabteilung Aufklärung der Stasi in Westdeutschland rund 1500 Spione. Die müssen jetzt ein funktionierendes Netzwerk von Informanten aufbauen. Die Nachfrage ist riesig. Es gibt lange Wartelisten. Neben dieser internen Tätigkeit ist nun ein breites politisches Schulungssystem für die neuen Mitglieder zu schaffen. Materialien sind zu drucken, Schulungsleiter zu qualifizieren, Parteischulen zu gründen."

„Genug, genug", Bahrendorf hob die Hände, „aber eines möchte ich doch gerne noch erfahren. Warum gibt es Wartelisten für Informanten? Werden diese Spitzel denn so gut bezahlt?"

„Nein, im Gegenteil. Die bekommen nichts und haben zudem noch Unkosten. Das nehmen die aber dafür in Kauf, dass sie ihre Nachbarn und Kollegen anscheißen können."

Bahrendorf kopfschüttelnd: „Ich denke, das genügt zu dieser Thematik. Kommen wir zum 2. Schwerpunkt. Bitte Professor, sie haben das Wort."

Heiner Stark: „Die Entwicklung der sozialistischen Eigentums-verhältnisse stagniert. Der Volksentscheid wurde nicht konse-quent umgesetzt. Es mangelte an fähigen Führungskräften und konkreten Richtlinien. Die Direktive 112/1989 wurde allgemein ignoriert. Ich halte das aber nicht für ein Negativum, ganz im Gegenteil. Jeder Aktionismus hätte der Wirtschaft unsäglichen Schaden zugefügt. Wir sollten darauf orientieren, dass die von mir entwickelte Konzeption der modernen Systemkonvergenz weiter verfolgt wird. Und zwar behutsam, mit ruhiger Hand."

Bahrendorf war entzückt: „Ja, ganz wunderbar, lieber Professor. Das kann ich nur unterschreiben. So soll es sein und bleiben. Jetzt treten wir erst einmal in die Mittagspause ein, danach referiert Frau Professorin Stark zur Planwirtschaft."

Während des Mittagessens kam es zu einem Eklat zwischen Ursel Stark und Marie Gold. Der Anlass war trivial. Marie Gold hatte den Platz besetzt, auf dem Ursel Stark schon zum Frühstück gesessen hatte. Es ist so eine deutsche Eigenart, dass einmal genutzte Plätze, sei es im Bus oder im Hotelrestaurant, als Eigentum angesehen und somit auch gegen Fremdnutzung verteidigt werden. Ursel Stark entfuhr deshalb der spontane Ausruf: „Oh, das ist mein Platz." Worauf Marie Gold nur herablassend antwortete: „Ich wusste gar nicht, dass sie Eigentümerin dieses alten Stuhles sind. Wenn nicht, haben sie auch keinen Anspruch darauf." Danach brachen bei Frau Professor Stark die Dämme. Sie verlor jedes Maß und keifte Marie Gold an, sie sei eine eingebildete Tante, wobei es ihr unklar sei, worauf ihre Arroganz basiere. Immerhin sei sie die Professorin und Frau Gold nur eine dumme Tippse.

Heiner Stark wurde blitzartig klar, dass er nicht ganz unschuldig an dieser eruptiven Emotion war. Es fiel Ursel wohl doch nicht so leicht, ihrem Mann die Liaison mit Marie Gold zu gönnen. Er würde sich entscheiden müssen, sonst war er beide Frauen los. Er nahm sich vor, abends darüber mit Marie Gold zu sprechen.

Ursel Stark hatte noch vom Zorn gerötete Wangen, als sie nach der Mittagspause zur Einführung der Planwirtschaft in Westdeutschland vortrug: „Als Quintessenz kann ich vorwegnehmen, dass die von mir geleitete Plankommission gute Fortschritte erzielen konnte. Wir haben die Unternehmen aufgefordert, uns bis Jahresende Zuarbeiten zu liefern. Wir haben dann einen gründlichen Überblick über die Produktionspotentiale und können dann den ersten Jahresplan verabschieden."

Marie Gold konnte sich nicht beherrschen. Unter Missachtung ihrer Rolle als Protokollantin nahm sie sich die Befugnis, zur Sache zu sprechen: „Ich kann diese Einschätzung von Frau Stark nicht teilen. Ich erlebe, nein, ich erleide wie viele andere westdeutsche Bürger, den katastrophalen Zustand der Warenbereitstellung. Ich nenne mal als Beispiel mein Mercedes Autohaus in Elmshorn. So was haben sie noch nicht erlebt. Bei meinem Cabrio war eine Feder gebrochen. Früher war das eine Lappalie, heut soll ich Monate warten, bis die neue Feder geliefert wird. Der Meister hat mir sogar empfohlen, dass ich mir Räucheraal besorge und nach Stuttgart fahre, um ihn gegen eine neue Feder einzutauschen. Aber Aal ist nicht zu bekommen. Ich kann da keinen Fortschritt erkennen."

„Das ist der normale Alltag des DDR – Bürgers", fauchte Ursel Stark zurück, „Planwirtschaft bedeutet Mangelwirtschaft. Das ist so im Sozialismus. Das Tauschgeschäft müssen die Wessis erst noch lernen. Alles hat zwei Seiten. Wir haben keine Wegwerfgesellschaft, da muss man auch mal auf seine Feder warten. Fahren sie doch mal wieder mit dem Rad ins Büro. Etwas Sport täte ihnen ganz gut."

Bahrendorf reagierte genervt. Er bat Marie Gold, sich nicht weiter zur Sache zu äußern und ging zum dritten Schwerpunkt, der Stimmungslage der Bevölkerung, über: „Wenn ich die Erhebungen der Wahlforscher zu Grunde lege, gibt es eine breite Unterstützung für die Politik der SED. Wenn heute Bundestagswahl wäre, käme die SED auf über 60 Prozent der Stimmen. Die CDU läge bei 15 Prozent, die SPD bei 12 Prozent, die Grünen bei 4 Prozent und die Liberalen würden 6 Prozent verbuchen. Diese Zahlen stimmen jedoch in keiner Weise mit meinen persönlichen Erfahrungen überein. Im Alltag erlebe ich ein große Unzufriedenheit. Wo man auch hinschaut, gibt es Versorgungsprobleme. Bei Autos sowieso, aber auch bei Lebensmitteln, Konsumgütern, Schuhen und so weiter. Mit die größte Empörung hat das einlagige Toilettenpapiers aus dem VEB Fortschritt ausgelöst. Es wird vorwiegend von Handwerkern gekauft, die es als feines Sandpapier verwenden. Dafür ist der Preis konkurrenzlos. Aber es eignet sich nicht für den Arsch, wenn ich das mal so salopp ausdrücken darf. Kann mir jemand sagen, wie es zu dieser Analyse der Wahlforscher kam?"

Heiner Stark bat darum, dass die Frauen eine Pause einlegten, damit er unter vier Augen mit Bahrendorf reden konnte. Um sicher zu sein, dass ihr Gespräch nicht belauscht wurde, gingen sie an den Strand. Heiner Stark ließ endlich die Katze aus dem Sack: „Ich hatte ihnen und Dr. Müller versprochen, dass ich über internes Wissen verfüge, das die derzeitige Regierung stürzen kann. Ich meine, die Zeit ist gekommen, die Karten auf den Tisch zu legen. Allerdings exponiere ich mich damit. Ich habe dann bei Zerk, Talkhofer und Erger verschissen. Bis in alle Ewigkeit. Ich muss sie deshalb bitten, mir eine sichere Existenzgrundlage zu garantieren. Ich meine damit einen unkündbaren Beratervertrag mit ihrer Kanzlei zu den jetzigen

Konditionen." Er holte einen Vertrag aus seiner Aktentasche und überreichte ihn Bahrendorf. Der warf einen flüchtigen Blick darauf und unterschrieb ihn dann wortlos. Schweigend gingen die beiden Männer am Strand entlang. „Nun aber los, Professor", Bahrendorf platzte schier vor Neugierde, „lassen sie endlich die Bombe los."

Stark flüsterte: „Es handelt sich um den Volksentscheid zur Enteignung des Großkapitals. Das Abstimmungsergebnis wurde von Zerk gefälscht. Das Gleiche gilt für die Wahlprognosen. Die SED hat ihre Leute in die Umfrageinstitute delegiert. Und die fälschen ohne rot zu werden. Die haben ja nie was anderes gemacht, als das Volk belogen und betrogen. Dabei haben die nicht mal ein schlechtes Gewissen. Die sind der Überzeugung, das Richtige für den Weltfrieden und den Sieg des Sozialismus zu tun."

Bahrendorf blieb stehen und blickte aufs Meer: „Boa, das ist wirklich ein Riesenskandal. Das muss für die Beseitigung der SED – Clique reichen. Allerdings müssen wir klug vorgehen. Das Pulver muss trocken gehalten werden. Der Schuss muss sitzen! Wir haben nur den einen." Heiner Stark stimmte ihm zu: „Ich sehe das genauso. Deshalb schlage ich vor, dass sie sich im zentralen Reformationsrat engagieren, um die benötigten Informationen aus erster Hand zu bekommen."

„Aber wird mir Talkhofer vertrauen?", Bahrendorf war skeptisch.

„Sie müssen sich unentbehrlich machen. Deshalb muss auch unsere Arbeit hier zu einem Ergebnis führen, das Talkhofer gefällt."

Bahrendorf: „Sie meinen alles ist gut, besser geht es gar nicht?"

Stark: „Ja, genauso!"

„Dann schicken wir jetzt die beiden Damen nach Hause und schreiben gemeinsam unser Märchenbuch von den glücklichen Menschen in den blühenden Gärten des Sozialismus."

„Ich möchte sie bitten, mir noch den heutigen Abend zu geben, damit ich mich in dieser schönen Umgebung mit Frau Gold aussprechen kann."

Die Sonne war schon lange im Meer versunken, ein heller Vollmond verlieh der Landschaft eine melancholische Stimmung. Marie Gold hatte sich bei Heiner Stark untergehakt. Schweigend genossen beide die Harmonie der Stunde. Marie Gold brach zuerst das Schweigen: „Ich möchte mit dir gerne über unsere Beziehung reden. Du kennst mich als zupackende Frau. Deshalb möchte ich dir offen und ehrlich meine Vorstellungen von unserer Zukunft sagen. Ich kenne dich jetzt schon recht gut. Wir hatten uns ja Zeit gelassen, bis wir zueinander gefunden haben. Ich möchte, dass es so bleibt. Ich liebe dich. Lass dich scheiden und heirate mich."

Heiner Stark war von dieser Offenheit überrascht. Er blieb stehen: „Mir kommt gerade das Gedicht von Rilke in den Sinn. Also hatte ich damals unsere Zukunft doch richtig antizipiert." Er kniete in den feuchten Sand, sah Marie Gold ins Gesicht und sprach gerührt: „Marie Gold, willst du meine Frau werden, dann gib mir auf der Stelle einen Kuss."

Sie nahm seine Hände, zog ihn an sich und sagte: „Gerne möchte ich dich jetzt küssen. Aber das ist mir nicht genug. Ich möchte dich hier und jetzt vernaschen."

Und sie liebten sich im nasskalten Sand des Strandes.

Danach sagte sie: „Wie ist dein Verhältnis zu Ursel? Du musst wissen, ich weiß von ihrer Entgleisung mit den Russen. Das ist in unseren Kreisen allgemein bekannt. Die Russen haben es überall rumerzählt. Sie nennen es Moskauer Troika. Sie hatten mit Ursel gewettet, dass sie nicht in der Lage wäre, drei junge sibirische Bären gleichzeitig zu befriedigen."

Heiner Stark wurde das Gespräch unangenehm: „Ich habe mich mit Ursel ausgesprochen. Sie will unsere Ehe nicht fortsetzen. Ich auch nicht. Das Erlebnis mit dem Russensex hat sich in mein Gehirn gebrannt. Ich kann und will nicht mehr der Ehemann dieser Frau sein, sondern deiner. Komm, lass uns jetzt den Abend und die Nacht genießen. Gehen wir zu dir oder zu mir?"

XXI. Das Finale

September 1994. Professor Heiner Stark räkelte sich auf der Gartenliege in der warmen Herbstsonne. Marie Gold balancierte ein Tablett mit Kuchen und Kaffee. Sie hatte Starks Lieblingskuchen besorgt. Es war gar nicht so einfach gewesen, Windbeutel im Kuchenentwicklungsland Schleswig – Holstein zu bekommen. Da liebe Freunde zu Besuch waren, hatte sie sich gerne der Mühe unterzogen und einen sachsenstämmigen Bäcker in Pinneberg aufgetrieben, der ein paar riesige Windbeutel extra für sie hergestellt hatte. Der Rektor der Rostocker Universität klatschte vor Freude spontan in die Hände: „Damit bereitest du mir aber eine große Freude, liebe Marie", rief er aus, „ich habe eine große Schwäche für dieses Gebäck." Und zu seiner Frau gewandt: „Du machst bitte kein Theater wegen des Cholesterins. Heute ist ein Ausnahmetag."

Neben dem Rektor und Frau hatten noch Udo und Gitta Bahrendorf an der Kaffeetafel Platz genommen. „Nun kommen sie schon, verehrter Professor", rief er lachend, „runter von der Liege und Platz genommen. Es wäre mir ein Leichtes, ihren Beutel mit zu verdrücken." Das einsetzende Gelächter wurde noch lauter, als Heiner Stark zum Tisch eilte und seinerseits den Kuchen von Bahrendorf stibitze.

Es war eine launige Runde, die sich hier zusammenfand, um über die Honorarprofessur für Heiner Stark zu beraten. Eine Pause trat ein. Die Gäste konzentrierten sich auf die Windbeutel. Es ist immer ratsam, beim Windbeuteln nicht zu sprechen. Man kann sich sonst recht schnell mit Sahne bekleckern. Was Bahrendorf allerdings auch so problemlos gelang. „Ja, ja ich weiß schon", sagte er zu seiner Frau, „ich sehe wieder aus wie ein Schwein!" Worauf diese schmunzelnd erwiderte: „Ja, und bekleckert hast du dich außerdem." Wieder wurde herzhaft gelacht.

Udo Bahrendorf gehörte zu der Spezies, die auch über sich selber lachen können. Als die Tafelrunde wieder zur Ruhe gekommen war, rückte er das Anliegen der Zusammenkunft wieder in den Mittelpunkt: „Worin sehen sie denn die Perspektive unseres hochverehrten Professors, Magnifizenz. Sie wollen ihn doch nicht etwa wieder als Ordinarius an ihre Leuchte des Nordens holen. Das kann ich ihnen gleich vorab versprechen. Kampflos geben wir Heiner Stark nicht her."

Das war eine klare Ansage und der Rektor konnte darauf auch nicht mit einem Späßchen reagieren: „Ich hatte Heiner Stark 1988 zugesagt, dass wir seine ordentliche Professur für zwei Jahre ruhen lassen, damit er sich bei ihnen als Key Account Manager versuchen kann. Wie wir alle wissen, sind daraus fünf Jahre geworden. Seit drei Jahren ist er Honorarprofessor. Ich würde ihn liebend gerne wieder an meine Alma Mater holen. Aber auch eine Fortsetzung der Honorarprofessur wäre denkbar. Entscheiden muss er das selber." Und mit einem Seitenblick zu Bahrendorf: „Wir könnten ja um ihn ringen."

Marie Gold legte ihren Arm um Heiner Stark: „Da habe ich aber auch noch ein Wörtchen mitzureden. Ich gebe diesen Mann nicht wieder her. Nur über meine Leiche!"

Heiner Stark wurde rot und lächelte verlegen: „Zu viel der Ehre. Bevor ich mich entscheide, wäre es wohl angebracht, eine Bilanz der vergangenen Jahre zu ziehen. Vielleicht habe ich eure Lobpreisungen ja gar nicht verdient. Womit fangen wir an?"

Bahrendorf eröffnete die Bilanz: „Nun, da hätte ich schon einen Fall, der so gar nicht gut ausgegangen ist. Können sie sich noch an die Hamburger Reederei erinnern, lieber Professor?"

„Meinen sie den Fall, wo es um die Aufteilung des Unternehmens innerhalb der Familie ging?", erwiderte Stark, „da sollten sie doch das weitere Prozedere übernehmen."

Bahrendorf: „Das haben wir auch mit Erfolg realisiert. Die Familie konnte durch unsere Beratung erheblich an Erbschaftssteuern sparen. Im Ergebnis wurden vier Reedereien mit jeweils weniger als 100 Beschäftigten gegründet. Was er und wir aber nicht vorausahnen konnten, war, dass zwei seiner drei Kinder ihren Betrieb umgehend verkauft haben. In ignoranter Weise an russische Spekulanten. Damit zerfiel das gesamte System der arbeitsteilig verbundenen Unternehmen. Von der einstigen Reederei mit 42 Schiffen ist heute nichts mehr da."

Stark: „Oh, das ist sehr schade. Aber dafür kann man uns ja nicht die Schuld geben. So etwas kann in den besten Familien vorkommen. Oder besser gesagt, in den schlechten Familien."

„Haben sie eigentlich noch Kontakt zu Zerk, Talkhofer und Erger?", fragte Bahrendorf und wechselte damit das Thema.

„Okay, wenden wir uns diesem Schwerpunkt meiner Arbeit zu", Heiner Stark ließ sich Zeit und trank in Ruhe seinen Kaffee. „Ich möchte dabei an die zentrale Parteikonferenz der SED anknüpfen, für die wir ja das Referat verfasst hatten. Unsere Konzeption für die Konvergenz der Wirtschaftssysteme zum neuen ökonomischen System fand breite Zustimmung. Wir können heute mit Fug und Recht feststellen, dass Deutschland die fortschrittlichste Industrienation in der Welt ist. Wir haben drei große Sektoren: Zum ersten den volkseigenen Sektor in der DDR, zum zweiten die Volks – Aktiengesellschaften und drittens die Privatwirtschaft, vornehmlich in den kleinen Betrieben des Handwerks."

„Entschuldigen sie bitte, Professor", Bahrendorf bat ums Wort, „an dieser Stelle ist ein Beispiel angebracht. Ich darf auf die Fusion vom Volkseigenen Betrieb Sachsenring Zwickau mit dem Konzern Daimler Benz verweisen. Diese Unternehmen produzieren als sozialistischer Konzern überaus erfolgreich. Es wurde der Trabantmotor um zwei Zylinder erweitert und in die kleineren Mercedesmodelle eingebaut. Der luftgekühlte Zweitaktmotor hat sich bestens bewährt. Er leistet 140 PS bei einem Hubraum von 1,2 Liter. Besonders die Werkstätten lieben ihn. Mercedes dagegen lieferte einen Dieselmotor für den Trabant. Der Weltmarkt reißt sich förmlich um diese Fahrzeuge."

Der Rektor nickte zustimmend: „Meine Frau hat so einen Diesel in ihrem Trabi. Die Zwickauer Ingenieure haben dafür extra den Zweitaktdiesel wiederbelebt. Der verbreitet Porsche Feeling, so marschiert der Motor los. Der läuft mit allem, sogar mit altem Fritten Öl."

„Das hören wir sehr gerne", Heiner Stark freute sich über das Lob, „aber kommen wir zu den drei Genossen des zentralen Reformationsrates. Wie ihr bestimmt wisst, wurde die Einschätzung der Stimmung der Bevölkerung im Referat der Parteikonferenz massiv kritisiert. Wir hatten das ja mit Absicht schön gefärbt, um die SED – Führung zu blamieren. Das ist auch gelungen. Allerdings sahen Zerk und Genossen keinen Anlass, deshalb klein beizugeben. Das gelang uns erst, als wir ihnen versprachen, den Wahlbetrug beim Volksentscheid auffliegen zu lassen. Danach war es dann ein Leichtes, den Unsinn mit der Zentralen Wirtschaftsplanung zu beenden. Statt dessen wurde auf dezentrale Kompetenz orientiert. Dadurch gehörten die Versorgungsengpässe bald der Vergangenheit an. Zerk, Talkhofer und Erger haben nach der Auflösung des Refor-mationsrates neue Herausforderung gefunden. Wir stehen in einem losen Kontakt. Zerk vertritt die SED im Konföderationsrat, Talkhofer ist Generalsekretär der SED und Mitglied des Bundestages. Wolf Erger ist Stellvertreter von Talkhofer und leitet die Abteilung Wissenschaften im ZK der SED."

„Und ich darf noch anmerken", Bahrendorf ergänzte, „die illegalen Devisen, ich meine die zehn Milliarden Westmark, wurden für den Ausbau des Flughafens Schönefeld eingesetzt. Ich durfte dieses Projekt beratend begleiten. Nachdem wir uns für einem japanischen Baukonzern als Generalunternehmen entschieden hatten, war das Objekt nach zwei Jahren für weniger als sechs Milliarden betriebsbereit."

„Kommen wir zur Frage nach der politischen Stimmung in der Bevölkerung." Damit übernahm Stark wieder die Regie: „Bekanntlich wurden die turnusmäßigen Bundestagswahlen 1993 gestrichen. Wegen des nationalen Notstandes hatte der Bundestag das mit einfacher Mehrheit beschlossen. Jüngste Meinungsumfragen ergaben, dass in Westdeutschland die SED 45 Prozent Stimmenanteil erreichen würde, wenn jetzt Bundestagswahlen wären. Ihre absolute Mehrheit ist weg, sie wäre aber noch stärkste Partei. Koalitionen ergäben sich von den Grünen bis zur CDU. Alle wären dazu bereit. Am ehesten böte sich ein Bündnis mit der SPD an, die 12 Prozent einbringen könnte."

Der Rektor sah sich fragend um: „Diese Forsa Umfragen sind doch bekannt. Mich würde die Stimmung der Bevölkerung mehr interessieren als die Frage nach einem eventuellen Wahlergebnis."

„Ich kenne dazu aktuelle Meinungsumfragen", Stark griff die Bitte auf, „sie besagen, dass 12 Prozent mit der SED – Politik sehr zufrieden sind, 45 Prozent sind zufrieden, 30 Prozent sind mit Ausnahmen zufrieden und nur 12 Prozent sind vollkommen unzufrieden."

Marie Gold: „Das wundert mich aber, ich empfinde das anders."

Heiner Stark: „Du hast die Fortschritte in der Sozialpolitik auch nicht so unmittelbar empfunden wie der kleine Mann. Denken wir nur an das umfangreiche Wohnungsbauprogramm, oder die flächendeckende Schaffung von kostenlosen Kindergartenplätzen, oder die Verringerung der Arbeitslosigkeit, oder die kostenlose Schulspeisung."

„Und das alles auf unsere Kosten", Bahrendorf war empört, „die Mittel dafür mussten wir Besserverdiener durch einen aberwitzig gestiegenen Steuerbeitrag aufbringen. Hohe Vermögen werden mit jährlich 10 Prozent besteuert. Das hatten wir nicht gewollt."

„You can't always get what you want..", erwiderte Stark lachend, „das haben schon die Stones gesungen. Das ist nun mal Sozialismus. Der kommt nämlich von sozial. Aber ich kenne die Entwicklung unserer Vermögen, lieber Udo Bahrendorf. Ich kann nur sagen, wir klagen auf einem sehr, sehr hohen Niveau."

„Apropos Vermögen", Udo Bahrendorf bemühte sich um Contenance, „wie geht es eigentlich ihrem Ferienhäuschen auf Usedom?"

Heiner Stark: „Da bewegt sich zur Zeit nichts. Das Gesetz zur Rückübertragung von enteigneten Vermögenswerten ist in der DDR zu einem Riesenproblem geworden. Die Gerichte sind total überfordert. Unsere Hoffnung, die Villa direkt von der Regierung der DDR kaufen zu können, hat sich nicht erfüllt. Wir müssen uns an die rechtmäßigen Eigentümer wenden. Und das ist eine hoffnungslos zerstrittene Erbengemeinschaft."

Udo Bahrendorf: „Wenn ich richtig informiert bin, spielt dabei ihre Exfrau eine große Rolle, ist das so?"

Stark: „Ja, im gewissen Sinne schon. Sie hat mit ihren drei russischen Bären einen Immobilienfonds gegründet. Der ist mit einem unvorstellbaren Budget ausgestattet und kauft alles, was zu haben ist. Geld spielt dabei keine Rolle. Da muss ich passen."

Heiner Stark wurde vom Klingelton seines Mobiltelefons unterbrochen. Er stand auf und ging einige Schritte in den parkähnlichen Garten, um nicht gestört zu werden. Nachdem er das Telefonat mit einem „Bis gleich" beendet hatte, kam er zurück an die Kaffeetafel: „Mich hat gerade Egmont Zerk angerufen. Er möchte Herrn Bahrendorf und mich dringend sprechen. Ich habe mir erlaubt, ihn hierher einzuladen. Hat einer damit Probleme?"

„Ganz im Gegenteil", der Rektor war von dem Vorschlag sehr angetan, die anderen zuckten mit den Achseln. Was so viel wie ‚meinetwegen' bedeuten sollte. Eine halbe Stunde später erschien Zerk in Begleitung seiner dritten Frau. Er hielt sich auch nicht lange mit Höflichkeiten auf, sondern verschwand mit Bahrendorf und Stark im Teehäuschen.

„Ich benötige ihre Unterstützung", brach er das Schweigen, „ es geht um die paar D – Mark, die ich von euch als Aufwands-entschädigung erhalten haben soll. Man will mir daraus einen Strick drehen. Das kann mich meinen Posten im Konföde-rationsrat kosten."

„Ja schön ist das nicht", Bahrendorf stellte sich dumm, „aber was sollen wir dabei tun. Das Geld haben sie nun einmal angenommen. Konnte ja keiner wissen, dass man sie dafür zur Rechenschaft ziehen würde…"

Zerk: „Gibt es dafür Beweise, ich habe ja nichts unterschrieben. Das wäre mir wichtig und könnte den Angriff gegen mich verpuffen lassen."

Stark: „Wir haben da schon einen Forderungsbeleg von dir, außerdem wäre da noch der Sportwagen für deine Frau. Das können wir aber diskret händeln, wenn du uns sagst, wer dich fertig machen will."

Zerk: „Wirst du nicht kennen, eine gewisse Anita Ferkel. Mitglied im CDU Bundesvorstand. Sie will mich zwingen, ihre Kandidatur als Staatsratsvorsitzende der DDR zu unterstützen."

„Na, das nenn ich mal ein Luder", Stark pfiff durch die Zähne, „ich kenne die Ponnyfrisur schon länger. Hat sich ganz schön gemausert. Lass sie doch den Posten übernehmen. Du kommst dafür ohnehin nicht in Frage. Für den Konföderationsfrieden wäre eine CDU – Zugehörigkeit des Staatsratsvorsitzenden gar nicht schlecht.   Sozusagen als Ausgleich für den SED – Bundeskanzler."

Zerk: „Wenn ich euch richtig verstehe, wollt ihr mir nicht helfen."

Stark: „Doch, wir helfen dir schon, indem wir dir einen wertvollen Rat gegeben haben. Lass die Ferkel den bedeutungslosen Posten in der DDR übernehmen. Komm mit uns an die Kaffeetafel. Ich glaube, es ist noch Kuchen da."

Die neuen Gäste boten Anlass, Meinungen über die Konföderation beider deutscher Staaten auszutauschen. Der Rektor hielt deshalb mit seiner ersten Frage nicht lange hinter dem Berg: „Wie lange wird es nach ihrem Insiderwissen noch dauern, bis wir die Vereinigung beider Staaten erleben dürfen?"

Zerk: „Das kann ich nicht auf das Jahr genau prognostizieren. Geschweige denn auf den Tag. Dafür müssen erst noch substanzielle Probleme gelöst werden. Ich darf sie aufzählen: Da ist erstens die Blockfreiheit beider Staaten. Also das Ausscheiden aus der NATO, dem Warschauer Pakt, der EU und dem RGW. Außerdem muss es die Zustimmung der ehemaligen Besatzungsmächte geben. Diese Aufgabe schließt ein, den Friedensvertrag zwischen Deutschland und den Siegermächten abzuschließen. Eine weitere wichtige Prämisse ist die Herstellung gleicher politischer, wirtschaftlicher, demokratischer, juristischer und sozialer Verhältnisse."

Der Rektor: „Also kann das noch sehr lange dauern?"

Zerk: „Was heißt schon lange, wenn man es historisch betrachtet. Ich rechne mit zehn Jahren. Das ist schon recht schnell, aber nicht übereilt. Jeder soll daran beteiligt werden, der davon betroffen ist. Es kann nicht darum gehen, der BRD das Gesellschaftsmodell der DDR überzustülpen. Sie sozusagen einzuverleiben. Ich bin aber sehr zuversichtlich, dass es uns gelingt, zwei souveräne deutsche Staaten sukzessive zu vereinen. Wir sind auf einem guten Weg."

Bahrendorf äußerte Bedenken: „Das Hautproblem besteht für mich darin, dass wir dann eine geteilte deutsche Wirtschaft haben werden. Sozialistische Kombinate im Osten, kapitalistische Konzerne im Westen. Kann das funktionieren?"

Heiner Stark hielt dagegen: „Wir haben doch heute schon von der Kooperation und Konvergenz der Volkswirtschaften beider deutscher Staaten gesprochen. Dieser Prozess der Wandlung und Annäherung ist noch nicht abgeschlossen . Er wird auch in zehn Jahren noch nicht beendet sein. Ich meine, das wird funktionieren und neue Kräfte mobilisieren. Aber da ist noch ein anderes Problem, für mich eher noch komplizierter als die Produktionsweise. Ich meine die Verfassung des neuen Einheitsdeutschlands. Wird die Verfassung der DDR für das neue Deutschland die konstitutionelle Basis bilden, oder das Grundgesetz der BRD?"

Zerk: „Das ist noch nicht entschieden. Wir brauchen, soviel steht für mich fest, eine neue Verfassung. Sie wird Elemente beider Verfassungen beinhalten. Zum Beispiel gibt es die Länderstruktur im Westen, im Osten die Bezirke. Bis 1952 gab es in der DDR auch Länder. Sie wurden zum Nutzen der Zentralgewalt abgeschafft. An ihre Stelle traten die Bezirke. Wir als SED vertreten die Auffassung, dass die Länderstruktur erhalten bleiben sollte, allerdings müssen die Kompetenzen der Länder im Interesse einheitlicher Verhältnisse reduziert werden. Das beste Beispiel ist dafür die Kultushoheit der Länder. Das einheitliche Bildungssystem der DDR hat sich bewährt und sollte für ganz Deutschland übernommen werden."

Heiner Stark stimmte ihm zu: „Das ist auch meine Auffassung. Es kann doch nicht sein, dass in Bayern ein Hamburger Abitur nicht anerkannt wird. Aber noch einmal zur Länderstruktur. Wieviel neue Länder sollen denn im Osten entstehen?"

Zerk: „Wir wollen im Osten zwei Länder – ein Nordland und ein Südland. Im Westen sind auch Strukturreformen notwendig. Hier muss die Anzahl der Länder reduziert werden. Berlin geht als Ganzes in das Nordland auf. Hamburg wird mit Schleswig - Holstein, Bremen mit Niedersachsen und das Saarland mit Rheinland - Pfalz zusammengeschlossen." Damit erhob er sich und bat um Verständnis, dass er die gesellige Runde verlassen müsse.

Nachdem Zerk gegangen war, konnte Bahrendorf sich nicht beruhigen. Ohne auf die Anwesenheit Dritter Rücksicht zu nehmen platzte er los: „Es tut mir leid, aber ich kann diesen Burschen nicht verknusen. Sitzt hier und hält große Reden über die neue deutsche Verfassung. Dabei hat er doch in krimineller Art und Weise das Volk betrogen." Und als Stark ihn beschwörend ansah fuhr er irritiert fort: „Wie können sie sich nicht erinnern. Ich meine die Fälschung des Abstimmungs- ergebnisses beim Volksentscheid über die Vergesellschaftung des Privateigentums in der Wirtschaft."

Damit war das wichtige Geheimnis enthüllt. Der Rektor pfiff durch die Zähne und warf seiner Frau einen bedeutungsvollen Blick zu. Für Heiner Stark war damit klar, dass dieses Geheimnis keins mehr war. Wie sollte jetzt damit verfahren werden. Die Bombe würde in wenigen Stunden platzen. Zerk wäre damit im Konföderationsrat untragbar geworden. Aber was ging es ihn an. Muss die SED eben einen anderen Vertreter delegieren. Zerk war ihm wurscht. Was er nicht wusste war, dass der Rektor noch eine alte Rechnung mit Zerk offen hatte. Er rief noch am selben Abend einen bekannten Fernsehjournalisten an. In wenigen Stunden hatte sich der investigative Journalist die notwenigen Fakten besorgt. Schon in den Abendstunden des folgenden Tages ging die Meldung über die Sender:

„Wahlbetrug durch SED Spitzen beim Volksentscheid."

Die Sender waren darum bemüht, von Egmont Zerk eine Stellungnahme zu bekommen. Vergeblich, Zerk war verschwun- den. An seiner Stelle warf die SED – Führung Wolf Erger den Medien zum Fraß vor. In seinem Hang zur naiven Ehrlichkeit gab er sogar zu, von diesem Betrug gewusst zu haben. Wenn er auch nicht der Täter war, so doch Komplize. Er konnte bei Interviews vor Verlegenheit keinen Satz vollenden, sondern stammelte etwas von „großer Fehler" und „tut mir leid" und „ich entschuldige mich".

Zur allgemeinen Überraschung wirkte diese Hilflosigkeit auf die Massen beruhigend. Erger weckte das Mitgefühl der Menschen. Wie durch ein Wunder wuchs die Popularität der

SED in diesem Klima. Ihr Stimmenanteil bei Umfragen zu potentiellen Wahlergebnissen stieg von 45 auf 48 Prozent an. Dagegen sankt der Wert der CDU um 5 Prozentpunkte. Das war in erster Linie eine Reaktion auf die Hetzkampagne ihrer Ostvorsitzenden Anita Ferkel. Die Wähler nahmen der CDU übel, dass sie die Meute auf Erger gehetzt hatte, obwohl sie zuvor eine loyale Blockpartei unter Führung der SED gewesen war. Anita Ferkel verlor endgültig ihre Reputation, als bekannt wurde, dass sie sich vergeblich um Aufnahme in die SED bemüht hatte.

Die SED – Führung kam zu der Einschätzung, die positive Stimmung auszunutzen, um ihre Macht zu stabilisieren. Sie glaubte, in der DDR eine solide Massenbasis zu besitzen, was zusammen mit ihren Stimmenanteilen in der BRD für eine absolute Mehrheit bei gesamtdeutschen Wahlen ausreichen würde. Sie nutzte ihre Dominanz im Konföderationsrat, um einen Antrag auf die Durchführung von gesamtdeutschen Wahlen durchzusetzen. Es wurde mit dem 31. Januar 1995 der nächstmögliche Termin gewählt.

Das Bekanntwerden dieses epochalem Vorhabens führte zu einer bis dahin unerreichten Politisierung des öffentlichen Lebens. Jede politische Partei und Bewegung mobilisierte ihre letzten Kräfte. Es handelte sich schließlich nicht nur um die Neuwahl einer Regierung. Es ging um die Überwindung der Spaltung Deutschlands. Die SED – Führung ignorierte alle Warnungen, dass es zur Herstellung der deutschen Einheit des Einverständnisses der ehemaligen Besatzungsmächte bedurfte. Der Konföderationsrat verfasste zu diesem Kernproblem lediglich ein kurzes Schreiben an die Regierungen der USA, Großbritanniens, der Sowjetunion und Frankreichs. Darin wurde beteuert, dass die Einheit nicht die Interessen der ehemaligen Besatzer verletzen, sondern, im Gegenteil, zur Stabilisierung der politischen Verhältnisse in Europa beitragen würde.

Die ehemaligen Besatzer reagierten sehr unterschiedlich. Der russische Präsident erklärte, dass er mit allem einverstanden sei, was dem Willen des deutschen Volkes entsprach. Dieses Statement bekräftigte er mit der Forderung nach weiteren Reparationsansprüchen in Höhe von 100 Milliarden Dollar. Andernfalls würde er das Wahlergebnis nicht akzeptieren und sein Besatzungsregime in der Sowjetzone wieder errichten.

Der Präsident der USA sah keinen Grund zur Beunruhigung, da er der sicheren Überzeugung war, dass das deutsche Volk den sozialistischen Utopien eine Absage erteilen würde und der Einfluss der NATO fortan bis an die Oder ausgedehnt werden könnte. Er versprach 100 Milliarden Dollar Entwicklungshilfen, wenn das deutsche Volk Parteien wählt, die christlich – soziale Werte verkörpern.

Der französische Präsident nahm das Schreiben nicht zur Kenntnis, weil es nicht in französischer Sprache abgefasst war. Es sickerten aber Informationen aus seinem Umfeld durch, dass seine Zustimmung davon abhängig gemacht wurde, dass Frankreich das Saarland zurückbekam.

Der britische Premier erhielt das Schreiben in französischer Sprache, was zu einem Wutausbruch führte. Er sandte es prompt zurück und drohte mit dem Austritt Großbritanniens aus der Europäischen Union, wenn das vereinte Deutschland sozialistischen Charakter haben würde.

In diese aufgeheizte Atmosphäre platze die Meldung von der Rückkehr Egmont Zerks auf die politische Bühne. Er war so instinktlos, sich für die Wahl als Spitzenkandidat der SED aufstellen zu lassen. Es kam zum Eklat, als er behauptete, nicht er sondern Talkhofer habe das Ergebnis des Volksentscheides gefälscht. Talkhofer wiederum zahlte mit barer Münze zurück und offenbarte das Geheimnis von Zerks Todesschüssen an der Grenze.

Das war selbst dem geduldigen deutschen Volk zu viel. Die Gewerkschaften riefen zum Generalstreik auf. Machtvolle Protestdemonstrationen erschütterten das Land. Die nationalen Sicherheitskräfte waren nicht mehr Herr der Lage. In ihrer Hilflosigkeit baten führende Persönlichkeiten um internationale Unterstützung. Truppen der NATO und des Warschauer Paktes übernahmen in ihren Besatzungszonen die Macht. An der Grenze zwischen Ost – und Westberlin standen aufmunitionierte Panzerverbände einander gegenüber. Der Weltfrieden stand auf Messers Schneide. Der Pabst mahnte Besonnenheit an und schlug vor, eine zweite Potsdamer Konferenz abzuhalten.

Am 1. Januar begann das Treffen der Staatschefs Russlands, der USA, Großbritanniens und Frankreich. Sie beschlossen ein Aktionsprogramm zur Sicherung von Frieden, Wohlstand und Einheit für das deutsche Volk. Es hatte folgenden Inhalt:

1. Die ehemaligen Alliierten übernahmen bis zum Abschluss eines Friedensvertrages wieder die oberste Gewalt in ihren Besatzungszonen. Berlin wurde zu einer entmilitarisierten Zone.
2. Am 28. Februar 1995 sollten Wahlen zu einer verfassungsgebenden Versammlung stattfinden. Es sollte eine provisorische Regierung gebildet werden, die mit den ehemaligen Siegermächten einen

Friedenvertrag aushandelt und eine Verfassung für das vereinte Deutschland erstellt.

3. Am 1. Januar 1996 sollte das deutsche Volk sein neues Parlament wählen. Die Beteiligung radikaler Parteien und Bewegungen wurde ausgeschlossen. Die teilnehmenden Parteien mussten eine Zulassung durch die Besatzungsmächte erlangen. Vereinbart wurde, dass dieses Parlament die neue, souveräne Regierung bildete, die neue Verfassung verkündete und mit den Besatzungsmächten den Friedensvertrag abschloss. Damit sollte das Besatzungsregime endgültig beendet und das deutsche Volk wieder zum vollen Souverän seiner Geschicke werden.

4. Die neue deutsche Regierung wurde verpflichtet, im Juli 1996 einen Volksentscheid über das Verbleiben Deutschlands in den internationalen Militärbündnissen NATO und Warschauer Pakt durchzuführen.

Professor Heiner Stark und Marie Gold verbrachten die Weihnachtsfeiertage in ihrer Finca auf Mallorca. Sie konnten von ihrem Anwesen mit Gelassenheit das Geschehen in Deutschland verfolgen. Den Kaufpreis für die Finca hatten sie bar aus dem Honorar beglichen, das Stark für seine Verdienste um die Erhaltung des freiheitlich – demokratischen Rechtsstaates erhalten hatte. Dabei handelte es sich um fünf Millionen Mark aus dem Schwarzgeldfonds. Vor der Zukunft mussten sie sich nicht fürchten, denn Starks Vertrag mit der Kanzlei Bahrendorf bot eine ausreichende finanzielle Basis für ein sorgenfreies Leben. Wobei es sich nicht um eine Frühpensionierung handelte. Das hätte dem Naturell Starks widerstrebt. Er hatte sich gut in seine Rolle als Key Account Manager eingearbeitet und verschaffte der Kanzlei lukrative

Aufträge. Nebenbei blieb genug Zeit für Gastprofessuren und das Schreiben von Büchern. Seine Reputation als Historiker und Hochschullehrer hatte allerdings durch sein uniformiertes Auftreten bei der Übernahme des Fachbereiches an der Hamburger Universität Schaden erlitten. Wenige glaubten seiner Darstellung, dass er damit das Groteske dieser Situation veranschaulichen, ja die Übernahme dadurch ins Lächerliche ziehen wollte.

Professorin Ursel Stark hatte sich im Unfrieden von den drei Moskowitern getrennt, konnte aber aus dieser Zusammenarbeit erhebliche Vermögenswerte ziehen. Sie hatte den Lehrstuhl für Volkswirtschaft an der Lomonossow – Universität Moskau übernommen und lebte mit wechselnden Partnern. Die Kinder hatten in der Villa von Marie Gold ein neues Zuhause gefunden. Wenn sie, was nicht sehr oft der Fall war, von ihrer Mutter besucht wurden, erlebten sie eine ehrlich gemeinte Harmonie der Patchwork Familie.

Den Abend des 28. Februar 1996 verbrachten sie gemeinsam in der Pinneberger Villa. Mit großer Spannung wurden die ersten Hochrechnungen erwartet. Ursel Stark äußerte ihre Sorge, dass Talkhofer und Zerk doch noch einen Weg zur Fälschung der Wahlergebnisse gefunden hätten. Das jedoch wurde durch Heiner Stark ad absurdum geführt, da das Votums unter Aufsicht der Besatzer erfolgte.

Das Wahlergebnis barg keine Überraschungen. Es konnte wieder andersrum gehen. Die Irrfahrt des deutschen Volkes war zu Ende.

Teuer war sie allemal.

_____

Zum Ausklang….

„Einem demokratischen Volke… mit eigennützigen Bürgern, streitsüchtig, leichtsinnig, aufgeblasen, ohne Glauben und Erkenntnis, schwatzhaft, prahlerisch und eitel, einem solchen Volke ist nicht zu helfen; es löst sich an seiner Torheit auf." (Hegel, Vorlesungen über die Ästhetik))

216